ガールズ空手
セブンティーン

蓮見恭子

ハルキ文庫

角川春樹事務所

目次

被写体は初夢の彼方に

positive film

「わおーっ！」

すれ違った他校の男子生徒達の歓声に、思わず振り返る。校外ランニングの途中なのだろう。二人とも校名の入ったジャージを着て、白い息を弾ませていた。一駅向こうにある男子校の生徒だった。

「すっげぇ。本物だ。此友《このとも》学園の結城《ゆうき》……」

「……にわかちゃんだっけ？　実物も可愛《かわい》いよなぁ。新年早々、ラッキー。お前、声かけて来いよ」

「やだよ。殺される」

二人で突き飛ばし合い、ふざけ合っている。こちらの気を引きたいようだ。道路の真ん中で立ち止まって騒いでいたから、後ろから来た車にクラクションを鳴らされ、大袈裟《おおげさ》に飛び上がって叫んで見せた。子供っぽい。まるで二匹の猿だ。

「大丈夫だって、所詮《しょせん》は女の子なんだから。ほら、笑ってるじゃないか。恥ずかしいんだろ」

「馬鹿、睨《にら》んでるぞ」

「全く、どっちなんだよー」

二人の男の子は、目をうろうろさせている。

うっかり相手をすると調子に乗るから、つんと顎《あご》を引き上げ、背中を向けた。駄目押しとばかりに、スポーツバッグを担ぎ直して、彼らの未練がましい視線を背中で弾《はじ》き返す。中には道着とメンホー、拳サポが入っており、その重みがずしりと肩にのしかかった。学校までは駅から徒歩十五分。大きな荷物を持って歩くには長い距離だが、少しも苦にならない。

駅前の商店街は此友学園の生徒の格好の遊び場だった。放課後に友達同士で寄るドーナツ屋、可愛らしい小物を店先に吊《つ》るしたファンシーショップ。今、女子の間で人気なのは、新しく出来たクレープ屋だ。

三学期の始業式を明日に控え、通りではバーゲンの準備が始まっていた。店先のワゴンには「ウインターセール中」の札がかけられ、安っぽい髪飾りやアクセサリー類が無造作に積み上げられている。目の肥えた女子高生達なら決して買わないような代物ばかりだ。

まだ時間に余裕があると思えば、自然と足取りも遅くなる。

半月前に開店したばかりの雑貨屋の前を通りかかると、ビロード地の布が敷かれた陳列台に、てんとう虫や蝶《ちょう》、猫、鳥など、金属製のチャームがついた黒いヘアゴムが十種類以上並んでいた。

ウインドーを覗《のぞ》き込み、ガラスに映った姿を見る。

ミントグリーンと白でカラーリングされたジャージには、ブルーで「此友」の文字。

「いいなぁ、これ」

ウインドーに向かって話しかける。

「でも、練習中は無理だよね」

空手道部に所属する部員達にできるお洒落《しやれ》は限られている。練習中は飾りのないゴムで髪を縛るようにルールが決められていたし、バイトは禁止されていたから、余分な物を買う余裕もない。

組手の試合にも出場する私は、できればさっぱりと短くしたかったが、此友学園では「形《かた》」、特に「団体形」に力を入れていた。団体形は髪型を揃《そろ》えた方が綺麗《きれい》に見えるから、一人だけ髪を短くする事も許されないのだ。

いきなり後ろから抱きつかれた。

「おっはよ！　会いたかった〜！」

振り返ると、そこには見慣れた顔があった。

「やめてよ、暑苦しい」

「つっめたーい」

「一日会えなかっただけでしょ！　ゆりはいつも大袈裟なの」

ウインドブレーカーの胸元には「くにしまゆりえ」と、ひらがなで名前がプリントされている。女子空手道部後援会がメンバー全員の分を作ってくれたのだ。

「ちょっとぉ、ゆり。通学時は学校指定のジャージじゃないとまずいでしょ！」

注意すると、「硬い事、言わないの。下に重ねてるから」と、ウインドブレーカーのジッパーを下げて見せた。そして、「あれ？　ライン入れてる？」と、前方に目をやった。いつもより目元を強調したメイクが、ガラスに映り込んでいた。指摘された事にうろたえたように、視線が揺らぐ。

「ねぇ、ゆり。これってどう？」

指差した先には、チャーム付きのヘアゴムが並んでいる。

「可愛い！」

ゆりは、食らいつかんばかりにウインドーを覗き込んだ後、「ね、入ってみない？」と、先に立って店の扉を押した。

店内には誰もいなかった。

壁際の作り付けの棚には、ステンドグラスのランプや小箱、小さなカップが飾られている。どれも高価そうで、中に足を踏み入れるのは躊躇《ためら》われる。

「まだ、オープンしてないの？」

大きなバッグを担いだまま、新築の匂《にお》いのする店内を見回すゆり。彼女が動いた拍子に、バッグがテーブルに置かれた花瓶の傍《そば》をかすめ、ヒヤリとする。

「ね、出よう。店の人、いなそうだし」

私は一歩後じさる。

「え〜、いいじゃん。見るぐらい」

「こんな恰好《かっこう》だし、また今度にしよ」

「キャプテンってさぁ、意外と小心者なんだよね」

「その呼び方やめて」

昨年、三年生が引退した時点で、私が新たな主将に任命された。インターハイでは、個人組手の部で優勝していたから、自他ともに納得していたが、同級生から「キャプテン」と呼ばれるのはくすぐったかった。嫌がるのを知って、ゆりはわざと言うのだ。

「ほら、早く行こっ。遅れちゃうよ」と促したが、怯《ひる》まない。

「まだ、三十分以上余裕あるじゃん。すみませ～ん」

ゆりが大声を張り上げると、奥からモヘアのセーターを着た女の人が現れた。店内の商品を選んだのはこの人だろう。髪型や服の選び方にセンスの良さが感じられる、綺麗な人だった。店内に佇《たたず》むジャージ姿の客達に驚いたような表情をしたが、すぐに笑顔を見せた。

「あれ、見せて下さい」

ゆりがウインドーに飾られたヘアゴムを指した。

「可愛いでしょう? フランス製なの」

四角い盆が用意され、陳列台から商品が次々と移されてゆく。

予想通り、彼女が店長で、この店を開く直前にフランスで買い付けてきたそうだ。

「私も愛用してるのよ」

店長は後ろを向き、ゆるく束ねた髪の根元に光るチャームを指で揺らした。リアルな蜘《く》蛛《も》のチャームは意外なセレクトだったが、大人っぽい彼女によく似合っている。

「私のお薦めは、昆虫」

足元の引き出しから、店頭に飾っていない商品を取り出した。トンボやコガネムシ、蜂《はち》が新たに盆に加わった。

「私、てんとう虫がいい」と、隣で声がした。てんとう虫は、二匹で一組だった。一匹は飛び立つ寸前なのか、羽根を半分ほど開いている。

「じゃあ、私は……」

トンボを手に取った私に、店長が言った。

「お揃いにするんだったら、大きさを揃えた方が綺麗かも。てんとう虫の対には……」

私達の顔を見比べながら彼女が選んだのは、蜂のチャームだった。こちらも、二匹一組だ。

「それ、何だか蠅《はえ》っぽくね？」

余計な事を言うゆりを、「失礼だよ」とたしなめる。店長は、おかしそうに笑った。

「言われてみれば、確かにそうね。同じ蜂でも、こっちの方が可愛いかも」

デザイン違いで、羽根を広げた蜂を取り出してくる。「くまのプーさん」に登場する蜂のように丸っこくて、可愛らしい。値段も高くない。結局、彼女のアドバイスにしたがって、てんとう虫と蜂をお揃いで持つことになった。

ふと、店長が私の眉間《みけん》をじっと見つめているのに気付いた。

「そのホクロ、ビンディみたいね。ほら、インド人の女性がつけている」

子供の頃から「インド人」とからかわれていたから、一応、気にはしている。しかし、校則で前髪の長さが決められていたから隠しきれない。私の気も知らず、彼女は続けた。

「とても魅力的よ。手軽にエスニック気分を味わえるような、こういうシールもあるの」

ダイヤモンドのようにキラキラした石がついていたり、ゴールドで縁取られたビンディ・シールを取り出す。好奇心旺盛なゆりは、涙型のシールを手にとった。

「マニキュアした上に貼《は》っても素敵よ」

色々と物色したい気分になっていたが、時間切れだった。買ったものを包んでもらい、慌てて店を出た。

「可愛い店だったね」

早足で歩きながら言い合う。

「あ、あれ！」

ゆりが前方を指差す。

一つ後の列車に乗っていたのだろう、女子空手道部員が三人、歩いていた。全員、私達と同級生だ。買い物している間に追い越されたようだ。

「全く、どいつも、こいつも」

思わず毒づいていた。

彼女達もゆりとお揃いのウインドブレーカーを着ており、それぞれ「ともべあやか」、

「もろさかみき」、「きうちかなえ」と背中に大きな字で書かれている。

空手道部イチの美人で気が強いあーやに、明るいお調子者のミッキー。カナは空手道部員の中では大人しめだ。性格は違うのに仲がいい。

「何で皆、わざわざ自分の名前を背負って歩きたがるの？」

「混雑してる会場内だったら、便利だよ。おーい」

ゆりが走り出した。追いついて、「グッモーニンー！　あーや、ミッキー」、「はよー、カナ」と後ろから頭をはたいて行く。

「いったーい」

「何よー、ゆり」

賑《にぎ》やかなお喋《しゃべ》りの輪が一団となって動く様子に、道行く人が振り返っている。きっと、物凄《ものすご》く騒々しいんだろう。

冬休みの間も年末年始以外はずっと練習があったから、昨日は貴重な休みだった。皆、随分と楽しい休日を過ごしたようで、学校へと向かう道すがらずっと飛び跳ねながら喋っている。

突然、ミッキーが言った。

「こいつら、昨日、ナンパされたんだって」

あーやとゆりを指している。

「あ、お喋りー！」

ゆりが抗議する。

「何だ、機嫌がいいのはそのせい？　ゆりって、男の子の前だと急に可愛くなるもんね」

朝から絶好調のゆりを見る。

「え〜、そんな事ない」

「ある、ある」

「でもー、向こうは二人ともあーやが目当てだったみたい。私なんておまけ」

手を振りながらも、原形をとどめないほど顔が笑っていた。聞けば、電話番号を交換したらしい。

「みっともない。ニヤニヤすんなよ」

「今日も会おうって言われたんだけどさ〜、練習じゃん？　あ〜あ、朝イチからダイアナの顔なんか見たくないよぉ」

ダイアナと言うのは、女子空手道部の監督・穴吹《あなぶき》の呼び名である。れっきとした男性なのに、何故《なぜ》ダイアナかと言うと、鼻の穴が大きいから「大穴《ダイアナ》」なのだ。物理の教諭で、放課後は白衣を道着に着替えて指導に当たっている。

「大会前に、たるんでるぞ！」と、ダイアナの口調を真似《まね》ると、ゆりは「どうせ補欠だもん」と返した。

「あ、晴人《はると》だ！」

ゆりが前を行く辰巳《たつみ》晴人を目ざとく見つけ、話の矛先をずらした。

「あけましておめでとー。いい初夢、見たかー？」

晴人は振り返ると、年始の挨拶《あいさつ》の替わりに肩から提げたカメラでゆりを撮影した。

「あっ！　またっ！」とゆりが叫んだ。

逃げるように早足になった晴人を、逃すまいと追いかけるゆり。

「いつも言ってんじゃん。勝手に撮るなって！」

瞬く間に、晴人は女子空手道部員達に取り囲まれる。眼鏡がずり落ち、肩から提げたカメラが重そうだ。

「待てよ。冷静になれ」

だが、ゆりは容赦なかった。

「弱小写真部が冬休み中に登校？　まーた、余計な事に首を突っ込んでるんじゃないでしょうね」

「ほっとけ」

晴人は以前、校内で窃盗が頻発した際に、犯人を待ち伏せて捕まえようと、まだ夜が明けきらない早朝に校舎に忍び込んだという前科があった。暗い校舎内を徘徊《はいかい》する晴人と出くわした警備員さんは、驚きのあまり腰を抜かしてしまったらしい。晴人が学年一の秀才でなければ、停学処分になっていただろう。

「ほんっと、笑わせるよね。今度は一体、何を探ってるの？」

ゆりは彼のバッグを取り上げると、中身を勝手に取り出す。

「よせよ」

「わお？　マジで？」

バッグから出てきた写真を取り上げ、皆が歓声を上げる。

メンホーをつけた私の顔がアップで撮影されていた。メンホーとはプラスチック製の防具だ。

「ぜーんぶ、キャプテンの写真ですか？」

写真を一枚ずつ繰りながら、ゆりが言った。

「へぇ～、写真部ではこういう私的な写真の撮影が許可されるんですか？　怪しい。非常に怪しい」

ゆりは肘《ひじ》で晴人を小突いている。

「勘違いすんな。校内に貼り出すのに使うんだ。選抜大会に向けての応援用にな」

ひったくるように、写真を取り返す。

「え？　こないだ、貼ってなかったっけ？」とゆりが聞いた。

「う、うん、ちょっとな」

言葉を濁す。

「ふうん」とゆり。

「誤解すんなよな。穴吹先生から頼まれただけだよ。だれが、こんな奴……」

こちらに顎をしゃくる仕草が癇《かん》に障る。

文句を言うより先に、足が出ていた。綺麗に円弧を描いた私の向こう脛《ずね》は、晴人の尻に入った。無様にバランスを崩す晴人。

「なっさけないのぉ」と、ゆりが囃《はや》し立てた。

「ひってぇ。いきなりかよ」

尻を擦《さす》る晴人は笑っていたが、怒りを押し殺しているように見えた。多勢に無勢、やり返しても敵《かな》わないから文句を言わないだけで。

こういう態度はいけないと反省した。もっと素直にならなければと。それなのに、「ごめん」の一言が出てこない。

「じゃね、あたし達、こっちだから。ばぁ〜い、晴人」

険悪な雰囲気を消すように、ゆりが明るく言った。晴人の背中が遠くなったところで、

「あのね」と、ゆりが声を潜めた。

「さっき、晴人は言わなかったんだけど。キャプテンの写真、破られてたらしいよ」

思わず、ゆりの顔を見返してしまった。

——わざわざ言うか？　晴人が私を気遣って言わなかった事を。

「ま、でも、気にする事ないじゃん。やるべき事をやればいーんだし」

私の表情に気付いたゆりが、慌てて言い繕う。相手を貶《おと》めておきながら、すかさずフォローするという器用さだ。

「気にもしてない。関係ないし」

私が手を振ると、ゆりは「そうそう」と笑った。

こうやって、何となく誤魔化されていくのだ。人といると、色々な事が大雑把に流されていく。

〈別にぃ、大した事ないじゃん〉

〈それって怒るほどのこと?〉

〈いーから、いーから〉

きっと、気付いた時には取り返しのつかない事になっているのだ。

negative film

「押忍《おす》!」

正面に向かって礼をし、人もまばらな道場へと足を踏み入れる。

氷を踏むような感触。

ぴくりと身を縮めた私に「先輩に礼!」「押忍!」と声が降り注がれる。

体を温める為《ため》、その場でジャンプし、軽くランニングを始めた。道場内の気温は低く、汗が出る気配すらなかったが、そのまま道場の隅へと向かう。

そこには、一面に鏡が貼られた壁がある。時折、髪や化粧の崩れ具合をチェックしている者を見かけるけれど、この鏡はそんな事をする為にあるのではない。

私は両腕を垂らし、踵《かかと》をくっつけて結び立ちの姿勢を取る。脛が見える丈で切られた下《した》穿《ば》きからは白い脛が覗いている。目を閉じ、鼻から息を吸った後、ゆっくりと唇から息を吐き出しながら、体内の空気が入れ替わる心地よさを味わう。

四方、八方に敵がいて、危険に取り囲まれた場面を想像すると、自然ときりりとした気持ちになる。だが、長い棒を振りかざして襲い掛かる敵を想像するものの、その顔は描けない。私が作り出す敵は、いつも黒い影だった。

体の芯《しん》を意識し、見えない糸で引っ張られているように背筋を伸ばすと、凛《りん》とした構えが完成した。充分に気迫を溜《た》め、最初の挙動に入る。形《かた》はいつも、もやいで繋《つな》がれた船が、ゆっくりと海原へと漕《こ》ぎ出すような静かな動きから始まる。

受け。

相手の攻撃を素早く払う仕草。

続けて、突き、蹴《け》りを忙しく繰り出す。

挙動を決める度に床はきしみ、固い道着は風をはらんで乾いた音を立てる。

空気を切り刻んだ瞬間、襲い掛かってきた敵が倒れた。ざわりと空気が動く。その余韻を感じながら、次の敵を迎え撃つ準備をする。右脇構えで、真《ま》っ直《す》ぐに立ち、左側の虚空を睨む。

組手が空手の華だとすれば、形は魂だ。

自分を表現する手段であり、形があるから私がいる。

左横払い。続けて中段蹴り。

蹴った脚をしっかりと引き、後ろ足を寄せるタイミングで、前方の敵に猿臂《えんぴ》を決めて止《とど》めを刺した。道場の高い天井に、ぱしんっと小気味いい音が反響する。同時に、敵は形を失い、霞《かすみ》のように何処《どこ》かに消えた。

今度は右側から襲いかかってくる敵を迎え撃つ。左脇で構え、右腕で払う。蹴る。肘当てを決めるタイミングで前脚は猫足立ちとなり、いつでも次の蹴りを出せる体勢をとる。

「結城先輩がお見えになってます！」

下級生達の動きが慌しくなり、はっと我に返る。

道場の入り口に逆光を浴びた暗いシルエットがいた。取り巻きを何人か連れている。

「キャプテン。おはようございます！」

「結城主将に礼します！　集合！」

どうやら彼女は私の練習を見ていたらしい。

「蹴った後、焦りすぎ。もっと腰を沈めないと、重厚さが出ない」

私の横に立ち、同じ挙動を繰り返した。技のキレ、スピード、緩急、安定感。悔しかったが、全《すべ》てが完璧《かんぺき》だった。

「ね。後ろの足に体重を乗せるの」

そう言って、ぱんと自分の右の腿《もも》を叩《たた》き、私の注意を引いた。

全身を映す鏡の中で、私にきっかりと目を当てていた。

「やってごらんよ。さあ」

きらきらと輝く瞳《ひとみ》が、私に挑むように語りかけていた。

「ね？　ゆり」と言うのを聞きながら、私は顔を背ける。

「別に、真剣にやってた訳じゃない。準備体操がわり」

形を打つ喜びは何処かへと消えた。

気まずい雰囲気を取り繕うように、私はシャドーを始める。ステップを踏みながら、パンチを出す。

傍らで溜《た》め息《いき》が聞こえた。

鏡の中で彼女が背中を向け、日の差さない場所へと向かうのが見える。白い道着が灰色に翳《かげ》り、暗いシルエットへと戻って行くのに向かって呟《つぶや》いた。

——そのまま消えてしまえ。

仮想の敵と違って、簡単には消えない現実の敵。ゆっくりと遠ざかりながら、影が言った。

「邪魔しちゃったみたい。悪かった」

白けた気持ちで再度、鏡に向かい、胸前で拳《こぶし》を構える。正中線を守る位置を固めながら、真っ直ぐな突きを意識する。

殴る、殴る、蹴る、殴る。

鏡の前で揺れる自分を見るうち、一体何と戦っているんだろうと思えてくる。

二十四時間戦っている。鏡の中、夢の中、いつだって戦って、戦って、戦い続けて、倒れそうになるのを堪《こら》えながら生きている――。

positive film

「うわぁ、さっぶーい」

私は冷たい手を口元にやり、指先に温かい息をかけた。

冬の間、道場の床は氷のように冷たい。当然、練習の際は季節に関係なく裸足《はだし》だ。

「結城主将。どうぞ」と、後輩の一人が使い捨てカイロをこっそり手渡してくれた。

「人数が少ないから、余計に寒いのよね」

誰に言うともなく呟く。

下級生達は既に道場に集まっていたが、引退した後も練習に参加していた三年生の姿がなかった。いよいよ最終学年となる現実の前で身が引き締まる。

閑散とした道場が、寂しく映る。

例年と同じく、十名ほどの新入生が入ってくるだろうから、四月には部員数は三十名を超え、もとの賑やかさを取り戻すはずだ。

「集まったか～？」

ダイアナの姿が見えると、場内の空気が変わる。道着の隙間《すきま》から胸毛が見え、まるで熊のようだ。

　上級生から順に並び、正座する。

　正面に向かって礼。

　その後、ダイアナから簡単な連絡事項があり、すぐに準備運動が始まる。練習は基本、形、約束組手の順で進んで行くが、足元をすり抜ける隙間風のせいで、なかなか体は温まらない。

　休憩の後で集合がかけられ、組手の練習へと移る。今日は全員で模擬試合を行う。紅白に分かれ、一方が赤い紐を帯の上に締める。

　コートの外にはダイアナを中心に副審を務める部員が立ち、下級生がストップウォッチで試合時間を計測する。

　高校の空手道部の試合は全空連方式で行われる。

　全日本空手道連盟、略称・全空連は、四大流派と呼ばれる松濤館《しょうとうかん》流、剛柔《ごうじゅう》流、糸東《しとう》流、和道《わどう》流を統括する四つの団体を含む、六つの協力団体を中心に結成された連盟だ。全国高等学校体育連盟もその傘下にある。

　全空連では、極真のような直接打撃制ではなく、寸止めルールが採用されている。つまり、メンホーで顔面をガードし、安全具として拳サポーターとプロテクターで、拳と胴、足を覆うのだ。パワーよりは、スピードと技の正確さが要求される。

「よし、最初の組、入れ」

コート中央、向かい合わせに引かれたライン上に立ち、メンホーをつけた選手がお互いに礼をする。

「始め」の合図で、試合は始まる。

向かい合った二人は右手を前に突き出し、踵を浮かせて間合いをとる。見極めた所で赤が踏み込み、上段蹴りが決まった。ダイアナが「やめっ」と号令をかける。試合は中断されて、ラインで示された定位置に戻って再び向かい合う。

「赤、一本」

ダイアナの手が右上方に上げられると、部員達から拍手が起こる。

やがて、試合が終わると、選手はメンホーを取ってお互いに礼をする。他校との試合では、拳サポを外して握手する事もあった。

「空手は礼に始まり礼に終わる」と言われるように、あらゆる場面で礼儀が重んじられるのだ。

「よし、次は結城にわか」

私の名が呼ばれ、立ち上がる。

「足払いや投げもOKだぞ」と、ダイアナが対戦相手に向かってニヤリと笑う。嫌な感じだ。

「始め」の号令の後、膝《ひざ》でリズムを取り、相手との間合いを詰める。なかなか攻撃をしかけてこず、動くべきかどうか迷う。相手は、私が攻撃を仕掛けたタイミングで隙をつくっもりなのだ。

「こらぁ！　相手の顔を見てても、ポイントは取れんぞ！」

　ダイアナの檄《げき》が飛ぶ。その声を合図に、私が先に動いた。相手の顔めがけて、上段突きを放つ。拳が相手に届くと同時に、みぞおち辺りに中段突きが入った。

「やめっ！」

　ダイアナは試合を止めた。

「赤、おまけだぞ」

　相打ちかと思ったが、相手にポイントが入った。

「これぐらいのハンデを付けてやらにゃ、勝負にならんだろ？」

　試合はすぐに再開された。

「離れるな！　離れると足が飛んでくるぞ」

　間合いを詰められ、私は後ろに下がった。

「馬鹿野郎、下がるな！」

　調子に乗った相手は、突きながら攻め込んでくる。コートの白線を背中で意識しながら、下がる。そして、場外を取られる前に、上段への後ろ回し蹴りを決めた。

「白、一本！」

「わ～」と歓声が沸いたところで、タイム係が「終了です！」と叫んだ。

「いいぞっ！　さすがは主将だな」

満足そうにダイアナは頷《うなず》いた。

negative film

半数ほどの部員を先に帰した所で、居残り練習が始まった。

ダイアナの声が高い天井に響く。

「あーや、ミッキー、カナ。ゆりえも入って。それから、結城にわか」

胸がずきんと疼《うず》いた。

すかさず、ミッキーが呟くのが聞こえた。

「キャプテンだけ特別扱い。どう思う？　ゆり」

道場内での私語は禁止されているが、よほど、腹に据えかねたのだろう。

私はふうっと溜め息をついた。

先輩の代からそうだったけど、それがダイアナのやり方だ。部員同士の競争心をあおる為、期待している選手とその他大勢の選手を区別するのだ。

期待している選手には厳しく、まるで男のような扱いをする。つまり、「ミッキー」とか「ゆりえ」とか、軽々しく愛称で呼ばれているうちは、一人前と認められていないのだ。

憂鬱《ゆううつ》だった。

三月末、全国高等学校空手道選抜大会が開催される予定で、もうすぐ出場校が出揃う。

決定後、二月初旬には、正選手と補欠を選んで申し込む事になっていたから、年が明けたあたりから部員達の士気が上がり、練習も自然と熱が籠《こ》もってきた。

そして、今大会には個人形だけでなく、団体形の部がある。個人形での判定基準の他に、どれだけ動きが揃っているかも評価され、三人が一チームとなる。此友学園空手道部では特に重点を置いている種目だ。

「今から相手を変えて順に演武してもらう。本番だと思ってやれよ。最初はあーや、ミッキー、カナだ」

三人が立ち上がり、コートに立つ。あーやを頂点とした三角形が出来上がる。

「構えて……、はじめいっ！」

ダイアナの声が道場の高い天井に反響するのを合図に、三人で形の名を呼称する。

「ニーパイポッ！」

結び立ちの状態で、胸の前で手刀をそろえ、ゆっくりと回転させながら体の前へと両手をおろす。

形は前後左右にと体の向きを変える。その都度、三角形の頂点に立つ者の動きを見て、挙動を揃えて行くのだ。今、後ろの二人はあーやの動きを目で追っている。

最初の挙動は、左足を真後ろに引いて平行立ち。顔だけを右前へと向ける。そして、前方へ猫足中段支え受けの後で体を起こし、平行立ちに戻る。

円の動きを取り入れた特徴的な動きは、中国拳法の流れをくむものだ。

鷺足《さぎあし》立ちの場面は、右足を持ち上げて軸足に巻き付かせ、片足で立つ。文字通り、三羽の白い鳥が舞い降りたような美しさだ。結んだ髪の先が首の上あたりで揺れていた。

「壮観ですなぁ」

いつの間にか、学園長が見学に来ていた。

「女の子達の調子はどうですか？　穴吹先生」

女子空手道部は活躍が期待されているからか、やたらと学園長が見学に来る。

「今、演武している三人がベストメンバーでしょう」

ダイアナの返答に、学園長は渋い顔を見せた。

「顧問である穴吹先生のご判断にお任せしますが、しかし、その……、せっかく結城さんがいるのだから。以前のようにはできないんですか？」

「中学時代とは状況が変わってるし、結城は個人競技に専念したいそうです」

「そうですか。今、先頭で演武してる子と組ませたら、見栄えがすると思うんですがねえ」

三角形の頂点に立つあーやは、頭上から手刀を中段に落としたところだった。素早く、四股《しこ》立ちの姿勢になり貫手《ぬきて》、体を裏返してさらに貫手で相手を追い詰めて行く。

「あーや……、友部《ともべ》綾香《あやか》ですか？　さすが、お目が高い。彼女はこの一ケ月ほどで飛躍的に成長しました」

「夢よ、もう一度です。何とか、結城さんを説得して下さい」

「一番の問題は、本人のやる気です」

「そこを何とかさせるのが、顧問の務めでしょう？」

それ以上、会話を続けたくなかったのか、ダイアナは会話を別の方向に逸らした。

「しかし、彼女はうまくなった」

ダイアナは、先頭で演武するあーやの顔を見つめる。私もつられて、あーやに目を向ける。

眉《まゆ》にかかるぎりぎりの線で揃えられた前髪は、切れ長の目を強調していた。マスカラもアイラインも使っていないというのが信じられないほど、目元がくっきりしている。

比べて、ミッキーとカナは動きにキレがなく、あーやに比べると体が重そうに見える。皮肉な事に、それがあーやの形をより鋭く、美しく見せていた。

形が進むごとに、三人の動きに僅《わず》かな不協和音が生じ始めた。団体形は一人でも和を乱す者がいると、全てが台無しになる。一人だけ際立って上手《うま》くても、足を引っ張る。

――無理に団体形にこだわらなくてもいいんじゃない？

今のあーやなら、個人形で確実に上位進出を狙《ねら》える位置にいる。余分な練習で彼女に負担をかけても、得るものはないはずだった。

学園長やダイアナがこだわっているのは、「団体形の此友」というブランドを守る事だ。

三人は最初に立った位置へと戻り、形は静かに終わった。学園長が拍手をした。

「よし、いいぞ。友部！」

「はいっ！」

あーやが胸を張って返事した。同時に、周囲の部員達の表情が変わった。呼び方が「あーや」から、「友部」に変わっていたからだ。

「今の調子で頑張れ。学園長先生も友部に期待しておられるぞ」

「はいっ！」

汗を浮かべたあーやの頰《ほお》は、紅潮していた。

「よし、次っ！」

後はメンバーを入れ替えて、同じ形を見てゆく。その度、ダイアナは首を傾《かし》げたり、腕を組んだりしながら、コート上の動きを目で追う。

私の印象でも、最初に組んだ三人が一番良かったように思う。全員の演武が終わったところで、ダイアナが皆を集め、正面に向かって正座させた。部訓を唱和し、最後にお互い向かい合って礼をした。

その時、近所の工場から午後五時を知らせるサイレンが鳴った。

「解散！」と号令が飛んだ後、「結城は残ってくれ」という声がした。

positive film

練習後、私一人だけが残された。

「結城、お前はそんなに形が嫌いか？」

突然、ダイアナが真面目《まじめ》な口調で問いかけてきた。

その表情が、いかにも残念そうだったので答えに詰まる。先ほどの居残り練習での内容が、余程、気に入らないようだった。

「俺はまだ諦《あきら》めてないぞ。以前の情熱が戻ってくるのを待っている」

「別に、私は……」

決して形が嫌いな訳ではない。ぴんと張りつめた緊張感の中で打つ形は、組手とは別の清々《すがすが》しさがある。だが、言葉が続かなかった。何かを言おうとすると、喉《のど》に鉛を詰め込まれたような息苦しさを覚える。

それ以上、言葉を引き出すのは無理と思ったのか、ダイアナは「帰っていいぞ」と言った。

「失礼します」

道場を後にしたものの、気分は晴れない。

――私は間違っていない。

とっくに腹を括《くく》っていた。やらされるのではなく、自分の意志でやるのだと。

更衣室へと向かう途中、渡り廊下にさしかかったところで、朝にはなかった光景に目を瞠《みは》った。

窓際についたてが立てられ、金や銀の折り紙、セロファンで飾りつけがされていた。

「目指せ選抜大会出場　女子空手道部」とマジックで書かれた周囲は薄紙で作った花で覆われ、中央に私の名が大きく書かれている。

「昨夏、インターハイ個人組手部門優勝　結城主将」

台紙の上には、晴人が撮影した写真が体裁よく飾られている。モノクロームのせいか、表情が険しく見えた。

――はっきり言って迷惑なのよね。

騒がれたり、注目されるのは、人が思うほど気分の良いものではなく、煩わしい事も多かった。近づいてくるのは気が合う人間ばかりではないし、愛想良くしているつもりが、思わぬ事で恨まれたりもするのだ。

挨拶したのに無視されたとか、返事がなかったとか、本当にくだらない事で。

声をかけられたのに気付かない事だってあるし、猛烈にしごかれて返事をしたくないぐらい疲れている時もある。普通の生徒であれば何でもない事が、私の場合は大きな問題になる。

――ま、いーけどね。

溜め息をつきながら更衣室に足を踏み入れると、突然「きゃー」と歓声が起こった。

見ると、全員が額に黒いシールを貼っていた。今朝、ゆりが買ったビンディ・シールで、盛り上がっていたようだ。「団体形で演武する時、全員でつけない？」と、誰かが言った。

からかわれていた過去を思い出して腹が立ったが、顔には出さない。

「あのさぁ、真面目な話。こういうのってインドの人に失礼じゃん」

主将の威厳を保ちながら、睨むに留める。

子供っぽい遊びに、大人は真剣に怒らないのだ。

まだ笑っている彼女達を尻目に、私は髪をほどいた。痛いぐらいきっちりと縛った細いゴムを外し、スケルトンブラシで髪を梳《と》かす。そして、今朝、買ったばかりのチャーム付きヘアゴムを取り出す。練習時とは逆に、ゴムが伸びないようにゆったりと結ぶ。

「あれ、ゆり達は？」

帰る方角が同じだから、ゆりとはいつも一緒に帰っていた。

「さっき、出てったよ」

「何よ、冷たい奴」

今朝のベタベタ振りを思い出し、腹が立ってきた。

「昨日の男の子に会うんじゃないの？　別々に出て行ったけど、賭《か》けてもいい。あれ？　もしかして、キャプテン焼いてる？」

からかうように言われたから、ついつい私も声が大きくなる。

「私だって用があったんだから。どうやって断ろうか、言い訳を考えてたとこ！」

着替えを済ませた後、私は「用があるから」と、真っ先に更衣室を飛び出した。あらかじめ二人で示し合わせ、校門を出たところで合流した。

「キャプテン置いてきて、悪かったかなー」

「いつも一緒に帰ってるのにね」

顔を見合わせて笑う。

暫く一緒に歩いた後、「じゃ、ここで」と私は言った。

「オッケ。内緒だね」

「うん。誰にもね」

「お互い、頑張ろっ」

手を振り合って別れた後、いつもとは逆方向に歩く。急勾配の坂を降りて学校の敷地を囲む塀沿いに行けば、曲がりくねった道が入り組む住宅街が現れる。

途中で鏡を取り出し、顔を再点検する。こっそりとポケットに忍ばせておいたリップクリームを塗る。かすかに薔薇《ばら》色に色づいて、私の顔色によく似合った。そして、買ったばかりのてんとう虫のヘアゴムが見えるように、髪をサイドで結び直す。

後ろから自転車で追い越して行ったおじさんが、道の真ん中に立つ私を迷惑そうに振り返った。

部活の後、いつもはみんなと駅前のドーナツ屋でわいわい騒ぐのだけど、今日は違う。

住宅街にひっそりと佇む喫茶店へと向かう予定だ。

もちろん、誰にも内緒。

学校が建つ辺りは高台になっており、やがて崖《がけ》沿いの細い道へと出た。

フェンスが張られた向こう側に、傾いた太陽と西日に照らされた街の全景を眺める事ができる。足を止め、暫《しば》し見惚《みと》れた。

私の好きな風景だ。

皆とわいわい喋りながら下校していたなら、きっと見過ごしていただろう。

この場所を教えてくれたのは、晴人だ。

あの日、気分が良くなくて、私は一人で部室を出た。そして、前を歩く晴人を見つけたのだ。制服に包まれた肩は広く、意外な男っぽさに気付いた。振り返った晴人は、眩《まぶ》しそうに私を見ていた。

――やっぱり、他の男の子なんて考えられない。

知り合ったばかりの男の子から、「電話番号を教えて欲しい」と言われる度、晴人の顔を思い浮かべていたのだから。

待ち合わせ場所に行くと、既に晴人が立っていた。

今日は黒ブチの眼鏡をかけている。その日の気分や服装に合わせて、数種類の眼鏡を使い分けるのが、彼の唯一のお洒落だった。「眼鏡がないと、しまらない顔だから」と晴人は言うが、その横顔は校内の誰よりも綺麗だ。

「お待たせ」

高台から街を見下ろしていた晴人は、ゆっくりとこちらを振り返った。

此友学園の男子冬服は紺色の詰襟だ。金ボタンではなくジッパー式の、細身に作られた軍服を思わせるデザインで、誂《あつら》えたように晴人によく似合っている。

「ごめんね。今朝は……」

大勢の女子生徒で囲み、さぞかし嫌な思いをさせてしまっただろう。

「ん？　あぁ」

大した事じゃないと言いたげに、晴人は手を振った。

「行こうか？」

並んで歩くうち、自分が着ているミントグリーンのジャージが酷《ひど》く恥ずかしくなる。誰が選んだのか知らないが、まるで工場の作業着だ。バッグの中にウインドブレーカーが入っているが、そちらはもっと恥ずかしい。バックプリントに大きく自分の名前が入っていて、さすがに晴人の前では着るのが躊躇われる。

「やっぱり、今度にしない？」

「え、何でだよ」

せっかくの誘いだったが、二人で過ごすのに似つかわしくない恰好だ。

本当は制服を着てこようと思った。でも、絶対に怪しまれる。部活の練習日に一人だけ制服で通学し、おまけに練習が終わった後にそそくさと別行動。あまりにも分かりやす過ぎる。

「構わないって。開店したばっかりで、いつ行っても人がいないんだ。ほら、あそこ」

表通りから一本奥に入ったあたり、四階建マンションの一階に、ガラス張りの喫茶店があった。中に入ると、ケーキを焼く香ばしい匂いと、フレバリーティーの甘ったるい香りが漂っていた。

「素敵」

店内は木を使った内装で、テーブルには手作りのクッションと毛布が用意されていた。

晴人は得意そうだった。

「写真、貼ってたろ？　見た？」

渡り廊下には私の写真も貼られていた。選手として、見るべき実績もないというのに。

「う、うん」

返事がワンテンポ遅れた。目を伏せると、晴人のカメラが目に入る。カメラの事はよく分からないけど、高そうに見えた。

「実は、親父《おやじ》のなんだ。借りてるというか、勝手に使わせてもらってるというか」

一時、晴人の父は写真に凝っていたが、仕事が忙しくなって写真どころではなくなったらしい。高価なカメラは箪笥《たんす》の奥で暫く眠っていたと言う。

晴人はカメラを構えると、私の顔を正面から撮影した。最後の一枚だったらしく、フィルムを巻き戻している。

「それって、写真屋で焼いてもらうの？」

「まさか、自分で焼くんだ。部室には暗室もあるし、薬品も機材も揃ってる。自分で現像した方が写真に魂が籠もるし」

「魂？」

「えーっと、『形は空手の魂』だっけ？　形を馬鹿にする奴がいるけど、そんな事ない。そう言わなかった？」

確かに言ったような気がする。

「今は、そう思ってないの？」

晴人は私の目を覗き込むようにした。

居残り練習で、急激に上手くなったあーやを見て、自分も頑張らないといけないと焦った。ダイアナからも、ちゃんと姓で呼んでもらえるように。だけど、絶対に無理なのも分かっていた。

それ以上、空手の話はしたくなかったから、私は口を噤《つぐ》んだ。

帰宅すると、家には誰もいなかった。テーブルの大鉢には惣菜《そうざい》類が盛られ、ご飯も炊けていた。夜は父が営む道場を手伝う為、母は家を留守にする。結城家での夕飯は、各人が自分の都合の良い時間に食べる事になっていた。

部活の後、甘いものを口にしたのに、もうお腹《なか》が空《す》いていた。多分、お喋りと同時に急速に消化されてしまったのだ。着替える間も惜しかった。ジャージのままコンロの前に立つ。

味噌汁《みそしる》を温めている間にお茶碗《ちゃわん》にご飯を盛り、出し巻き玉子ときんぴら、俵型のコロッケを皿に取った。

一人で夕飯を食べながら、ダイアナとのやり取りを思い出す。

「形が嫌いか？」と聞かれた時、本当は「一人でやりたいだけです」と言いたかったのだ。バレーボールやバスケットと違い、空手は一人で出来る。個人戦であれば他の選手のミスで負ける事もなく、責任は全て自分で負う。その潔さこそが、空手の良さだと思う。

――今さら団体形ねぇ。

道場を去り際、ダイアナは「もう、中学生の子供じゃないんだよなあ」と呟いた。

あの時とは違うし、二度と同じようにはできない。

そうだ。あの時とは全てが違うのだ。

鍋《なべ》がかたかたと音を立てるのを聞き、慌ててコンロに駆け寄る。鍋の中で豆腐の味噌汁が沸騰していた。

——あーあ、叱《しか》られちゃう。

母からは「風味が変わるから、絶対に沸騰させないで」と口やかましく言われていた。湯気を立てる味噌汁をお椀《わん》によそったものの、さすがに熱過ぎる。水道水で薄めてから食卓についた。母が見たら、「行儀が悪い」と激怒するだろう。

電話が鳴った。

口の中に玉子焼きを入れたままだったので、相手は食事中だと気付いたようだ。

『後にしようか？』

返事をせず、ゆっくりと玉子焼きを飲み下す。その間、晴人は辛抱強く待っていた。

「で、何？」

『学校から連絡が入ったんだ。写真を剝《は》がされたらしい』

声に怒りが籠もっている。

「写真？」

『渡り廊下に貼ってた、女子空手道部の写真だ』

「へぇ。私のファンの仕業でしょ？」

冗談で切り返す。正直なところ、どうでも良かった。

『違う。写真はゴミ箱に捨てられていた。飾りと一緒に原形をとどめないほど破かれて。もう、これで二度目だ』

こちらが口を挟む間もなく、晴人は畳み掛けてきた。

『僕が帰る時には、無事だった。だから、犯人は僕が帰った後で、写真を破り捨てたんだ。写真は新たに焼き増しできるけど、飾りつけは写真部の女子が冬休み返上で協力してくれたから……。随分とがっかりしてたよ。中には泣き出す子もいて』

「ふぅん、空手道部を良く思ってる子ばかりじゃないからね」

晴人は納得していないようだ。彼の鼻息だけが受話器越しに聞こえてきた。

「黙ってないで何か言ったら？」

『とぼけるつもりだな』

「どういう意味？」

『こっちが聞きたい。残念だ。こんな事、僕の口から言いたくなかったんだけど、見ていた生徒がいるんだ。お前が渡り廊下から出てくるのを』

「確かに通ったわよ。道場から更衣室に戻るには、あそこを通らなきゃなんないから」

『素晴らしい演技力だな。信じたくない。僕だって』

「な……、何なの？　本気で私を疑ってんの？」

怒りで声が震えた。

「どうせ、他の誰かと見間違えたんでしょ！」

『ここまで言われて、まだ自分じゃないって言うのか？　一人だけじゃないんだ。何人もの生徒に見られてるんだぞ』

晴人は怒っていたが、知らない物は知らないとしか言いようがない。

「写真が破られた時間、分かる？」

『僕が最後に見たのは午後五時になる少し前。お前が渡り廊下の方角から出てきたのが五時半頃。様子がおかしかったから、目撃者は写真が貼られていた場所を覗いて……』

惨状を発見したらしい。

「私、五時半頃には更衣室にいたわよ。証人もいる」

練習が終わったのがちょうど午後五時だったが、ダイアナに呼び止められたから皆より遅れて道場を出た。話は十五分ほどで終わったし、私が渡り廊下を通った時には、写真はちゃんと貼られていた。

『更衣室に戻るまでの間、誰かと一緒だったのかよ？』

「一人よ。でも、写真は何ともなかった」

大きな文字も、私の名が書かれていたのも、ゴテゴテとした安っぽい飾りつけも、ちゃんと覚えている。

晴人は『へぇ』と言ったきり、口を噤む。

「何よ。やっぱり、私が怪しいって言うの？　今日は他のクラブの子達も登校してたし、やっぱり人違いじゃない？」

『あんな趣味の悪いジャージ、見間違うはずないだろ』

「悪かったわね！　悪趣味で。それに私が渡り廊下に居た時は道着のままだったわよ！」

そこまで言って、はっと口を噤む。

「目撃者は何故、私だと言い切ったの？　渡り廊下は見通しがいいから、犯人は近くに人がいないのを見計らって写真を破ったはずよ」

つまり、目撃者は離れた場所にいたのだ。

『君を見間違える訳ないだろう？』

晴人は何かを言いたげな口振りをして、黙った。

「つまり、額に大きなホクロがあった。遠くからでもよく目立つ。そう言う訳ね？」

黙っているのが返事になっていた。

あの時、更衣室で行われた悪ふざけについて考える。部室に戻ると、皆、額にビンディ・シールを貼っていた。あれは、ゆりが買ったもの。

そして、部室にゆりの姿がなかった。

翌日、登校すると、写真が破り捨てられていた事件は、既に一部の生徒達の間に広まっていた。こちらを見ながら、始業式の間もひそひそと話している。

ダイアナは、朝から機嫌が悪かった。無理もない。よりによって、主将である私が犯人だと噂《うわさ》されているのだから。

「結城、後で来てくれ」と言うのを、げんなりとした気持ちで聞いていた。

ゆりに肩を叩《たた》かれた。

「聞いたよ。例の写真の話」

暗い表情の私に、彼女は勘違いしたようだった。「元気だして。キャプテンじゃない。私はそう信じてるからね」と、耳元で囁《ささや》いた。

彼女の取り繕ったような優しさに、反吐《へど》が出そうになる。陰で私の悪口を言ってるくせに——。

ゆりの二面性には辟易《へきえき》させられたが、向こうは私が気付いているのを知らない。黙っている事が、彼女への仕返しなのだ。その代わり、一生許さない。

吐き気をこらえて答える。

「ありがとう。大丈夫だから。ところでさ、昨日はどしたの？　待っててくれると思ってたんだけどな」

「あ〜、ダイアナの話が長くなると思ってぇ、先に帰った」

じっと見つめていると、ゆりの瞳《ひとみ》が左右に揺れ出した。

「最近、冷たいよ。こないだだって私に内緒であーやと二人で出かけて……」

「やけに突っかかるじゃん」

「だって、あーやの事、前に嫌いだって言ってなかった？」

あーやは要領が良く、ちゃっかりしてるから、一緒にいると損をする。そう、ぼやくのを何度も聞かされた。

「でも、あーやといるとナンパされやすいんだ」

「なるほどね……」

分かりやすい理由に呆《あき》れる。

「キャプテン、男の子が近づくと睨むじゃない」

言い訳するように付け加える。

「で、こそこそと先に帰った訳？」

「別に。『一緒に帰って』って誘われたから……。ここだけの話だけど、彼女ね、最近、彼氏ができたみたいよ。内緒でつきあってるんだって。一人で帰ると怪しまれるからって頼まれた」

——あんただってそうじゃない。人を引き合いに出して誤魔化そうとしてるけど……。

さらに追及しようとした時、ゆりの手が伸びてきた。

「今日、つけてきたんだ、例のヘアゴム」

ゆりの指が、私の髪に触れた。ポニーテールの根元から垂らした蜂のチャームを弾く。

「やっぱ、これ、可愛いよね」

「話を逸らさないで」と言いかけた所に、晴人がやって来た。

「よっほーい、今日も蹴られに来たの？」

ファイティングポーズをとって、おどけるゆりを、晴人は軽くいなす。

「ちょっと」

腕を引っ張られ、人気のない場所に出たところで、彼はようやく口を開いた。

「こいつが渡り廊下に落ちていたんだ。心当たりないか？」

彼がこっそり見せてくれたのは、羽根を広げた「てんとう虫」のチャームだった。

私はゆりを振り返った。彼女がこちらを見ていないのを確かめると、声を潜めた。

「もちろん、知ってるわよ」

negative film

「あら」

店長は覚えてくれていたようだ。私の顔を見るなり、愛想良く笑った。

「今日は一人？」

私の後ろに誰もいないのを確かめる。

私はポケットからヘアゴムを取り出して見せる。

「一匹だけ、何処かに落としてしまって」

余程、がっかりした表情になっていたんだろう。隅のテーブルにお茶とお菓子が出され、座るように促された。その間、彼女はずっとにこにこしていた。

「何も気を落とす事はないわ。ついさっき、拾った人がここに来たから」

彼女は引き出しから薄紙の包みを取り出すと、私に向かって差し出した。広げてみると、私が失《な》くしたてんとう虫が、セロファン紙に包まれていた。

「びっくりしたわ。よく、ここが分かったなぁって……。多分、あなたと同じ学校の男の子じゃないかな？　詰襟の制服を着て、肩から大きなカメラを提げてた」

──晴人だ。

「うちの学校の人……だと思います」

彼女は綺麗な動きでクッキーを摘《つま》み、口に運んだ。

「校内で落としてたみたいよ。でも、何故、ここまで訪ねてきたのかしら？　遺失物として学校に届けた方が早いのに」

咄嗟《とっさ》に「飾りのついたヘアゴムは校則違反なんです」と嘘《うそ》をつく。

「彼は、何か言ってました？」

「ええっと、他に同じ物はないかって聞かれたわ」

直接フランスで買い付けてきた一点物だから、同じ品はないと答えたと言う。

お茶を飲み終わると、彼女はラジオペンチを器用に操って、瞬く間に修理してくれた。

てんとう虫は無事、仲間のもとへと戻ってきたのだ。

「はい。どうぞ」

差し出されたヘアゴムを見ながら、複雑な気分になる。修理したヘアゴムは、二度とつける事はできない。同じものが二つとない事実を、ここまで来て確認されてしまったのだから。

分かっていたはずなのに、いざ、こうなってみると罪の意識に苛《さいな》まれる。

せっかく出されたお茶もお菓子も、味がしなかった。

「あなた、空手の選手なの？」

空手道部と書かれたバッグに目をあてながら言う。

「ええ。一応」

胸を張って答えられないのが情けない。

「女の子の空手、きっとかっこいいんでしょうね」

小柄な彼女は、見上げるような目をした。

「そうでもないですよ」

語調が投げやりだったせいか、相手が少し怯んだのが分かった。

「すみません」と謝る。

「実は、高校に進学してからはイマイチなんです。試合で勝てなくなって。うちの学校は団体形に力を入れてるから、そちらに出ろと勧められるんですけど……、好きじゃないんです」

彼女は戸惑ったように首を傾げた。

自分の本当の気持ちを誰かに聞いてもらいたかった。だけど、よく知らない相手に打ち明けるには重過ぎる。私の中に巣食う、どす暗い影の話をするのは――。

「……そうね」

　黙りこんだ私に、彼女は静かな声で呟いた。

「ずっと一緒って辛《つら》いかもしれない。同じ年頃の女の子同士が一緒にいると、無遠慮な目で比べられたりするし」

　彼女は何かを思い出したように、表情を曇らせた。きっと、過去に嫌な目にあったのだ。身近な誰か、姉妹、友達と比較されて。

「よかったら、どうぞ」

　彼女は可愛らしい布で作った髪飾りが入った箱を出してきた。

「店番の合い間に私が作ったの」

　ハギレで作ったらしく、一つずつ柄が違う。

「これは、あなたに似合いそう」

　手渡された髪飾りは、水玉とギンガムチェックの布とレースで作られている。色はピンクだ。

「あの賑やかな子には、これがいいわね」

　ハートと花柄の、いかにも騒々しい組み合わせだ。そして、私の顔に目を当てながら言った。

「これは、あのホクロが似合う子に」

　私とは色違い、ブルーの水玉とギンガムチェックで作られた髪飾りが、ぽとんと手の中に落とされた。

写真部の女子部員達が教室に押しかけてきた。取り囲まれた私は、そのまま壁際まで追い詰められる。

「結城さん。一体どういうつもりなんですか？」

「証拠はちゃんとあるんですよ！」

選手として活躍している私に敬意を払っているつもりか、同い年なのに敬語だ。

「待って！　私じゃない」

後ろを向き、チャームがついたヘアゴムを見せる。

「お願い、聞いて。私が買ったのはこれ。でも、現場に落ちていたのは『てんとう虫』だったのよね？」

彼女達に見えるように、蜂のチャームを手で示す。

「じゃあ、結城さんに化けた人間の仕業だって言いたいんですか？」

執拗《しつよう》に詰め寄ってくる。

「目撃者に聞いてみて。犯人が顔を隠すような素振りをしていたかどうか」

あの時、空手道部員達は部室でビンディ・シールを額に貼って遊んでいた。

私が入室する前に皆で、私をからかおうとしている風だったが、先に帰った人間がいたのだ。あのシールを貼ったまま。

同じ髪型、同じジャージ、額には分かりやすい印。見間違える条件は揃っている。

「そう言えば」

一人が合点がいったような表情を見せた。

「ゆりが教室でビンディ・シールを見せびらかしてたわ。爪《つめ》に飾るといいのよって自慢してた」

別の子が、納得したように頷く。

「万年補欠、三年になってもレギュラーになれそうにないってボヤいてたわよね。彼女なら、嫉妬《しっと》から結城さんの写真を破く事はある」

「じゃあ、ゆりが犯人って事？」

私を放《ほう》り出して会議を始める写真部員達。

「ゆりじゃないわ」

私のきっぱりとした口調に、彼女達は一斉に振り返った。

「何故、そう言いきれるんですか？」

晴人は肝心の事を彼女らに言っていない。気付いていないのか、犯人を庇《かば》うつもりなのか。

許せないと思った。出し抜かれた事、内緒にされていた事、私に罪を着せようとした事、それら全ての事が。

皆が固唾《かたず》を呑《の》んで見守る中、私はもう一度言った。

「犯人は、顔を隠さなかったんだよね？」

negative film

私の目の前に並んだ二つの髪飾りを見る。色違いのお揃い。

どうしようか？

自分で自分に問いかける。

ゆりにはさっき、賑やかな柄の髪飾りを手渡した。驚いたように目を丸くすると、彼女は明るく言った。

「ありがとね。でも、あの日は私も約束があったから、お互いさまっしょ？」

学校に向かう途中、「ナンパされた男の子から誘われている」と言っていた彼女に、私は頼み事をしたのだ。居残り練習が終わったら、皆に怪しまれないように、一人で部室を抜け出して欲しいと。

案の定、男の子と会う約束をしていたゆりは、私の誘いに乗ってきた——。

ピンクの髪飾りを髪に飾ると、色違いの髪飾りをゴミ箱に捨てた。

——もう、お揃いは真っ平。

私のもとに戻った「てんとう虫」は、引き出しの奥深くに仕舞った。二度と取り出される事はないだろう。

ふいに肩を叩かれた。

振り返ると、同じクラスの、喋った事もない男子だった。

「穴吹先生が呼んでる」

言葉が通じなかったかのように、私はいつまでも彼の顔を見つめていた。


練習が始まる前に、面倒な事を済ませてしまいたいらしい。呼び出された先は物理実験室だ。授業以外で、ここを訪れる者はいない。

扉をノックする。

「入っていいぞ」

中から声がした。

「失礼します」

穴吹先生ことダイアナは窓に背を向け、椅子《いす》に座って私を待っていた。その前には、見慣れた背中があった。ポニーテールの先が、首の上辺りで揺れている。窓から入ってきた光を受け、結び目のあたりで蜂のチャームがきらりと光った。

ダイアナは指で示して、彼女の隣に座るように言った。

「何故、あんな事したんだ？」

答える必要はあるだろうか？　黙っていると、ダイアナは私の隣に目をやった。

「結城はどうだ？　主将として、同い年の姉として何か言いたい事あるか？」

私とそっくり同じ顔が言った。

「和果《わか》ちゃん。何で、すぐにバレるような事するの？」

和央《わお》は私を責め立てた。

「あんた、わざとシールを剝がさないままでいたんでしょ？　私に罪をなすり付ける為に。サイッテー」

あの時、皆は私の額にシールを貼り、「こうすれば、全く同じね」とはしゃいでいた。

「団体形の時につければいい」と、和央がいないのを良い事に笑っていた。

私達は中学時代、団体形のチームメートとして、試合会場で拍手喝さいを浴びていた。

同じ髪型、同じ背丈、同じ体型。同じ年。そして、同じ顔。私達の一挙一動に目が注がれていた。

「何とか言ったらどうなの？」

「へぇ、さすがはキャプテンね。御立派だこと」

反撃されると思ってなかったのか、和央は口を噤んだ。

これは敵だ。

仮想の敵などではなく、私に付きまとう本物の敵だ。脳裏に暗い影が立ち上がる。影から逃れようと、激しく首を振る。

「もう、真っ平なのよ。私は私なのに、皆、結城姉妹って呼ぶ。団体形の結城……」

ダイアナが、私の言葉を遮った。

「わか、お前はそんな風に思っていたのか？」

「その呼び方も嫌いなんですっ！」

私の物言いに怯んだのか、ダイアナは押し黙った。

唯一、私達を区別するのが、顧問のダイアナだった。

和央を「結城」と呼び、私だけを「わか」と名前で呼び捨てる。

「ミッキー」や「カナ」、「ゆり」や他の部員達と同じように――。

ダイアナにとって、和央は主将であり、インターハイを制した特別な選手だから姓で呼ぶのだ。対して、試合で勝てない私は、その他大勢の部員と同じ。

『結城』に『わか』。『結城にわか』。ついでのように、そう呼ばれるのが、どれだけ辛かったか。先生には分からない！」

「和果ちゃんっ！」

部屋を飛び出した私を影が追いかけてくる。私を二十四時間責め苛む、あの影が――。

炎暑の怪談咄

おはしょりを綺麗《きれい》に整え、伊達締《だてじ》めを当てた所で気付いた。浴衣を着る前に髪をまとめておけば良かったと。着付けをし直す気力はなかったし、時間もなかった。

——ま、いっか。

そう呟《つぶや》くと、私は伊達締めの上から帯を結んだ。簡単に前髪だけをピンで留め、最後に手首に新しい絆創膏《ばんそうこう》を貼《は》る。

七月上旬。学校が夏休みに入るのは再来週からなのに、一足早くイベントや祭りが行われるせいで、すっかり夏休み気分になっている。

足音を忍ばせて家を出ようとしたところで、リビングの扉が開く気配がした。

「和穂《わほ》っ！　そんな恰好《かっこう》して、朝から何処《どこ》に行くの？」

母の声が背中に突き刺さり、思わず舌打ちが出る。

「見れば分かるでしょう？　お祭り」

「何ですって？」

聞こえているのに、わざと聞き返してくるのだ。いい加減にして欲しい。

「だから、お祭り！」

「待ちなさい。祭りは夕方からじゃない！」

必要以上に、声が大きい。

「先に野球の試合を見に行くのよ！」

母に負けないように、大声で返事をする。きっと、私達の声は近所中に響き渡っているだろう。

「野球？　何でいきなり野球なのよ」

――もう、面倒臭いっ！

「友達に誘われたの。行ってきます」

「友達って、例の子ね。ゆりえだか、ゆりなだか知らないけど」

「やめてよ、そんな言い方」

母は「ゆりちゃん」の名前を知っている癖に、そういう厭味《いやみ》な言い方をする。今は別々の学校に通っているけれど、中学時代からの仲良しだ。

「もっと友達、選んだら？　あの子と付き合い出してからロクな事がないわ。遊んでばっかりで……」

お小言が始まる前に、駆け出す。

――あっつーい。

浴衣のせいか、昨夏より五キロも体重が増えたせいか、いつになく汗がだらだらと流れる。

――汗をかいて、ちょっとでも絞れたらいいんだけどな。

以前だったら、冬に増えた体重も夏には減っていた。それが今夏は、冬の間に付いた脂肪が、そのまま残っている。

節電のせいで電車内はクーラーが効いておらず、待ち合わせ場所に到着した時は、早くも暑さでぐったりしていた。

「ワッホー！　遅いぞー」

先に来ていたゆりちゃんが手を振る。

――うわぁ、気合い入ってるぅ。

ゆりちゃんは目の覚めるようなブルーの浴衣を着て、黄色い帯を合わせていた。ブルーと黄色は、彼女が応援している桜《さくら》ケ丘《おか》学園野球部のチームカラーだ。いつもは下ろしているストレートの髪をアップにし、目印のようにひまわりの花を結び目に飾っている。

――あれ？

ゆりちゃんの隣に見覚えのある女性が立っていた。タイトなTシャツにデニムのマイクロミニ。大きなバッグを肩にかけている。

スポーツ記者の宇賀神《うがじん》さんだ。

「見つかっちゃったー」

ゆりちゃんは横目で隣の女性を見る。

「こ、こんにちは」

私も慌てて挨拶《あいさつ》する。

「なーに、二人揃《そろ》って。練習は？　インターハイが近いんでしょう？」

宇賀神さんは腕組みして私達を見る。Tシャツの袖《そで》から蝶《ちょう》のタトゥーが見え隠れする。

「あ、あたしは補欠だから」とゆりちゃんがけろりと言う。宇賀神さんの視線が、ゆりちゃんから私に移る。

「結城さんは、此友学園には進学しなかったんだよね」

「はい。摂北《せっほく》学院です。……今、一年生です」

「そう」

宇賀神さんは、そこで言葉を切った。

「確か、あそこにも空手道部があったわね。最近、台頭してきて此友を脅かしてる」

思わず目を伏せると、宇賀神さんの臍《へそ》ピアスが目に飛び込んできた。

「ん？　結城さん。ちょっと太った？　二重顎《あご》になってるわよ」

気にしている事をずばりと言い当てられ、思わず「う」と口ごもる。

「あなたみたいに体を鍛えてる子は、筋肉の間に脂肪が入り込むから、痩《や》せにくくなるわよー」

威《おど》すような口調ながら、顔は笑っている。

——性格わるーい。

一方、ゆりちゃんは懇願するような声を出している。

「お願い、穴吹先生には黙ってて下さいよー」

大事な試合を前に、どんな理由をつけて部活を休んだのかは分からないが、相当にヤバいらしい。

「しょうがないわねっ！」

自然と、三人で並んで歩き出す。

「今日は取材ですか？」と尋ねる。だけど、宇賀神さんには以前、空手専門雑誌「空手道の星」に記事を書いてもらった事がある。だけど、野球の取材まで担当しているとは知らなかった。

「本当は先輩がやるはずだったんだけど、日焼けするのが嫌なんだって。私よりずーっと年上の女性なのよ。今さら美白したってねぇ」

宇賀神さんは重そうなバッグを手でぽんぽんと叩《たた》き、溜《た》め息《いき》をついた。露出した手足はいい感じに焼けている。

「ま、色々やらされるのよ。フリーだからね……。それより、和央と和果は元気？」

——何で、ここで二人の名が出るのよ……。

気分を害したが、態度には出さない。

「あなたも頑張らないとね」

「……私、空手は辞めたんです」

「ふうん」

何故《なぜ》かとは聞いてこなかった。

「あ、私はタクシーだから。じゃね」

宇賀神さんは手を振ると、足早に立ち去った。

「あー、びっくりしたー。まさか、こんなとこで会うなんて」

私は肩越しに振り返る。宇賀神さんは走りながら手を挙げ、颯爽《さっそう》とタクシーに乗り込んでいるところだった。

「あの人ってかっこいいけど、ちょっと怖いよね」

私は宇賀神さんが苦手だった。油断していると、こちらの痛点をさらりと突いてくるから、つい身構えてしまうのだ。

「球場では一緒にならないよ。プレス席は別にあるし。それより、家の方は大丈夫だった？」

「う……ん、まーね」

ゆりちゃんと親密になるに従って、服装や化粧が派手になるのを、お母さんは面白く思っていない。自分の高校時代がどうだったか、一度思い出してみればいいのにと思う。世界がぐんと広がるのに、相変わらず子供扱いしたがる親を、鬱陶《うっとう》しく思ったに決まっている。

「親との兼ね合いなんて、気にしてもしょーがない。子供には子供の世界があるんだって、慣れさせないとね。さ、思いっきり楽しもっ！」

ゆりちゃんは沈んだ空気を撥《は》ね飛ばすように、はしゃいだ声をあげた。

昨日、夏の全国高等学校野球選手権大会の予選が開幕した。早い所では六月から始まっているが、これからがシーズンらしい。

「ほら、見て」

ゆりちゃんが指差す方を見る。

「うわ……」

今日の第二試合は一回戦には勿体《もったい》無いほどの好カードだからか、球場へ向かう人々が列をなして歩いていた。

「ちょっと、急いだ方がいいかもね」

下ろしたての下駄は、鼻緒が指の間に食い込んで痛い。その上、走らなければならないのかと思うとゲンナリする。

「何で、こんな不便なとこでやるの？」

ゆりちゃんと並んで走りながら、私は文句を言った。

最寄駅とは名ばかりで、球場は徒歩で十五分はかかる場所に位置しているのだ。ゆりちゃんから拝み倒されて野球観戦に付き合う羽目になっただけで、特に野球が好きなわけでもないから、つい不平不満が口を突く。

「まーまー、そう言わずに」

ゆりちゃんは涼しい顔だ。

「確かに不便だけど、新しい球場だから設備が整ってるのよ。周りに建物がない分、見晴らしもいいし」

頭上から、突如として爆音が響いた。

近くに空港があるらしい。飛行機が低空を飛んでいた。


真正面に見えるスコアボードの時計は十時四十五分を指していた。

「あっつーい」と、自然に声が漏れる。

炎天下を走ったせいか、慣れない浴衣を着ているせいか、不快指数は最高点に達していた。急いで入場し、バックネット裏に席を確保したものの、大きな屋根は全く役に立たなかった。

海に近く、視界が開けて気持ち良かったが、全く風が吹かない。それどころか、潮を含んでねっとりとした空気が肌に貼りついてくる。

私は手首に目をやる。時々、気付かないうちに汗で絆創膏が剝《は》がれてしまう事があったから——。

「これ貸したげる」

ゆりちゃんから差し出されたうちわをもぎ取るようにして受け取り、顔の前で激しく扇ぐ。

準備万端整えたゆりちゃんは、袂《たもと》から折りたたんだ白いタオルを取り出し、首の後ろから浴衣の襟元をそっと拭《ぬぐ》った。バッグの中には凍らせたペットボトルのお茶に何枚ものタオルやおしぼりが、ぬかりなく用意されている。

「こんなに暑いとは思わなかった。先に教えてよ」

流れ出る汗を小さなハンドタオルで拭いながら、私は抗議した。

「常識じゃん」

ゆりちゃんは涼しい顔で言うと、頭のてっぺんで結んで大きく膨らませた髪を指でいじった。後ろに座った人の迷惑にならないかと心配になる。

「ほら、出てきた！」

ゆりちゃんが指差す方向を見ると、ベンチ前に桜ケ丘学園の選手が整列していた。

アナウンスが流れる。

『桜ケ丘学園、ノックを始めて下さい。ノックは七分間です』

整列した選手達は帽子を取って一礼すると、雄叫《おたけ》びを上げながらグラウンドに散った。

「このチームはね、ノックにピッチャーも入るのよ」

マウンドに立つピッチャーは四人いた。彼らが順に投げた球をキャッチャーが捕球。三塁、二塁、一塁と回され、またキャッチャーに戻される。次は逆に一塁からボールが回される。

ピッチャーの中に、目立って体格のいい選手がいる。

「あれがカイト」

私はスマホで、マウンド上のカイトを撮影した。

他の選手より体が大きく、ユニフォームが裂けそうなほど筋肉が発達している。

二ケ月前から、ゆりちゃんは桜ケ丘学園のエース・佐々木《ささき》魁人《かいと》と付き合い始めた。今日はカイトの目に留まるように、マウンドの正面に当たる席に陣取った。もっとも、浴衣を着ているのは彼の為《ため》ではなく、試合の後で祭りに行くからだったが。

「かっこ良く撮れたぁ？」

甘えるように、ゆりちゃんが体をくっつけてきた。

「見せて、見せて」と言うから、画像を送信した。

ゆりちゃんは「ワッホ、才能ある」と言いながら、送った画像を嬉《うれ》しそうに見ている。

「両手で持つだけで、綺麗に撮影できるよ」と教えてやる。

デジカメ並みのクオリティーを誇るスマートフォンのカメラだが、反面、ちょっとした手ぶれでも目立つのだ。

「すっごーいぃ」

やたらと感心するから、「お父さんに教えてもらった」とだけ答えて、グラウンドに視線を戻す。ゆりちゃんは、まだ画像を眺めていた。

「やっぱりユニフォーム姿が一番かっこいいなぁ」

――ゆりちゃん、顔が溶けてるよ。

ついこないだまで、試合会場で知り合った他校の空手道部員と遠距離恋愛していたはずだ。その彼と別れたのかどうかは説明されなかったが、今年の春に桜ケ丘学園の練習試合を見に行き、その時、カイトにメルアドを渡したと言っていた。

カイトからメールで「会って欲しい」と言われ、ゆりちゃんは一度断ったらしい。そして、二度目のメールでコクられた時に条件を付けた。カイトに追っかけの女の子達を整理させたのだ。

「顔に似合わず、優しいじゃん」

カイトを褒めたつもりが、「どーゆー意味よ」と返ってきた。

「ああ見えて、一途なんだから。コクられた時はホント、嬉しかった～」

「はい、はい。ラブラブなのね」

カイトは規律が厳しい寮生活を送りながら、毎晩、ゆりちゃんに連絡を入れ、週に一度の休みには必ずデートしていた。大勢の女の子から憧《あこが》れの視線を向けられている割には、ちゃんと付き合うのは初めてだったらしい。すっかりゆりちゃんのペースにはまり、彼女の手の中でころころと転がされている。

二人で撮ったプリクラを見せてもらったが、可愛《かわい》くポーズを決めるゆりちゃんの横で、カイトは直立不動でピースサインを出していた。

マウンド上のカイトに目をやる。

真っ黒に日焼けした顔はイケメンというより、ゴツメンという表現がぴったりだった。

周囲を圧倒するようなオーラを放っている今の姿と、ゆりちゃんが話す純朴な男子高校生が、にわかに同じ人物とは信じ難い。

さり気なく、ゆりちゃんの横顔を見つめた。

真夏だというのに、抜けるように白いゆりちゃんの顔。その頰《ほお》には、丸くチークが入れられている。長い睫毛《まつげ》、綺麗な鼻筋、少しだけめくれ上がった上唇、華奢《きゃしゃ》な顎、と順に目で追った。

——綺麗になったなぁ。

周りにいる男の子達も、ちらちらとこちらを見ている。

「行けるといいね。甲子園」

私の言葉に、ゆりちゃんはいつになく真剣な表情を見せた。

「絶対に行けるよ。だって、あんなに頑張って練習してたんだもん」

見ると、胸の前でぎゅっと拳《こぶし》を握っている。

ピッチャー達はバント処理、ファーストへのベースカバーなどの投内連係を始めていた。大柄にもかかわらず、カイトの動きは俊敏だ。そして、途中からファウルゾーンへと行き、そこでキャッチボールを始めた。

物珍しかったのは最初のうちだけで、すぐに飽きてしまった。

退屈しのぎに周囲を見回すと、スタンドは帽子とタオルで暑さをしのぐ観客達で埋め尽くされ、見ているだけで暑苦しくなる。

「あれ、ワッホんとこの野球部じゃない？」

ゆりちゃんが指差した一角に、頭を丸刈りにした一団がいた。確かに、うちの制服だった。中にビデオカメラを携えた生徒がいたから、試合の偵察に来たようだ。

「ヤバくね？　ワッホが他所《よそ》の学校の試合を観《み》にきてるのバレたら」

「あ、野球部に知り合い、いないから」

摂北学院の硬式野球部は、長らく甲子園出場を果たしていない。それでも、予選ではベスト4を狙《ねら》えるぐらいの強豪校ではある。聞くところによると、昔は桜ケ丘より摂北の方が強かったという。時代が変わり、勢力図が塗り替えられたものの、それでも毎年野球特待生が入学してくるそうだ。

「見て。あの背の高い子」

ゆりちゃんの目が動く。私もその視線の先を追った。

面長な顔に涼しそうな目元。への字に曲げられた唇が利かん気な印象の男の子が、目に飛び込んできた。

「確か、大阪から野球留学してきたって子。凄《すご》いらしいよ」

「何で、そんなに詳しいの？　自分の学校じゃないのに」

「カイトからの情報」

「そんな凄い子が何故、相手チームの偵察に来るの？」

今の時期、試合を見にくる時間も惜しいはずだ。

「入学した後で怪我《けが》したみたい……」

膝《ひざ》を痛めていると言う。

「時間かかるんじゃない。ピッチャーだし」

「ピッチャーと膝って何か関係あるの？　肩とか肘《ひじ》なら分かるけど」

首を傾《かし》げる私に、ゆりちゃんは説明を始めた。

「ピッチャーの仕事って、投げるだけじゃないんだよ。ゴロを処理するのに、膝を曲げて素早く動かないといけないの。それに、膝が悪いと投げる時に踏ん張れないじゃん。ほら、見てごらんよ」

ゆりちゃんは視線をファウルゾーンに移す。そこでは、カイトが試合前のウォーミングアップを行っていた。両手を胸の前で揃えた姿勢で立っている。

「足の動きにちゅーもーく」とゆりちゃんが言う。

カイトは右足一本で立ち、逆の足をひきつけるようにして高々と持ち上げた。そして、レールの上を移動するかのようにスムースに体重移動し、球を投げた後は、左足で立つ恰好になった。

「あの子が痛めたのは右膝。つまり、軸になる足。踏ん張れなかったら、速い球も投げられない。空手でもそうじゃない？」

「うん……」

「それより、あの彼、ちょっと、いいと思わない？」

ゆりちゃんは私の耳元で囁《ささや》き、ちらちらと振り返った。

確かに背は高かったが、全体的に線が細く、頭を丸刈りにしていなければ、野球部員だとは分からないかもしれない。

「そう？　普通だと思うな」

とは言うものの、カイトよりはずっと爽《さわ》やかだった。暑さでうだるスタンド内でも、彼の周辺だけ涼しそうに見える。

「ひっどーい。あれで普通だったら、ほとんどの男子はゴミだよ」

「全く、もー。気が多いんだから。今、カイト君とラブラブなんでしょ？」

私の声が聞こえた訳でもないだろうが、ファウルゾーンでカイトは返球された球を受け損ねていた。白球がころころとバックネットまで転がってきた。

球を追いかけて走るカイトが、一瞬、こちらを見た。すかさず、ゆりちゃんは手を振る。カイトの黒い顔がほころび、白い歯が光った。

「うん、でも、やっぱりカイトが最高！」

さっきからこちらを見ていた男の子達が、にやにや笑っていた。

彼女は多分、レギュラー争いから脱落した野球部員を、恋の相手に選ばないだろう。ゆりちゃんの表情を見ながら、私はそんな事を考えていた。

突如、周囲から拍手が起こった。

シートノックの最後に、監督が高々と真上にフライを打ち上げ、キャッチャーが見事に捕球していた。

「さ、もうすぐ試合開始。気合い入れて応援しよー！」

ゆりちゃんはしゃんと背筋を伸ばし、ホームベース周辺に戻ってきた選手達を目で追った。

「だ・か・ら、今日は晩ご飯いらないの！　い・ら・な・い！」

スマホ片手に大声を出す私を、隣のテーブルに座っていた高校生の男女二人組が見ている。

『親に向かって何？　その言い草』

お母さんの声は尖《とが》ってゆく。

「もう、煩《うるさ》いなぁ。いちいち、突っかからないでよ」

『夕飯がいらないんだったら、早めに言いなさい。少しは用意してくれる人の身になったら？』

——大量に作り置きして、大皿に載せてるだけじゃん。

喉元《のどもと》まで出かけた言葉を飲み込む。

——私が太ったのも、そのせいなんだからねっ！

他所の家で食事をした時、きちんと一人分ずつ料理が用意されているのを見て、初めて「普通はこうなのだ」と知った。

『あなたと違って、お母さんは忙しいのよ』と言うのを聞きながら、「じゃね！」と、一方的に話を切る。

ガラケーであれば乱暴に折り畳んで苛立《いらだ》ちを表現できる場面なのに、指先でそっとタッチパネルを押して通話を終えるのが、何とも締まらない。

タイミングを見計らったように、注文した料理が運ばれてきた。四人がけのテーブル上には、五穀米を真ん中に乗せて周囲に数種類のお惣菜《そうざい》やサラダを少しずつ盛った皿が二つ置かれた。確かに見た目は可愛いが、量が物足りない。

喋《しゃべ》りながら食べているうちに、ゆりちゃんはお腹《なか》が一杯になったようだ。少し手を付けただけで、大半は残されている。「良かったら食べて」と言われたが、ぐっと我慢した。「太った?」と聞いてきた宇賀神さんを思い出したからだ。

試合は前評判通り、桜ケ丘が勝った。

「カイトがあんなに打たれたの、初めてじゃない? かなり研究されてたと思う。味方の援護があったから勝てたけど」

あまりに打たれるので、途中、カイトはマウンド上で憮然《ぶぜん》とした表情になっていた。

「ま、おかげで私は楽しめたよ」

誘われて、気乗りしないままに球場に足を運んだ私だったが、派手に長打を飛ばし合う試合は、なかなか見物《みもの》だった。

「私もあんな風に、かっ飛ばしたいなぁ。今度、バッティング・センターに行こうか?」

「良かったー。気に入ってもらえて。ね、また来ようよ」

「うん。今度はバスタオルを持ってね」

観戦慣れした観客は、ツバの広い帽子の下にタオルを被《かぶ》るか、大判のタオルで体をすっぽり覆っていた。

ゆりちゃんはスマホを弄《いじ》りながら、足を組んで下駄をぶらぶらさせている。友達の多い彼女らしく、球場を出て電源をオンにした途端、何度も着信音が鳴り、メールもひっきりなしに届いているようだ。

「も～、うっぜー。男の子の絡みはいらないって書いてんのに、また、知らない人のコメントついてるっ！」

「ゆりちゃん、プロフィール欄にプリ画貼ってるでしょ？」

素でも可愛いゆりちゃんがプリクラで撮った写真は、グラビアを飾るモデルよりも綺麗だ。

「うん。こないだワッホと一緒に撮ったやつ」

ゆりちゃんはプロフィール写真を表示した。「透明肌モード」と「バッチリアイメイク」で撮影した写真だ。校則では髪を染めるのは禁止されているが、プリ画は髪の色も明るく変えられる。抱き合っている茶髪の二人に、「ＬＯＶＥ　ＬＯＶＥ」の文字が被さる。

「ちょっ、やめてよー」

小顔のゆりちゃんに対して、私の顔の大きさが目立つ。いや、ベスト体重をキープしていた頃は、もう少し顔が小さかったはずなのだ。最近は鏡を見る度、自己嫌悪に陥る。

「せっかくだから、今日も浴衣でプリ画撮ろー」

「フェイスブックにアップする」と言うから呆れた。「うざい」と言いながらも確認せずにはいられないのだ。自分の魅力がどれだけ通用するかを。

「ね、撮ろ、撮ろ」

「やーだよ。汗で顔がどろどろだし」

画面で修整できるのだと気付いていたけど、「絶対にやーよ」と言い切る。いくら修整したって、顔の大きさまでは直せないのだから。

「つまんない。じゃ、男の子を呼ぼうか?」

「カイト君に女の子を整理させといて、自分は何よ?」

「だって、今日も練習で会えないのよ! 私だってお祭りを楽しみたい!」

「試合の後も練習なんだ」

ゆりちゃんはグラスを持ち上げると、アイス抹茶オーレをストローですすった。

「公式戦が始まったら暫《しばら》く会えないって言われてた。最初っから諦《あきら》めてたし」

その時、ちゃらちゃらとチェーンウォレットの音がした。

「今から祭り?」

二人連れの男の子達が声をかけてきた。短い髪は茶色く染められ、チャラい雰囲気だ。

「え? 別にいー」

いかにも「これから祭りに行きます」とばかりに浴衣を着ているのに、ゆりちゃんははぐらかす。「まじか?」と、彼らは空いている椅子《いす》に強引に座った。そのせいで、椅子に置かれていたゆりちゃんのバッグが床に落ち、中身がぶちまけられた。抗議しようとしたゆりちゃんに「ごめん、ごめん」と言いながら、落ちた物を拾い集めている。

「へー、甲子園ギャル?」

ゆりちゃんのバッグから、試合のチケットの半券が覗《のぞ》いていた。

「俺達も高校球児だぜ」

「え、嘘《うそ》ぉ」

「嘘じゃねーよ。退部したけどな」

確かに、Tシャツの袖《そで》から覗く腕は逞《たくま》しく、部活で鍛えられた痕跡《こんせき》が残っている。同時に、途中でリタイアした者にありがちな、どこか投げやりな雰囲気も漂わせていた。

「ふーん、何処の学校?」

彼らが口にした校名を聞くなり、ゆりちゃんのテンションが上がった。

「わ! 去年、夏の大会に出場した学校じゃん。予選決勝で桜ケ丘にサヨナラ勝ちを決めて。あの時の一年生ピッチャー、可愛かった」

「あいつ、俺らと同い年。ああ見えてエロいぜー」

「えー、そうなのー」

共通の話題を見つけた三人は、私を放《ほ》ったらかしにして盛り上がっている。

「何で野球やめたの?」

「おもしろくねーからに決まってんじゃん」

強豪校に入学したものの選手としての出場機会は少なく、レギュラー選手の練習を手伝わされたり、試合当日は雑用係のような事までさせられていたと言う。退部した今は、思う存分、高校生活を楽しんでいるそうだ。

「野球はもういい。やるだけやったしな」

実にあっけらかんと言う。

「勿体なーい。ね、ね、今でも部員と絡みあんの?」

ゆりちゃんは色々と彼らに聞きたいモードになっていた。

「続きは場所を変えて聞かしてやるよ。あ、これ、片付けるな。残したら勿体無いじゃん。うん、美味《うま》い……」

ゆりちゃんが残した皿を、物凄い勢いで食べ始める。ゆりちゃんは呆《あき》れるどころか、笑い出していた。

「何処に連れて行ってくれるの?」

「カラオケはどう? 居酒屋でもいいけど、食ったばっかだろ?」

居酒屋と聞き、ギクリとする。

飲酒するつもりなのかと。

私の顔が強張《こわば》っているのに気付いたのか、向かいに座った男が話しかけてきた。

「大人しいじゃん」

笑いながら、目線が私の顔から胸元、腕へと移る。男の目が手首の絆創膏を捉えた。私はさりげなく、手を組み替える。

男はそっぽを向き、鼻に皺《しわ》を寄せて嫌悪感を露《あらわ》にした。

「リスカーかよ……」

心拍数が上がり、体の芯《しん》が冷たくなった。

ゆりちゃんはもう一人の男の子と盛り上がっていて、こちらの様子に全く気付いていない。

「ど、どうしたの？」

急に立ち上がった私に、ゆりちゃんが驚いたように声をあげた。

「ごめん。やっぱり帰る」

「待って！　やだ、待ってよー」

ゆりちゃんが追いかけてくるのを背中で感じながら、私は店の扉を押した。

二

「もー、昨日は何よー！」

翌朝、ホームで会うなり、ゆりちゃんがふくれっつらを見せた。

ゆりちゃんとは乗り換え駅のホームで待ち合わせ、そこから一緒に通学していた。別々の高校に通っているのだが、降りる駅は同じで、駅からの通学路も途中までは一緒だった。そういう訳で、中学時代からの付き合いが切れずに続いているのだ。

「せっかく面白そうな話、聞けそうだったのに！」

「やめてよ。高校生のくせに、お酒なんか飲む人に付いて行きたくない」

私は糟汁《かすじる》やブランデー入りのケーキで酔っ払うぐらい、アルコールに弱い。

「真面目《まじめ》だねー。私はたまに飲むよ」

聞くと、体育祭や文化祭の打ち上げは居酒屋だと言う。もちろん、学校にはバレないように細心の注意を払っているらしい。

「結局、お祭りにも行けずじまい」

ゆりちゃんはずっとぼやいている。本当に何も気付いていないらしい。

「私に遠慮せず、行ってくれれば良かったのよ」

「別にいいよ。チャラい男は好みじゃないし」

付いて行こうとしたくせに、しれっと言う。

「あーあー、何か面白い事ないかなー」

彼女が首を動かした途端、ストレートのさらさらヘアからシャンプーの香りがした。白い夏用ブラウスに、ウエストに飾りベルトのついたグレーのプリーツスカート。スタイルのいい子は、制服ですらうまく着こなすのだと気付く。

ぼんやり見惚れていると、ゆりちゃんがこちらを向いた。

「いい加減、ワッホも彼氏作ったら?」

「昨日みたいな子は勘弁」

「まーねー」

駅を出て、ゆりちゃんと喋りながら学校へと向かう。途中、何処からか元気な掛け声が聞こえてきた。

イーチ　わっしょい
ニーイ　わっしょい
角を曲がると野球部員達がこちらに向かって走ってくる所だった。登校中の生徒達を見ると、彼らは一段と声を大きく張り上げた。

サーン　わっしょい
シーイ　わっしょい
野球部の掛け声が、さらに熱を帯びる。

「摂北の子達じゃね?」とゆりちゃん。

「へー、珍しい。通学路でランニングなんて初めて見る」

二人で道路の脇に寄り、暫《しば》し立ち止まった。

——あ、あの子は……。

列の中ほどに、球場で見かけた男の子がいた。籠《かご》に荷物を満載した自転車で併走しながら、掛け声をかけている。膝を痛めているから一緒に走れないのだろう。練習用のユニフォームに、黒いマジックで名前が書かれている。下手糞《へたくそ》な字だったが、「折口《おりぐち》」と読める。じっとユニフォームの胸元を見つめていたところ、すれ違いざまに彼とまともに目が合った。

その瞬間、折口はにやりと笑った。胸がとくんと跳ね、思わず顔を逸《そ》らす。

野球部員達の元気な声が後ろへと遠ざかって行っても、胸の昂《たか》ぶりは収まらない。いたずらを見つかった子供のように恥ずかしい。

彼らの姿が完全に見えなくなると、ゆりちゃんは笑った。

「大会中だから、わざわざ通学路をランニングしてアピールしてたんだろね。いいなー、うちの野球部なんて、全然弱くて」

まだ、胸がドキドキしていた。

「ご苦労さんだねー。今から寮に戻って着替えてから登校……。ん？　どした？　ワッホ、ワッホー」

「別に……、何でもない」

「そーお？」

まじまじと顔を覗きこんでくる。

「そ、それにしても、大勢いるんだね。うちの野球部って」

今まで興味を持った事もなかったから、異様な人数の多さに改めて驚かされた。

「あれでも減ったんだって。甲子園常連校だった時には百人以上いたらしいし。その分、競争が激しかったから、色々事件があったみたい」

　有望な新入生が入ってくると、先輩が潰《つぶ》しにかかるというような事もあったと言う。カイトから色々と情報を仕入れるらしく、ゆりちゃんは詳しかった。

「ねえ、摂北学院の野球部が弱くなった原因って知ってる？」

「知らない」

「先輩の虐《いじ》めがもとで怪我した選手がいてね。昔の話だけど。それが選手生命を潰してしまうような大怪我だったの。その子が将来を悲観して、……自殺したの」

　電車に飛び込むという、壮絶な最期だったらしい。

「ニュースにはならなかったけど、悪い評判はすぐに広まるから、その次の年から有望選手はみーんな、他の学校に行ってしまったそうよ」

「ふうん」

「でね、その子が……出るらしいのよ」

「で、出るって？」

　ゆりちゃんはおどけた調子で「学校の怪談～」と低い声を出した。

「死んだ後も野球部員だった時と同じように、練習に参加してるの。霊感の強い子には視《み》えるとか」

「嫌な思い出しかないのに、野球部に出るんだ」

　半信半疑で相槌《あいづち》を打つ。

「それだけ、野球が好きだったんじゃね？」

亡くなった子の絶望を思うと、胸が痛んだ。

「でも、折口くんは大丈夫だよね」

「誰？　それ」

ゆりちゃんは素っ気無く言った。

「今、自転車で走ってたじゃない」と言いかけてやめる。

彼女にとっては、どうでもいい事なのだ。

ゆりちゃんは背番号を貰《もら》えない選手ではなく、自分のステイタスを上げてくれる男の子しか眼中にない。

「何でもない。じゃ、私、こっちだからー」

そう答えながら、トンネルの方角へと向かった。

「じゃ、また後でね。今日はそっちの空手道部と合同練習だからー」

ゆりちゃんの言葉を背に受けながら、私はトンネルをくぐった。

ゆりちゃんには「何でもない」と誤魔化したものの、その日は上の空で授業を聞いていた。そして、放課後を待って、一人で野球部専用グラウンドへと足を向けた。

入学以来、一度も足を向けた事がない専用グラウンドは、一般生の校舎とは逆方向、敷地の外れにある。

摂北学院では、スポーツ特待生達は一般生徒達と区別され、違う校舎を使っている。ほとんど交流もなかったし、建前上、男女交際は禁止されていた。それでも、熱心な女子生徒は放課後にグラウンドに足を運んでいたし、目当ての部員とこっそりメルアドを交換しているとも聞く。

「誰と誰が付き合ってる」という噂《うわさ》は、先生達の目が届かない所ですぐに広まる。その噂が事実なら、野球部員の中にも校内の女子生徒と付き合っている子が何人かいた。

知った顔に会わないかと心配だったが、到着した時には、高校野球ファンらしき年配の男性がいるばかりだった。フェンスで仕切られたグラウンドの周囲には、観客用のスタンドが設けられているのだ。

一足先に午後の授業を終えた野球部員達は、アップやランニングを済ませ、各ポジションに散らばって練習していた。

「こらぁ！　今の守備はなんだー！　試合だったら点を入れられてるぞー！」

監督にしては随分と若い男性が、選手以上に元気な声を張り上げながらバットを振っていた。キレのある動きで、次々とボールを外野へと飛ばす。多分、コーチだろう。

球が微妙な場所へと飛んだ。

センターが捕球しようと前進したものの、間に合わないと判断したのか、途中で立ち止まった。下がってきたショートとお見合いする形で、球は誰もいない場所にポトンと落ちる。

すぐさま、「声を出せー!」と怒声が飛ぶ。

周りでは、野手らが「ドンマーイ!」、「元気だそー、元気ー!」、「気合い入れていこー、気合いー!」と叫んでいる。黙っていると叱《しか》られるから、とりあえず何か言っているだけのようにも聞こえる。

ざっと見回した限りでは、グラウンド上に折口の姿はなかった。コーチにボールを送ったり、球拾いをしている選手の中にもいない。一人、足を引きずっている部員がいたものの、背が低くて折口とは似ても似つかない。

——今日も偵察? じゃないよね。

「おい……」

ふいに、後ろで声がした。

振り返ると、件《くだん》の折口が目の前に立っていた。ボールが入った大きな籠を両手で担いでいる。

——わ、どうしよう。

いきなり本人から声をかけられて、慌てる。

近くで見ると、かなり背が高かった。ゆうに百八十センチはあるだろう。そして、体が細い分、随分と手足が長く見える。

黙っていると、折口の声が頭上から降ってきた。

「お前ー、昨日、試合を見に来とったやろがー？」

どうやらゆりちゃんといる所を見られていたようだ。乱暴な言葉遣いにむっとした。

――何？　失礼な子。

相手は悪気がないようで、にっと笑った。涼しげな目は笑うと糸のようになり、一筆で似顔絵が描けそうだ。

「野球、好きなんけー？」

「……特に、好きって訳でも。友達に誘われただけ。……あっ、でも、試合は面白かった」

折口の顔が曇ったので、慌てて言い添える。

「これから、好きになるかも」

日焼けした顔が、ぱっと明るくなった。

「野球、ええやろー」

そう言って、グラウンドで走り回る仲間達を見る。その目は楽しげだ。

――怪我で試合に出られなくて、つまんないだろうに。

「うちの試合にも来てくれるよな？」

期待に満ちた目が、私を見つめていた。

「う、うん」と答えながら、俯《うつむ》いてしまった。

ブラスバンド部はともかく、一般生徒は応援を強制されていない。ゆりちゃんだって部活があるから、カイトが出ない試合にまで応援には駆けつけられないだろう。

折口は籠を地面に置いた。そして、中からボールを一つより分けると、ユニフォームで汚れを拭《ふ》く。

「持っていけや」

白球とは名ばかりの鼠色《ねずみ》にくすんだボールが、ぽんと私の手の中に飛び込んできた。熱を吸収した革が熱かった。

「内緒やぞ」

折口はさっさとグラウンドへと戻って行った。その背中を目で追う。背番号が縫い付けられていない白い練習着が、眩《まぶ》しく目に映った。

グラウンドでの折口は、投げ捨てられたキャッチャー・マスクを拾ったり、バットを運んだりと一時もじっとしていない。膝を痛めたと聞いていたせいか、わずかに動きがぎこちないように見えた。

彼が背中を向けた隙《すき》にスマホを取り出し、こっそりと写真を撮影した。

「ワーホーちゃーん」

聞き慣れた声がしたから、慌てて周囲を見回す。

「ゆ、ゆりちゃん？　何でここにいるの？」

観客用スタンドに座ったゆりちゃんが、にやにや笑いながら手を振っている。

「今日は、摂北の空手道部と合同練習なのよ」

「そ、そうだっけ？」

「言わなかった？　もー、人の話、ちっとも聞いてないんだから。それより、何よぉ。人のメール無視してー」

慌ててスマホを見ると、昼休みにゆりちゃんからメールが届いていた。野球部、いや、折口の事を考えていたから、気付かなかったようだ。ゆりちゃんは追い討ちをかけるように言った。

「冷たいなぁ。そーゆー事だったのね？」

折口がいる辺りに目をやる。

「勘違いしないで。ちょっと寄ってみただけなんだから」

三

ゆりちゃんにからかわれたにも拘《かか》わらず、翌日の放課後も野球部グラウンドへと向かった。

――私、一体、何をしてるんだろう。

スポーツ特待生で占められた校舎は別棟だったし、さすがにそこに足を踏み入れる勇気はなかったから、折口に会う為には野球部グラウンドへと向かうしかないのだ。

スタンドからフェンス越しにグラウンドを見ていると、守備練習を終えた選手達がフェンス際に集まってきた。

そこには、サッカーゴールを小さくしたようなネットが幾つも準備されている。打撃練習の順番を待つ選手達が、ネットを使って練習を始めた。一人がボールを至近距離から投げ、木製のバットで次々と打って行く。

ちょうど、目の前を一人の部員が通りかかった。ボールが入った籠を持っている。多分、一年生だ。フェンス越しに声をかける。

「すみません。折口くんは何処にいるんですか?」

突然、声をかけられて驚いたのか、相手は目を見開いたまま絶句した。見る見る、顔が赤くなってゆく。

「お、おりぐち?」

「そうです。折口くん。ピッチャーの」

「え、え〜と」

周囲を見回し、まごまごしている彼に上級生が怒鳴りつける。

「こらぁっ! 早くボール持って来いー!」

飛び上がらんばかりにして振り返り、「は、はい!」と返事をしている。そして、そのままボールの籠を手に駆け出した。

グラウンドの中央付近では、大きなケージが何箇所かに設けられ、そこかしこで打撃の練習が行われている。

ケージの前にバッティングマシーンが置かれ、大柄な選手が豪快に球を外野方向へと打ち返している。下級生が「いきま〜す」と言いながら球をマシーンに入れており、打ち終わった上級生が交代する時には、律儀に「ありがとうございます」と帽子をとっている。練習を手伝っている方が礼を言うのだ。

その中にも、折口の姿はない。

隅のフェンス際では、キャッチャーを座らせて、ピッチャーが投球練習をしていた。そちらへと移動すると、ピッチャーの一人が意識してか、チラチラとこちらを見る。

ピッチャーは四人ほどいるようだが、皆、背が低かった。大柄なカイトを思い出し、体格に恵まれた選手は皆、桜ケ丘学園のような勢いのあるチームに行くのだと気付く。

「さっきからじっと見てるけど、俺達に何か用？」

気が付くと、キャッチャーが前に立ちはだかっていた。頭にマスクを乗せていたから、不機嫌な表情が露になっている。一緒に投球練習していたピッチャー達も、遠巻きにこちらを見ている。皆、にやにや笑っており、嫌な感じだ。

「折口くんに用があるだけです」

名前を出した後で、「まずい」と思った。後で叱られるのは彼なのだ。だが、思わぬ反応が返ってきた。

「いねーよ、そんな奴」

キャッチャーは振り返って、仲間に聞いている。

「おい、いたか？　折口なんて」

いっせいに笑い声が起こったのを聞きながら、踵《きびす》を返した。

スタンドまで戻ると、校内の追っかけが一塊になって座っていた。中に、同じクラスの元山《もとやま》さんがいたから、呼び寄せる。

「あれ？　結城さん。どしたの？」

不思議そうな顔で、元山さんが私を見る。彼女は熱烈な高校野球ファンで、確か入学時から野球部を追いかけていた。折口の事も知っているはずだ。

「折口くんって子に用があって来たんだけど、そんな奴いないって言われちゃった」

元山さんはさらに不思議そうな表情をし、最後は困ったような表情で私の顔を見つめる。

「その人、何年生？」

「もう、いいよ。忘れて」

元山さんを残して、私はグラウンドを後にした。


電車に揺られながら、長い溜め息をつく。

鞄《かばん》の底に入れたボールを取り出す。薄汚れた鼠色の球体に、折口の顔が重なる。

確かに、彼からこのボールを渡されたのだ。

――幽霊でも見たんだろうか？

自殺した野球部員の幽霊が出るという噂を思い出す。怪談を信じる年頃ではない。多分、大勢の部員がいるから、故障でベンチ入りできなかった選手の名前など、皆、忘れてしまっているのだ。スマホを取り出し、こっそり盗み撮りした写真を見る。

一瞬、心霊写真を写してしまったかと怖くなったが、こちらに背中を向けた折口は、体は透けてないし、ちゃんと足もある。

断じて、幽霊ではない。

——何だろう？　このモヤモヤとした気持ち。

暫《しば》し考えてみる。

単なる好奇心ではない。ピッチャーとして致命的な怪我を負ったにも拘わらず、野球にしがみ付く人間が気になってしょうがないのだ。

もちろん、辞めてしまえば、特待生の資格はなくなる。だから、辞めたくても辞められないのは分かる。怪我を克服して復活できる可能性も残っている。だけど、選手として活躍できない彼が、野球部に残る意味とは一体何なんだろうか？

窓の外には、暮れなずむ街の風景と、そこに重なる私の顔が映っていた。

ゆりちゃんに教えてもらったアイメイクは、ぽっちゃりとした丸顔には似合わない。

派手に装ってはいても、中身はうつろだ。

入学してから一度だけ、男の子に「つきあって欲しい」と告白された。女子に人気のある子で、無下に断ったからだろう。相手から「彼氏でもいるの？」と心外そうに聞かれた。

とんでもない。

彼氏を作る閑《ひま》なんてなかった。

本当なら、スポーツ特待生として何処かの高校に入れるぐらい、空手に打ち込んでいた。

それなのに、選手時代の仲間とは離れ、私は一人、一般入試で摂北学院に入学した。ある事件をきっかけに、選手としての前途を閉ざされたからだ。

いや、逃げたのだ。以前の私を知らない人々の中に埋没し、普通の女子高生として生きる道へと。

今の学校には、地区大会を勝ち抜き、「全少」や「全中」で活躍していた私を知る生徒はいない。

だからこそ、折口に問いかけてみたかった。何故、そんなに楽しそうに野球部に関われるのかと。

乗り換え駅に到着したところで、着信音が鳴った。

ゆりちゃんだ。

『ワーホーちゃーん。今、どこぉ？』

スマホを通して、ざわざわと人の話し声が聞こえてくる。

「電車を乗り換えるとこ」

ホームでは、アナウンスが電車の接近を告げている。

『今、近くなんだー。そのまま改札抜けておいでー』

複数の路線が乗り入れるこの駅は、周辺に繁華街が広がり、付近の学校に通う生徒達の遊び場になっている。

「んー、どうしよー」

『別に無理に来なくてもいいけど。例の彼もいるけどさ。野球部の……』

「えっ！　今、ゆりちゃんと一緒にいるのー？　何で、何でー？」

『ほーら、気になるんじゃない。おいでよ』

ぐっと言葉に詰まる。

「な、何よ、その言い方。私は別に」

『病院の帰りに無理やり拉致《らち》ったんだから。ねー、意地張らずにおいでよー』

「病院？」

折口は今日、練習を休んでリハビリに通っていたそうだ。

『じゃね、いつものカフェで』

一方的に待ち合わせ場所を告げるゆりちゃんに、「しょうがないわね」と、精一杯強がって見せた。

通話を終えた後になって、ゆりちゃんが折口の目の前で電話をしていたんじゃないかと気になった。

——別に、意識してるわけじゃないからね。ただ、ちょっと話したいだけ。

だが、約束の場所に到着し、ゆりちゃんと向かい合わせに座っている折口を見た途端、胸が熱くなる。

摂北学院の男子夏服は、胸ポケットに校名の刺繍《ししゅう》が入った薄いブルーのシャツに、紺のスラックスだ。細身とは言え、厳しい部活で鍛えられているからか、顔付きや体格、雰囲気が同じクラスの男子生徒達とは全く違う。

「何や、お前けー」

私を見るなり、折口が素《す》っ頓狂《とんきょう》な声を上げたから、脱力する。

――喋らなかったら、かっこいいのにね。

「可愛い子、紹介したるって聞いたから、待っとったんや。……もう、会《お》うたよな？」

品定めするように、醒《さ》めた目で私を見る。

甲子園出場を狙える学校に入学してくるぐらいだから、折口も中学時代は野球が上手だと評判の有名人だったはずだ。女の子に好意を寄せられる事など、珍しくも何ともないのだろう。

「何、カッコつけてんの？　ワッホ……、結城さんは今、彼氏いないから、男の子達の間で取り合いになってるんだからねっ」

「おい、何や？　ワッホとかユーキとか。名前だけでも、はっきりさしてくれ」

自分で「結城和穂だ」と名乗り、「今まで、彼氏なんかいた事ないし……」と呟く。

ゆりちゃんが目配せしてきた。

「余計な事を言うな」と。

口癖のように、ゆりちゃんがいつも言ってるセリフを思い出す。

――男の子にコクられても、すぐに飛びついたら駄目。焦《じ》らされた方が喜ぶんだから。

確かにそうなんだろう。だけど、気になっている男の子にコクられた時、私だったら冷静でいられるかどうか分からない。


三人でカラオケに行ったものの、私とゆりちゃんが交代に歌っているだけだった。

折口は無理やり一曲入れさせられていたが、最初の数フレーズを歌っただけで、「俺、ええわ」と歌うのをやめてしまった。野球は上手《うま》いのに、カラオケは苦手らしい。憮然とした表情で腕組みすると、そのままソファにもたれ、寝息を立て始めた。

寝てしまった折口を尻目に、私とゆりちゃんはがんがん曲を入れて、熱唱した。途中、カイトから電話が入るまで――。

「楽しかったね！　後は二人でうまくやりなよー。バーイ」

ゆりちゃんはスマホを耳に当てながら、上機嫌で部屋から出て行った。扉の向こうから、「あ、カイトー？　今、ボックス出るとこ」と話すのが聞こえてきた。「やーだ、もー。男の子なんかいないって。和穂と一緒」と甘えた声を出している。

取り残された私は薄暗い部屋で、カラオケ店のＣＭが流れる画面を見つめていた。

しんとした部屋は、祭りの後のように静かだった。テーブルの上には分厚い歌本、マイクが打ち捨てられたように横たわり、食べかけのポテトとチキンは完全に冷めていた。氷が溶け、薄められたコーラを私はストローですすった。

折口を盗み見る。

途中で居眠りを始めていた彼は、今、鼾《いびき》をかいている。

――あの大音響の中で、よく眠れるわね。

と思いつつ、この機会にじっくりと観察する。

意外と鼻が高く、薄く開いた口元にホクロがあった。

彼がマウンドに立つ姿を想像してみた。きっと、勝負の場にあっても、涼しそうな目でバッターを見つめているのだろう。荒ぶる闘志を隠し、余裕さえ感じさせて。

じっと見つめていると、折口はふいに目を開けた。さっと顔を逸らし、何事もなかったように取り繕う。

「あれ？　連れは？」

折口は大きく伸びをして、体を起こす。寝た振りでもしてたんじゃないかと疑うほど、機敏な反応だった。

「今、帰ったとこ」

折口はテーブルに残されたコーラのグラスを手にとる。一口吸った後、「ぬっるう～」と顔をしかめている。

「何か、頼む？」

私はメニューを手に取った。

「出よ。ちゃんとした店で食おや」

あまりのさりげなさに、危うく聞き逃すところだった。

——それって、二人でって事？

不本意ながら、心臓が高鳴る。

「あの子、桜ケ丘のエースと付き合うとんけー？」

カラオケボックスを出て並んで歩き出したところで、折口が切り出した。

「よく知ってんじゃん」

「アホ。自分でゆうとったんじゃ。ノロけやがって、おもんない」

「やっぱ、ああいうノリのいい子が好きなの？」

「さー、男によるやろ。あ、ここやー、ここ」

——おい、おい。質問に答えてないぞ。

折口は『お好み焼き・たこ焼き』と書かれた看板を指差すと、私の意見も聞かずに、さっさと扉を開いた。店内はカウンターの他に、鉄板がはまったテーブルが五つほど置かれていた。

「あらー、今日は女の子連れ？」

エプロンを付けた女性が出てきた。この店のママさんのようだ。若くなかったけれど、綺麗な人だ。ほっそりした体に、派手目の化粧がよく似合っている。

「おばちゃん、内緒やでー。皆には黙っといたってやー」

どうやら、野球部員達はこの店の常連らしい。メニューを広げもせずに、「俺、いつものん。スペシャル大盛りで」とさっさと注文する。メニューにないものも、適当に作ってくれるらしい。

「彼女にも聞いてあげなさいよ」

「今日の『おすすめ』でええんとちゃう？」

呆れたような表情で、ママさんは「おすすめ」の説明を始めた。広島焼きが新しくメニューに加わったらしい。素直に従って、広島焼きを頼む。

「なぁ、おばちゃん。こいつの分も大盛りにしたってやー」

「そんなに食べられない」

一応しおらしいところを見せたものの、本当はお腹が空いていた。

「さよけ。ここのお好み焼きは美味いから、いくらでも入るで」

ママさんはテーブル脇のスイッチを入れ、鉄板を温めながら「褒めてもマケられないからね」と言った。

「ケチくさっ！」

折口は悪態をつくと、店の隅にある冷水器まで行き、水を運んできた。気をきかせたつもりか、ちゃんと私の分もあった。

ママさんは卵で溶いた小麦粉とキャベツをかき混ぜて、鉄板の上に流す。じゅうじゅう音を立てながら、美味しそうな匂《にお》いが漂ってきた。

その横では、薄いクレープ状に焼いた生地の上に、キャベツとソバが乗せられて湯気を立てている。物凄い量だったが、美味しそうな匂いにお腹が鳴った。お腹が空き過ぎて、出来上がるまでの時間が待ち遠しかった。

「ここは、おばちゃんが焼いてくれるから、客は触ったらあかんねん」と言うから、途中でつまみ食いもできない。折口のお好み焼きには、スライスチーズが載せられた。最後にママさんはソースとマヨネーズを塗り、仕上げにかつおぶしをたっぷりとふりかける。

「はい、出来上がり。食べていいわよ」

折口は既にコテを手にしており、ママさんの許しが出ると同時に一切れ掬《すく》って口に入れた。

「うん、うまい！　最高っ！」

口に押し込むようにして、次々と平らげて行く。

広島焼きは量が多かったもののあっさりしていて、幾らでも入りそうだった。

――やっぱり大盛りにしてもらえば良かったかな。

スペシャル焼きをじっと見ていると、「一切れやるわ」と、コテで押して寄越された。

「ん。おいっしーい！」

広島焼きも捨て難かったが、チーズ入り豚玉は絶品だった。すぐさま、「ママさん。私にも同じの焼いて下さい」と頼んでいた。

「大盛りにしよっか？」

笑いながら聞いてくるのに、「はい！」と元気良く答える。

二枚目のスペシャル焼きが焼ける間、私は残りの広島焼きを一気に食べつくした。

「よお食うなぁ。野球部寮の飯、余裕で入るんとちゃうか？」

体を大きくする為、おかわりのノルマがあると言う。

「それよか、私達と遊んでて良かったの？」

怪我をしているとは言え、彼にも何か役割が与えられているはずだ。

「まぁ、たまにはな。それより」

折口が顔を近づけてきた。いきなり至近距離まで近づかれ、思わず、体を引いてしまう。

「お前。何で、俺に興味持つねん？」

いきなり核心を突かれて、焦った。

「う、自惚《うぬぼ》れないでよ。別に興味なんか持ってないから」

「ふうん」

まじまじと見られ、思わず目を伏せてしまった。顔が赤くなっているのが自分でも分かる。

――確かに、変に思われるよね。私ってば、ストーカーみたい。

気まずさからコテを取り上げて、お好み焼きの焼き加減を見ようとすると、いきなり

「こら！　さわんな」と折口が私の手首を摑《つか》んだ。

私が「イヤッ！」と叫ぶのと、折口が汚い物を投げ出すように手を離したのが同時だった。

その場から走って逃げ出したかった。だが、椅子にくくりつけられたように動けず、私は両手で顔を覆っていた。

「あーあー、泣かしちゃった」

ママさんが近づいてきて、折口の坊主頭をはたく。

「いたっ！」

「あれほど、女の子には優しくしてあげなさいって注意してるのに。ちゃんと謝りなさい！」

腕組みをしたママさんが、折口に厳しい口調で諭す。

「おばちゃんこそ、いつも俺らが勝手にひっくり返したら怒っとるやんけ」

「それとこれは別」

「おい、お前。ええ加減に泣きやまんかい、こら……、いたっ！」

さらに一発、ママさんに叩かれたようだ。

「それが謝る態度？」

泣いているのではなかったが、今の状況を上手く説明できる自信がなかったから、泣いている振りをしていた。折口には申し訳ないと思いつつ。

折口は私の先を歩いている。

「一人で帰れる」と言ったのに、送ってゆくと聞かない。その割には、さっさと自分だけ先に行くのだ。私は包んでもらった「スペシャル大盛り」が入った袋を手に、後を付いて行く。

「ごめん」

いきなり、折口が振り返った。顔をしかめ、右手で首の後ろを撫《な》でている。

「まさか、あんな事になってるとは……。あれ、自分で切った跡やろ？」

摑まれた場所が熱を持っていた。

縫った傷を以前はリストバンドで隠していた。だが、夏に入ってからは絆創膏を使用している。汗をかき、リストバンドの形に赤く湿疹《しっしん》が出来たからだ。

折口に摑まれた瞬間、絆創膏が剝がれているのに気付いた。見慣れない者にとっては、異様に思えただろう。細かな傷が無数に刻まれた様が。

「良かったら、話してくれ」

——話せる訳ない！　知り合って間もない相手になんか！

彼の無神経さに腹が立った。

「放っておいて」

　立ち止まった折口の横をすり抜けようとした。

「待ちいや」

　折口が前に立ちふさがり、通せんぼするような形になった。

「何があったんかしらん。せやけど、このままでええんか？」

「な、何よ」

　暫し、無言で見詰め合う。

「……私の事、どのぐらい知ってるの？」

「大して。まー、中学生の時、空手で活躍してた程度の事は知ってる」

　思わず、舌打ちが出そうになった。

「ゆりちゃんから……聞いたの？」

　折口が首を横に振る。

「お前、雑誌に載った事あるやろ？」

「う」と言葉に詰まる。

　思い出したくない過去を、ほじくり出されたような気分だった。せっかく、進学先を此友ではなく、知り合いのいない摂北にしたというのに。

「入学式で見かけた時から、気になってたんや。なぁ、お前も俺と同じように怪我のせいで……」

「あなたと同じだと思わないで」

折口は傷ついた顔をしたけど、構わずに立ち去る。私の正体に気付かれていた事にうろたえ、頭に血が昇っていた。

その時――。

どこからか、口笛が吹かれるのを聞いた。野卑な笑い声と、ちゃらちゃらと鎖のこすれ合う音がする。通りすがりの不良達だろうと気にも留めず、私は折口に言った。

「とにかく、私に構わないで！」

折口に背中を見せると、駅に向かって歩き出した。

四

終業式が行われた今日は、もう誰も教室に残っていない。がらんとした部屋で机につっぷして、溜め息をついた。

――あーあ、うまくいかないなぁ。

あの日、折口とは最悪の別れ方をした。

ママさんに焼いてもらったお好み焼きは何処かで落としてしまってたし、最後は折口から「放っておいてくれ！」と怒鳴られた。

「たいへ～ん！」

元山さんが悲壮な顔をして教室に飛び込んできた。

「大変、大変」

私を見つけると、真《ま》っ直《す》ぐ走ってきた。

「ど、どうしたの？」

「野球部員が暴行事件起こして、公式試合に出られないようになるかもしれないの！」

「え？」

「今、警察の人が来たって、先生が言ってた！」

私は駆け出した。

――まさか、まさか。

元山さんに教えられた場所、校舎の隅にある会議室に近付くと、中から声がした。

「七月十一日、夜七時頃、君が何処にいたか、聞きたい」

「……駅の近くにいました」

相手がふーっと息を吐く気配がする。

「自分が何をやったか、分かってるね？」

「ちょ……、一体、何の話ですか？」

「何の話って、相手は大怪我をして……」

「冗談やない！　怪我をしたのは俺の方ですよ！」

「そうか？　相手は不意打ちで首を蹴《け》られて倒され、アスファルトに思い切り顔面を打ちつけた。運の悪い事に、倒れた先に縁石があってな。前歯を折っている」

その衝撃の激しさを想像したのだろう。折口が黙り込んだ。

「……でも、自分じゃありません」

私は拳を握り締めた。

「じゃあ、誰がやったんだ？」

「わ、分かりません」

「正直に話した方がいい。相手は被害届を出して、君の名前も挙げている。付近の防犯カメラには、きっちりと顔が映ってるんだ」

――どうしよう。とんでもない事に……。

音をたてないように会議室から離れると、事情を聞いてくれそうな先生を探す。

「こらっ！　来客中だ。もう帰りなさい！」

生活指導の先生を見つけ、「聞いて下さい」と頼んだのに、目の前でぴしゃりと扉を閉められる。

――大変。何とかしなきゃ……。

私は全速力で走り出した。

野球部グラウンドではアップを終え、既にランニングが始まっていた。警察が調べに来ていたが、練習は休まずに続けられているようだ。

ふらふらとグラウンドへと足を踏み入れた途端、怒鳴り声が飛んだ。

「こらー！　ここは関係者以外立ち入り禁止だー！」

練習時、元気な声で選手を叱り飛ばしているコーチだった。立ちすくんでいると、こちらに向かってきた。

「文句あるのか？」

「あの……」

物凄い顔で睨まれたが、怯《ひる》まずに言った。

「折口君じゃありません」

「あぁ？」

「だから、暴行事件を起こしたのは折口くんじゃないんです」

コーチが眉間《みけん》に皺を寄せた。

「お前、何を言ってるんだ？　頭、おかしいんじゃねえのか？」

「だから、だから。警察の人と話をさせて下さい」

コーチと押し問答してると、ランニングを終えた部員達が戻ってきた。私は涙を流しながら叫んでいた。

「監督は何処にいるんですかっ！　折口君は何もしてません！」

コーチは私の顔を見つめた後、一箇所に固まっている部員達に向かって声を張り上げた。

「おーい、お前ら。野球部に折口っていたか？」

数十もの黒い顔が、一斉にこちらを見た。首を振っている者、ぽかんとしている者。

彼らの表情が物語っていた。

折口という名の野球部員はいないと。

——折口君、あなたは一体、何者なのよ！

その時、「何を騒いでるんや?」とグラウンドに入ってきた者がいた。ベルトの上に大きなお腹を乗せた野球部監督と、練習用のユニフォームに着替えた折口だ。

「折口君っ！」

私に気付くと、彼は驚いた表情を見せた。瞼《まぶた》が腫《は》れ、切れた唇には新たな血が滲《にじ》んでいる。別れ際、駅の手洗いでタオルに水を浸し、しっかりと冷やしたつもりだったが、まだ腫れは残っていた。

彼の前に立ちはだかると、私は怒鳴った。

「馬鹿っ！　何で本当の事を言わないのよっ！」

「何でって……」

口を尖らせて、横を向く。

「このままだと、野球部に迷惑をかけるのよ！」

「じゃかあしいっ！　今さら、お前に言われんでも分かっとるわ、ボケ！」

激しいやり取りに、傍《そば》に立っていた監督が「おい、おい」と宥《なだ》めにかかる。

「俺かて、悔しいわ。皆でここまで頑張ってきたのに、あんな事で……」

折口の両目から、はらはらと涙がこぼれた。私の目にも新たな涙が滲んだ。

「ね、私が警察の人と話すから」

しゃくり上げながら言う。

「せやけど、相手が俺の名前を出してるんや。どうもならん」

「私が警察に言う。自分でちゃんと説明するから。折口君は悪くないって」

折口は暫し、唇を噛《か》んでいた。

「ね、行こ。折口君」

「なぁ、聞いてえぇ？」

溢《あふ》れ出る涙も拭わず、折口は私を見下ろした。

「折口って誰？」

「誰って、あなたの事じゃない」

私は呆気《あっけ》にとられ、ユニフォームの胸元を指した。

「ここに書いて……、あっ！」

黒々と「折口」と書かれた横に、「鈴木《すずき》」と細い字で記されていた。何度も洗濯された

せいか、字は薄く滲んでいた。

「俺の名前は鈴木。鈴木哲《さとし》や。覚えとってな」

その場で固まる。

「折口じゃなくて、哲だったの？」

脱力した私は、その場にへたり込んだ。

「はは、折口。折口って……」

横で一部始終を聞いていた監督が腹をかかえて笑い始めた。つられてコーチや部員達も笑い出す。

深刻な事態にもかかわらず、一瞬、その場が和んだ。

私と鈴木哲以外は。

「この防犯カメラに映っているの、確かにあなただけど……」

駅前の商店街に取り付けられたカメラには、はっきりと私の顔が映っていた。隣には折口、いや、鈴木が並んでいる。ちょうど、お好み焼き屋を出た所だ。

監督の口添えで、もう一度、事情を聞いてもらえる事になったのだが、警官達は首をかしげた。

「相手ははっきりと、鈴木君にやられたと言ってるんだよ」

私は根気強く説明した。

二人でお好み焼きを食べた帰り道、私と鈴木が路上で言い合いをしていると、傍で見ていた男達が口笛を吹いた。通りすがりの不良かと思ったが、彼らは以前、私とゆりちゃんをナンパしてきた元野球部員達だった。

「あの人達は鈴木君を見るなり、言いがかりをつけてきたんです。鈴木君を怒らせようと、わざと絡んできたんだと思います。無視してると、無抵抗な鈴木君を殴り始めて。おまけに、私にまで乱暴を働こうとしたんです」

「で、相手の首に上段蹴りを叩き込んだ？　本当に？」

「本当です」

「じゃあ、何故、鈴木君は本当の事を言わなかったんだ？」

私の隣に座る鈴木に視線を移す。

「俺は否定しました。自分やないって。それに、いくら一緒におったからって、女のせいにはでけへんでしょう？」

いや――。

彼とて恰好悪かったのだ。女に助けられたという事実が。それは相手も同じで、女にやられたとは、とても言えなかったのだろう。

私は続けた。

「首を横から蹴られてるんですよね？　そして、なぎ倒されるようにして縁石に顔面をぶつけている。という事は、横から回し蹴りを入れられてるんです。ひねりをかけるから、回し蹴りは膝に負担がかかります」

鈴木に目をやると、彼は顔を伏せた。

「彼は膝を痛めてリハビリしています。喧嘩《けんか》になったとしても、痛めてる部分は庇《かば》うんじゃないでしょうか？」

まだ納得できないのか、二人の警察官は私と鈴木の顔を見比べる。私も女子としては決して背が低い方ではない。だが、身長一八〇センチの鈴木に比べたら弱々しく見えたのだろう。

「信じられない」という呟きが聞こえた。

「ちょっと、鈴木君」

私は鈴木を立たせた。こういう事態も考えて、スカートの下には体育の授業で使う短パンを穿《は》いてきた。

「絶対に動かないでね」

私は相手に対して半身の姿勢を取り、「ヤーッ！」と叫ぶ。そして、左の膝を抱え込むように持ち上げ、体幹を捻《ひね》りながら軸足の踵《かかと》を返した。自然と左足は鞭《むち》のようにしなる。

上段前回し蹴り。

股関節が柔らかい私は、自分より長身の相手の上段を狙う事ができた。

鈴木は肩をすぼめて目を閉じたが、私の左足は彼の首筋に当たる寸前で止められる。

風圧だけでもそれなりの衝撃はあったはずだ。

ゆっくりと目を開けると、鈴木は顔をこわばらせながら一歩下がった。

オーバーウェイト気味の上、ブランクもあったから体は重かった。だが、中学生の頃から道場で成人男性の有段者を相手に稽古《けいこ》を積んでいたのだ。おかげで、二人の大男を前にした時も怯まなかった。

「これでも信じませんか？」

ゆっくりと足を折りたたみ、元に戻しながら聞く。

「……信じるしかなさそうだね」

二人の警官は呆気に取られていた。

鈴木は二人に絡まれた時、やられる一方で反撃せずにいた。今の時期に事件を起こしたら、野球部に迷惑をかけるからと。

私が一人を蹴り倒した時、鈴木は殴られた顔を手で覆い、うずくまっていた。仲間の男が怯んでいる隙に「早く逃げよう」と鈴木を促し、速やかにその場を離れたのだ。

一瞬の間の出来事だったから、鈴木はあの場で何が起こっていたか、はっきりと見てはいない。おまけに、殴られて気が立っていたのか、鈴木は介抱しようとする私を押しのけて、一人で帰って行った。説明する間もなかった。

今日、鈴木は警察から事情を聞き、初めて私がやった事を知ったのだ。

「それにしても」

警官はもう一度、鈴木と私を見比べた。

「今は女の子の方が強いんだなぁ」

「俺だって、野球部の事がなかったらやり返してましたよ」

鈴木は面白くなさそうに文句を言う。

「それより、俺への疑いは晴れたんでしょうね？」

「……うむ。もう一度、被害者から話を聞こう」

五

日曜日——。

内野スタンドでメガフォンを叩いて応援する野球部員達の傍らで、私も一緒に声を張り上げていた。

部員の一人が太鼓を叩き、口ラッパで声援を送る。

中で一際大声をあげているのが、鈴木哲だ。彼は摂北学院が攻撃側に回ると、バッターに向かって「殺せー、ブチ殺せー!」と叫んでいる。

最初に抱いた涼しげな印象は、とっくに壊れていた。マウンドに立っていた時も、相手を殺さんばかりの勢いで投げていたのだろう。

攻撃が終わり、守備になると応援団は休憩する。鈴木がやって来て、私の隣に座った。

「結局、お前の正当防衛が認められたらしいな? 相手のやり方が悪質やったから」

この春、練習試合でマウンドに立った鈴木が、上級生でもある彼らから連続三振を奪ったという。鈴木が怪我をする前の事だ。そのせいで彼らは脱落してしまっていた。

相手は「鈴木の名を出せば、摂北学院が公式試合に出場できなくなる」と考えて被害届を出したものの、結局は自分達の悪行を暴かれた上、恥までかいた事になる。

「男やったら暴行で、女やったら正当防衛かい……」

メガフォンをいじりながら、鈴木はぶつぶつと呟く。

「でも、良かったー。私のせいで試合できなくなったらどうしようかと心配で、心配で」

「お前。あんな凄い動きできるのに、何で辞めたんや？　うちの空手部顧問の目は節穴やな」

「その話、やめようよ。鈴木君」

「鈴木君って呼び方、キモいわ。サトシでええ」

「じゃあ、サトシ君。今は試合中だし、応援に集中しよ」

グラウンドに目をやる。だが、サトシはしつこい。

「怪我とちゃうんやろ？　それやったら、今からでも遅ない。うちにも空手部はあるんやから、空手を続けえや」

「もういいんだ。空手は」

「何でやねん」

その時、金属バットの乾いた音がした。サトシは弾《はじ》かれたように、目線をグラウンドに戻した。大きく弧を描いて飛んだ白球は、センターのグラブにきっちりと納まった。

ワンアウト。

「よっしゃー！」とメガフォンを叩いて奇声を発する。

「ナイスプレイ！」

「きっちり守っていこー！」

サトシがピッチャーの名前を叫び、「イケてるー、打ち取ってるでー」と声援を送った。

その横顔には何の迷いもない。

夏の日差しの中、マウンドに立つピッチャーの背中には、背番号1が黒々と輝いていた。

――来年は、付けたいよね。

胸の内で、サトシに語りかける。

「お前が表紙を飾った雑誌、今でも持ってる」

突然の言葉に、私は思わず振り返った。

「え？」

「へー、女の子の空手かー、って思ったんや。珍しかったんやろな。空手に興味もなかったのに、買《こ》うたったんや。俺に感謝せい」

それだけ言うと、彼はぷいと顔を逸らし、グラウンドを見つめた。

――感謝しろって、雑誌が売れたからって、私にお金が入る訳でもないのに。

言い返そうとした時、サトシは横を向いたままボソリと呟いた。

「皆にからかわれたやんけ。俺の字が下手糞すぎるからやって」

野球部には鈴木姓が三人もいた。そこで、彼らは全員、練習用ユニフォームに下の名前を書かされていたのだ。

「あれから、俺の渾名《あだな》は『折口』になってしもた。お前のせいじゃ」

サトシは憮然とした表情のまま、メガフォンで私を小突く。私もメガフォンで応戦しながら言い返した。

「でも、良かった。サトシ君が幽霊じゃなくって」

「幽霊はお好み焼きなんか食わへんやろ？」

ママさんに子供扱いされていたサトシを思い出し、おかしくなる。

「スペシャル、もっと食べたかったなー」

あの夜、逃げる途中で何処かで落としてしまったのが、今になって残念に思える。

「てか、お前、絶対に食い過ぎやって」

「ほっといてよ！」

言い合いをしている間に、相手側の攻撃を三者凡退で打ち取り、摂北の野手らがベンチに走って行った。

「この回は四番からや。こいつ、今、絶好調やで。見ててみ。先制点を貰うで」

応援する為に、サトシは立ち上がった。私も一緒に立ち上がりながら、彼に囁いた。

「ママさんの店。……また、連れて行ってよ」

「え、何？」

サトシが耳を寄せてきた時、カキンっと爽快な音がした。

摂北学院の四番が初球を打っていた。ライナー気味に伸びた球は、そのままフェンスを越える。

「おらぁ、先制点じゃあ！　行け、行けー」

サトシは立ち上がり、仲間達と共にメガフォンを打ち鳴らした。そして、皆で練習したダンスを披露し始めた。

私はスマホを取り出し、踊る彼らを撮影した。ふざけて、顎ピースを決めるサトシ。今度はちゃんと顔が写っている。

そして――。

胸元に書かれた名前は、やっぱり「折口」にしか見えなかった。

花曇りの頃の憂鬱

一

「最近、おかしな事件が多いわねぇ。晴人」

コーヒーを飲み干し、立ち上がりかけた僕に母が言う。

「見た？　今朝の新聞」

バサリと音がして、父が「ほれ」と朝刊を投げて寄越した。

「これこれ」

母が指差した箇所には、〈悪質なイタズラか？　女子高生の写真と中傷ビラ　五〇〇世帯のポストに〉の見出し。住所を見ると、近くに建つマンモス団地だった。

被害届を出した女性は、「全く身に覚えがない」と言っているらしい。

「まさか、身に覚えがない事はないだろう？」

湯のみから茶を啜《すす》りながら、父が言う。

「恨みでも買ってたのかしら？　それとも苛《いじ》め……」

そう言って、母は大きなあくびをした。

「晴人、お前も気を付けなさい」と父。

「え？　どういう意味だよ？」

「カメラを持ち歩いているのが見つかったら、警察に職務質問をかけられるぞ」

怪しい事をしていないとはいえ、中にはカメラを持ち歩いて盗撮する人間もいるのだ。反論できない。

「……行ってきます」

「あら？　春休みじゃなかった？　どこ行くの？」

「図書館で勉強してくる」

「何時に戻るのよ。今日は塾の日よ」

「分かってるって！　それまでには戻る」

足早にダイニングを横切って、そそくさと玄関へと向かう。背中に刺さる視線が、いつも以上に痛く感じられた。

「晴人、頼んだで！」

バッターボックスへと向かう前、大久保《おおくぼ》が僕に向かってピースサインを送った。

「俺が打った瞬間、ちゃんと撮ってくれやー」

「任せとけ」と言いながら、僕は膝《ひざ》立ちの姿勢でカメラを構える。ベンチ内は埃《ほこり》っぽく、隣ではマネージャーがスコアを付けていた。彼女はクラスメートでもあった。何気なく覗《のぞ》き込むと、代走の記号を間違えている。

「代走はＰＲだよ。ピンチランナーのＰＲ。ＰＨだと代打になっちまうぜ。……あーあ、ボールカウントも間違えてるじゃないか」

誤りを指摘しようと手を伸ばすと、彼女はスコアブックを胸に抱くような仕草をした。

「これはあたしの仕事なの」

「スコアブックは戦略を練る為《ため》の大事なデータなんだ。君の書き間違いがもとで、正確なデータが取れないのは問題だろ？」

「辰巳君って写真部だよね？　部外者じゃん。余計な事に首つっこむと、鬱陶《うっとう》しがられるよ」

「いや、だから……」

その時、バックネット裏から罵声《ばせい》が轟《とどろ》いた。

「こらあっ！　セカンド！　おめぇは野球を知らねーのか！」

先ほど、代走に出た選手がポジションについたところだ。ビール片手に観戦していた親《おや》父《じ》が、彼に向かってヤジを飛ばしている。

ヤジられた選手は、自分の事を言われているとも知らず、二塁ベースの傍らでポカンと立っていた。

レンズ越しにグラウンドを見ていた僕も、思わず笑い出す。

多分、足の速さを見込まれて、急遽《きゅうきょ》、試合に駆り出された元陸上部員か何かだろう。

「誰か、教えてやれよ」と、僕は呟《つぶや》いていた。

キャッチャーがミットを振りながら、「ファーストとセカンドの間！」と叫ぶが、本人は何処《どこ》吹く風である。守備練習もしないまま、試合に出てきたようだ。見兼ねたショートが守備位置を教えてやっている。

——おいおい、大丈夫なのか？

相手チームの事ながら、心配になった。セカンドはカバーやケア、ショートとのコンビでダブルプレーをとるなど、守備機会が多い。

ようやく、セカンドが正規の守備位置についたところで、大久保はバッターボックスに立った。

「ヘイヘイ、ピッチ、ノーコン」

「ストライク入らないよー」

ヤジを飛ばす部員達の声を聞きながら、シャッターチャンスを狙《ねら》う。

三月は春の始まりだ。

アウト・オブ・シーズン、いわゆるシーズンオフの間、他校との合同練習や練習試合はできない。期間は十二月一日から翌年三月上旬まで。高野連で取り決められている事項だ。

そして、一月には春のセンバツ出場校が決定し、三月半ば過ぎから甲子園で試合が行われるが、ほとんどの高校球児達には無関係なイベントだ。大多数の高校は、四月から始まる春季大会に照準を合わせて練習試合を消化している。此友学園も、そのうちの一校だった。

「お！　打った！」

僕も素早く反応し、バッターの動きを追う。

大久保は代わったばかりの二塁手を狙ってゴロを転がした。案の定、二塁手は球の動きについて行けず、代わりに前進守備を取っていたライトが捕球した。

余裕で一塁はセーフ。

レンズ越しに追いかけると、打った本人はその必要もないのに一塁へとヘッドスライディングしていた。

「こらー、大久保、真面目《まじめ》にやれー」

監督の叱責《しっせき》に、選手達が笑っていた。

「ダイゴの奴。ふざけやがって」

大久保慎吾《しんご》ことダイゴ。

彼は中学生の時に大阪から転校してきたと聞くが、未《いま》だに大阪弁が抜けない。身長は一七五センチと野球選手としては中背だが、九〇キロはあるかと思われる巨漢だ。女子生徒の間で人気のあるアイドルと同じ名前だから、本人は「シンゴ」と呼ばれたがっているが、「ダイゴ」で通っている。

結局、リードを守った此友学園が逃げ切る形で試合は終了した。

さして多くない観客は、いっせいに席を立ち、ぞろぞろと出口へと向かった。

ベンチ内は用具や荷物を運び出す選手でごった返し、にわかに騒々しくなる。グラブオイルと汗を吸った靴下の臭いでむせ返りそうだ。

「お疲れさまです。じゃ、僕はこれで」

そそくさと帰り支度をして、席を立った。

「おーい、眼鏡ちゃん」

どさくさにまぎれて、こっそり帰ろうとした僕に、ベンチの脇で煙草《タバコ》を吸っていた監督が声をかけてきた。突き出た腹がベルトの上に乗っかり、苦しそうだ。

「一緒に帰ろう。ジュースぐらいおごってやるぞ」

「すみません。この後、用があるんで、お先に失礼します」

日よけに被《かぶ》ったキャップを取り、頭を下げる。

「何だ、彼女と約束かー？　春休みも残り少ないからな」

「ん？　彼女ってナンですか？」と、とぼけて見せた。

「最近、つきあい悪くないか？　寂しいぞ」

待ち合わせの時間が迫っており、気が急《せ》いていた。笑顔を見せながらも、球場の出口へと向かって蟹《かに》歩きを始める。

「あら、お安くないじゃない。相手は結城さん？」

さっきの仕返しのつもりか、女子マネが余計な事を言う。効果はてきめんで、皆がどよめいた。

「晴人、お前、空手部の双子ちゃんと知り合い？」

「いーな、いーな」

負けずに、「お前ら、反応良すぎ」と切り返す。

さらにしつこく絡もうとする野球部員達を、「もう行くから」と振り切り、僕は球場を後にした。


駅周辺は今日も賑《にぎ》わっている。

この辺りはオフィス街と学生街が同居し、名所・旧跡まであるせいか、集まる人々の年齢も服装も様々だ。

「おっせーな」

舌打ちしながら腕時計を見る。約束の時間はとっくに過ぎている。苛立《いらだ》ちを抑えながら、道路向かい側の改札口付近を見る。

ちょうど、泥のついたユニフォームを着た子供達が何人か出てくるところだった。多分、小学五年生ぐらい。大きなバッグに振り回されそうになりながら、よろよろと歩いている。

胸の奥底にちくりと小さな痛みを感じた。

中学時代、僕は都内の少年硬式野球チームに所属していた。

野球を始めたのは小学五年生からで、一通りのポジションを経験した後、ピッチャーに落ち着いた。途中で近視になり、中学に入ってからは眼鏡をかけていたが、プレイに支障はきたさなかったし、チームが全国大会に出場した際には、二番手ピッチャーとして貢献した。

出来れば高校でも野球を続けたかったが、両親は「大学受験に専念して欲しい」と反対した。

そこで、受験勉強をしながらでも続けられそうな写真部に入ったのだ。

上下関係の全く違う文化部の空気に、最初は戸惑ったものの、幽霊部員が多いせいか自由に活動できた。

入部してすぐに、僕は野球部の試合にカメラマンとして帯同する事を申し出た。

選手としては無理でも、別の形で野球に関《かか》わりたかったのだ。

監督に直訴し、「撮影させて欲しい」と申し出ると、野球経験者という経歴が気に入られたのか快諾された。特別に選手控え室やベンチに入れてもらえたし、おかげで野球部の連中とも仲良くなれた。監督からは「眼鏡ちゃんも入部するか？」と、冗談とも本気とも分からないような誘いを受けたけれど、戻る気はなかった。

一度は納得して辞めたのだから。

だが、グラウンドに足を踏み入れると、華やぐ場で一人、ぽつんと壁際に立っているような寂しさを感じた。

「ごめーん」

考え事に耽《ふけ》っている間に、向こうから待ち合わせの相手がやってきた。

息を切らして走ってくる彼女の顔は、頰《ほお》が紅色に染まっていた。濃紺ツーボタンのブレザーに、ボックスプリーツのスカートはグレーだ。襟元にはエンジ色のネクタイを結んでいる。

そして、眉間《みけん》の少し上あたりにホクロが一つ。それが彼女と和果を見分ける目印だった。

カメラを構えると、「やめてー！」と叫ぶ声がした。

ファインダーの中には、右手を前に突き出し、左手で顔を覆う和央の姿が映った。斜め掛けにしたスポーツバッグには、「此友学園空手道部」の文字が黒々と印字されている。

――まずは、一枚。

カシャリと、シャッターを切る音が響く。

「やめて、やめて、やめて」

和央は両手を振り回して叫ぶ。顔が露《あらわ》になった瞬間、再度シャッターを切る。ちょうど目の前に到着した和央は、「バーカ！　むかつく！」と、空手着の入ったバッグを僕の腿《もも》にぶつけてきた。

「イテッ！　そっちこそ遅いぞ」

監督や野球部員達の追及をかわして、大急ぎで約束場所へ駆けつけたというのに、和央は十五分近く遅刻していた。

「だって、ダイアナの奴が……」

誰が最初に言い出したのか、空手道部監督の穴吹先生は「大穴《ダイアナ》」と呼ばれている。名前の由来は鼻の穴が大きいから。熊にそっくりな穴吹先生と女性名のギャップがシュールだ。

「せっかく今日は練習が早く終わったのに、居残りでお説教よ。細かい事ばっかり、ぐちぐちねちねち……。こらぁ！　誰が撮っていいって言ったのよ！」

カメラを奪い取ろうとするのを避け、シャッターを押す。

「帯同カメラマンとして、動くものを撮影する練習しとかないと」

先日、開催された全国高等学校空手道選抜大会には、僕もカメラマンとして同行した。写真部の活動をアピールするチャンスでもあったから、交通費や諸経費は自費と部費で折半するつもりだったが、結局は在校生からのカンパで補塡《ほてん》できた。

女子空手道部は強化クラブとして認定されていたから、カンパも集めやすかったのだ。とにかく、自腹を切らずに済んだのは助かった。

「屋内で動きの激しいスポーツを撮影するのは難しいんだ。和央も試合前の礼や、睨《にら》み合ってる写真ばっかりじゃ、つまらないだろ」

和央は女子個人組手の部にエントリーし、見事優勝した。昨年のインターハイに続いての快挙だ。

「夏のインターハイでは、もっといい写真を撮りたいんだ。だから、練習、練習」

襷《たすき》がけにしたカメラを素早く構え、至近距離から呆《あき》れ顔の和央を撮影する。反射神経には自信がある。

「それ、理由になってない」と、和央は唇を尖《とが》らせた。形のいい唇は、リップクリームを塗っていないのに、ほのかに赤い。

──顔は可愛《かわい》いんだけどなぁ。

そう言いたいのを呑《の》み込む。

──もっとも、和果だったら黙り込んでしまう場面だな。

双子でありながら、二人の性格は全く違う。

中学時代、二人は『団体形の結城姉妹』と呼ばれていたと聞く。可愛い顔をした双子が、勇ましい道着姿で同じ動きを演武するのだ。さぞかし注目を集めただろう。

「どこかでお茶しよう」と誘う。今日は、選抜大会で撮った写真を見せる約束をしていた。

だが、和果の姿が見えない。

「さっきから気になってたんだけど、一人で来たのか？」

「何よー、あたしじゃ不満？」

僕が表情を曇らせたのに、目ざとく気付いたらしい。

「別に。さっさと済ませよう」

和央を置いて、先に歩き出す。

「あ、待ってよー。待ってってばー」

──やっぱ、避けられてるのかなー。

肩にぶら提がったカメラが、急に重く感じられた。

「何か最近の彼女、暗いのよねぇ」

道すがら、和央は呟いた。

「こないだの大会、いまひとつだったからな。お前と一緒に団体形の部に出場しただけで……」

「ダイアナ、ほんとーは、団体形を入賞させたかったんだよね。今日のお説教もそれ。私、組手で優勝したんだよ。それで、いーじゃん。はっきり言って、余計なお世話」

何故《なぜ》かは分からないが、和央も和果も団体形を嫌う。メンバーに選出されないように、わざと真面目に練習しないのではないかと疑った事すらある。

別に、喧嘩《けんか》をした訳でもなさそうだし、中学時代に活躍していたのにと、不思議に思う。だが、同じ屋根の下に住みながら、学校や部活でも顔を突き合わせるのは、周りの者が想像する以上に鬱陶しいものなのかもしれない。

ましてや、姉妹で団体形に出場するとなると、必要以上に目立つ。僕が二人を知ったきっかけも、高校入学後に聞いた「空手道部に可愛い双子がいる」という噂《うわさ》だった。それを嫌っている節が、二人からは伝わってくるのだ。特に、和果の方に強く感じる。

「ちょっと、晴人。さっきから何よぉ」

和央に「それ、何杯目の砂糖？」と指摘され、カップのコーヒーを一口飲む。思わず「げっ」と呻《うめ》いてカップを置いた。甘さを通り越し、一瞬にして舌がだるくなる。

「また、和果のこと考えてたんでしょ？」

「強がり言ってないでさ。相談に乗るから」

図星だけに、反撃できない。

好きな子と全く同じ顔の女の子に言われると、余計に気分が塞《ふさ》ぐ。

和果と気まずくなったのは、冬休みの終わりに起こった事件が発端だった。顧問のダイアナに頼まれ、三学期が始まるタイミングに空手道部の写真を校内に貼《は》り出した。

選抜大会を前にして、校内生徒に応援を呼びかける為にだ。

僕は和央と和果の双子姉妹をフィーチャーする形で紹介したのだが、それが和果の気に障ったらしい。

和央によると、普段は感情を露にしない和果が珍しく、ダイアナに食ってかかったらしい。

〈もう、真っ平なのよ。私は私なのに、皆、結城姉妹って呼ぶ。団体形の結城……〉

中学時代には、団体形で実績を残した彼女達だったが、その後の転身では、くっきりと明暗が分かれていた。

まず、和央は高校に上がってから、組手に力を入れ始めた。

此友学園空手道部は、セレクションで選ばれた生徒しか入部できない。全員が中学時代から活躍していた選手ばかりだ。つまり、和央は形の成績でセレクションされたのだから、路線変更には相当な圧力があったと想像できる。それを跳ね返し、見事に転身を成功させたのだ。今までやってきた事を全て失う危険があったというのに。

「自分でも、よくやったなぁって思うよ」

和央は両手でグラスを持った。拳《けん》だこのある手は、負傷の後遺症で右手小指がおかしな方向に曲がっている。

「うちの父、変なところで頑固なの。子供に組手はさせない主義。体の成長が完成する十五歳で、ようやく組手の稽古《けいこ》を始めるから、転向したばかりの頃は大変だった。周りからも色々言われたしね」

大変だったと言うものの、言葉の端々に自信が漲《みなぎ》っていた。

一方、転身を成功させた和央に対して、和果は伸び悩んでいた。

「双子だけに、比べられて辛《つら》いだろうな」

「まーね。和果ちゃんの気持ちも分からないでもない。集中したいのに、周りの騒音で気持ちが乱されたり」

次号の雑誌には、和央の写真がカラーページを飾るはずだ。もし、双子の片割れとして並んで掲載されたとしたら、和果にとって耐え難い屈辱だろう。

「くっだらねーアドバイスしてくる素人とかいるんだ。見てるだけの人は簡単じゃん？それより写真」

ようやく本題へと入った。

僕はバッグから書類封筒を取り出すと、紐《ひも》を解いた。ひったくるようにして、和央は封筒を受け取る。

「へー、よく撮れてんじゃん。しっかし、今時、白黒写真?」

「うるせーよ」

現像された写真を、和央は無造作な手つきで見てゆく。

「こんだけ? 思ったより少ない」

「よく撮れてるのだけを選《え》りすぐったんだ。おい、指紋をつけるな」

試合会場では何本ものフィルムを使い、軽く二百枚以上は撮影した。だが、人に見せられるレベルの写真は、その四分の一にも満たなかった。

「待て、待て。濡《ぬ》れたテーブルに置くなよ」

紙ナプキンで卓上を拭《ふ》くと「男のくせにこまかーい」と返ってきた。

「お前がガサツなんだよ。女のくせに」

反撃がなかった。

不審に思い顔を上げると、和央が無言で写真を凝視していた。

「どうした?」

返事がない。

「おーい、どうしました?」

椅子《いす》から立ち上がって身を乗り出すと、和央が手にした写真を上から覗き込む。

観客席から俯瞰《ふかん》する形で撮影された写真は、画面の手前に和央が写っている。背中に縫い付けたゼッケンに「結城和央」と書かれているのが、かすかに見える。ちょうど、右の前回し蹴りを出したところだ。膝を高く掲げて足を折りたたんだ状態で、相手選手は両手を顔の横で構えてブロックする体勢をとっている。

「自分の写真に見惚《みと》れてるのか？」

和央は、はっと顔を上げる。

「やだ、何よ！」

何か勘違いしたようだ。さっと身を引くと、写真を手にしたまま大声を上げる。

「和果に言いつけるわよ！」

かっと頭に血が昇る。

──だ、だ、だ、誰がお前なんか！

「お前こそ、自分に見惚れて、ナルシストめ」

「違う。鬱陶しいなって思っただけよ」

「何なんだ？　鬱陶しいって。僕の事か？」

野球部の女子マネの言葉を思い出す。

「違うわよ。晴人じゃなくて写真よ。写真に余分なものが写ってる」

「この写真の、何処が余分なんだ？」

和央の手から写真を取り返し、見入った。

板張りの床には正方形のコートが作られている。コート上で戦う和央と対戦相手。その周囲では、同じブロックの選手達が足を崩した状態で待機していた。選手の後ろに座る年配の男は、監督と書かれた腕章を付けている。

隣のコートで自分の番を待っている選手と監督が、こちらに背を向けているところや、通行人まで写っていた。試合を終えたらしき選手が、メンホーを被ったままコートの傍《そば》を歩いている。

コート同士が近いから、角度によっては余計なものまで写ってしまうのだ。カラー写真だったら、かなり煩《うるさ》い仕上がりになっただろう。ただ、ざわざわとした会場の雰囲気がうまく捉《とら》えられていた写真だったから残したのだ。

「確かに、僕の腕が悪いのは認めるよ。しかしよぉ、鬱陶しいはないだろう?」

「あぁ、もう! そうじゃないったら!」

突然、和央がテーブルを叩《たた》いた。

「ただの独り言よ。晴人は気にしなくていいの!」

そして、呆気《あっけ》にとられる僕の前で、音を立ててストローを吸った。

二

「晴人ー、ご飯よー」

階下から母の声が聞こえる。送話口を塞ぎ、「後でいい!」と答える。

――全く、タイミング悪すぎ。

何の罪もない母を恨めしく思いつつ、中断した会話を再開した。

「なぁ、僕達、一度話し合った方がいいと思うんだ」

和果は黙ったままだ。双子なのに、こういう所が和央とは違う。和央だったら、即座に切り返してくるはずだ。

母の声が轟く。

「早くしなさーい！　塾の時間でしょー！」

多分、和果にも聞こえている。案の定、『喋《しゃべ》っていいの？』と醒《さ》めた声が返ってきた。

「今から家まで行くよ。選抜大会の写真も見せたいし」

返事を待たずに電話を切る。

階段を駆け下り、ダイニングに飛び込むと、母がお椀《わん》に味噌汁《みそしる》をよそっているところだった。足音を聞いて、タイミングを合わせたのだろう。ショルダーバッグを斜めがけにしたまま、椅子に座ろうとしない僕に、母はいぶかしげな表情を見せた。

「ぼんやりしてないで、早く食べなさいよ」

皿の上には大きなエビフライが二本とサラダが乗っている。エビフライを一つ口に放《ほう》り込みながら「帰ってから食べる。行ってきます」と答える。

庭に停《と》めてある自転車に跨《また》がると、勢い良く漕《こ》ぎ出した。

時刻は午後六時前だが、まだ明るかった。

家路を急ぐ人に逆らって、僕は自転車を駅方向へと向けた。自転車で三十分ほど走ると、和央と和果が暮らす町に到着する。

そこは、通りを一つ跨《また》ぐと、がらりと雰囲気が変わる場所だ。家の周囲に塀や植樹が施された、間口の広い家が目立ち始める。塀に沿って自転車を走らせながら、街並みに目をやる。

風格のある木戸門越しに、大きな松が枝を広げている屋敷があった。古風な門構えの屋敷の背後には、景観に配慮した低層マンションが顔を覗かせている。沈丁花《じんちょうげ》が植栽されたエントランスは、品良く和風でまとめられていた。

和と洋、古いものと新しいもの、それらが違和感なく同居する、不思議な空間だ。

僕はいつも持ち歩いている小型カメラで、辺りの風景を撮影した。

暫《しばら》く行くと、静かな小径に出くわす。思い思いにガーデニングが施された家が並び、ほっとできる場所だ。

小径に入ると、鉢植えの草木に埋もれるように佇《たたず》む木のドアが見え、脇に「結城一政《かずまさ》道場」とポスターが貼られた家に突き当たる。

一政とは、和果と和央の父の名だ。

結城家では、祖父の代から空手道場を立ち上げたと聞く。流派や会など細かい事は分からないが、多数の道場生を空手強豪高校に特待生として送り込み、ナショナルチームで活躍する選手を育てた実績もある。

双子の空手姉妹が、古風なお屋敷に住んでいれば、よく出来た漫画のような話になる。

だが、和果達の自宅は、黒い外壁がスタイリッシュな注文住宅だった。

インターホンを押すと、暫くして「はぁい」と返事があった。

「此友学園の辰巳といいます」

「なーに、晴人なのー？」

和央だった。言い争いした事などすっかり忘れているような口ぶりだ。慣れないうちは腹が立ったが、和央の性格を知った今では、そういうサバサバした所が付き合いやすいと思えるようになった。

「和果いる？」

からかわれるかと思ったが、「今、開けるからー」と返ってきた。口に食べ物を入れたまま喋っているような声だった。

——しかし、よく食うよなぁ。

確か、前に電話した時も何か食べていた。

案の定、玄関から顔を出した和央は、おにぎりを片手に持っていた。漫画に出てくるような大きな三角形で、海苔《のり》が巻かれている。

それを見るなり、腹が鳴った。

「あっは。食べてくー？」

「これから塾なんだ」

「はい、はい。時間がないのね。ちょっと待っててて。和果ちゃ〜ん」

玄関ホールの階段を、とんとんと軽快な足取りで駆け上がる。

和果を家の前まで送った事はあったが、中に入るのは初めてだった。玄関に佇んだまま、僕は家内を観察した。

黒い外観とは打ってかわって、内装はナチュラルな無垢材《むく》だ。白い壁に白木の腰板という組み合わせが明るい雰囲気で、下駄箱の上に飾られた水仙も白と黄色で揃《そろ》えられていた。女の子がいる家らしく、下駄箱も大きく作られ、吹き抜けの天井からはペンダントライトがぶら下がっている。

暫くすると、二階から呼ばれた。

「いいよー。上がっといでー」

家内は塵《ちり》一つ落ちておらず、汚い靴下で上がるのは躊躇《ためら》われた。傍にあったスリッパを履き、階段を上がると、長い廊下が奥に向かって伸びていた。突き当たりの縦長の窓には、ステンドグラスが嵌《は》めこまれている。

——洒落《しゃれ》てるなぁ。

二階も綺麗《きれい》に掃除されていた。換気の為か扉が開け放されていたので、悪趣味だと思いつつ、部屋を覗く。

廊下を挟んで左側は広めの部屋で、絨毯《じゅうたん》やアンティーク調のソファが落ち着いた雰囲気だ。一段高く作られた奥は畳が敷かれ、折りたたんだ布団が二組置かれてあった。両親の寝室のようだ。

そして、右側には、部屋が三つ並んでいた。

手前の部屋は納戸なのか、扉が閉められていた。その奥が和央の部屋らしい。扉に「Wao's room」と、木彫りの札がぶら下げられていた。美術の授業で作った物だろう。

扉の隙間《すきま》から室内の様子を見る事ができた。壁に貼られたポスターは格闘家ではなく、女子の間で人気のあるアイドルグループだった。意外な趣味に驚く。

「こっち、こっちー」

突き当たりの部屋から、和央の声がした。

扉には「Waka's room」とお揃いの札が下がっている。

「お邪魔します」

和果の部屋に入るのは初めてだったから、僕は胸を高鳴らせながら足を踏み入れた。

白いトレーナーにGパン姿の和果は、床に胡坐《あぐら》をかいた和央と向かい合う形でベッドに腰掛け、口をへの字に曲げている。

室内にはアイドルのポスターは貼られておらず、替わりにぬいぐるみが所狭しと飾られていた。

「女の子らしくて可愛いなぁ」と思って眺めていると、「しつこい」と和果が言った。ボソリとした声で不機嫌さを露にする。

「そっちこそ、避けてるつもりか？　話し合おうって言ってるのに」

押し黙る和果。

「ずるいぞ。すぐにダンマリ」

落ち着いて話し合うつもりだったのに、和果の投げやりな態度にカチンとくる。

「まー、まー、二人とも穏やかに、穏やかに」

おどけるような口調で和央が割り込んできた。

「そうだ！　下で一緒にご飯食べよ！　ね？　食べながらの方が和むしさ」

「あたし、いらない……」

そっぽを向いた和果の襟を、和央が摑《つか》む。

「あんたねー、いつまで拗《す》ねてんの。せっかく来てくれたのにさ。ほら、下に行こ」

いつもは強引な和央にペースを崩されるのだが、こういう時はありがたい。

三人揃って階下へと向かった。

「お前んち、お洒落な家だなー」

気まずい雰囲気を和まそうと、和央に話しかける。

「でしょ。うち工務店だから、父がこだわったの。一階はお風呂《ふろ》とトイレ以外は、ひと続きになってる」

「へぇ」

案内されたのは、広々としたフローリングのリビングだ。一角にダイニングテーブル、その傍らに畳が敷かれたコーナーがあった。襖《ふすま》で仕切れるようになっていたが、今は開け放たれている。畳の上にローテーブルが置かれ、伊万里の器におにぎりや惣菜《そうざい》類が綺麗に盛り付けられていた。

「母は全部フローリングにしたかったらしいんだけど、やっぱり武道家の自宅に畳の部屋がないのはまずいって、父がね」

畳のコーナーへと案内しながら、和央が説明した。

正方形の畳は、琉球畳《りゆうきゆうだたみ》だと言う。

「お客さん用に作ったのに、居心地いいから結局は家族で使ってる。さ、遠慮しないで、座って、座って」

和央は俵型のコロッケを三つの取り皿に乗せる。

「晴人、このコロッケ美味《おい》しいよ。お母さんの得意料理」

他に出し巻き、かりかりに焼いた薄揚げを載せた水菜の煮びたし、葛《くず》あんをかけた豆腐が並ぶ。おにぎりは二種類、おかかと梅だった。

「美味《うま》い。いつも、こんなイイもん作ってもらってるのか？」

全種類、味見しながら僕は言った。うちで出されるのは、いつも出来合いのフライや惣菜だ。

「私んとこってー、両親が夕方から空手の指導に出かけるじゃん。だから、仕事の合い間にぱぱっとおかず作って、こうやって置いてくの」

父親が経営する工務店で、母親は経理を担当しているそうだ。そして、二人揃って五時に終業し、父親は作業用のジャンパーを道着に着替えて指導にあたる。

「ほら、練習中に見学とか入門希望者が来るでしょう？　だから、お母さんも手伝いに行くの」

一人で喋る和央に対して、和果は黙々と食べている。

「私はこれから出かけるから、和果ちゃん、後片付けはよろしく。じゃ！」

気を利かせたつもりか、和央は上着を羽織るとばたばたと出て行った。

和央が出て行った後、リビングには静けさが訪れた。食べ物を咀嚼《そしゃく》する音だけが、気まずい時間を刻んでゆく。

「今日は、これを見せたかったんだ」

書類封筒から写真の束を取り出すと、和果にピントを合わせた写真をテーブルに乗せた。

「これ、今回のベストショット。周りに他の選手が写りこんでて、残念だけど」

和果が出場した団体形試合の写真だ。

猫脚立ちになり、猿臂《えんぴ》を入れた瞬間が写されている。きりっと唇を結んだ表情が勇ましく、静かな闘志が感じられる絵だ。

「ふうん」

思っていたような反応が返って来ず、少し残念だった。和果は写真を順に後ろに送って行く。最初はつまらなそうだった和果の表情が、少しだけ動いた。

一巡した後、もう一度丁寧に見直している。

「……私、変じゃない？」

「いや、いい顔してるよ」

――いい顔というか、綺麗だ。

照れ臭くて、とても言えそうになかったが、本心からそう思っていた。

「選抜大会は修学旅行みたいで、本当に楽しかった」

その言葉にほっとする。スランプに陥ってはいたが、空手が嫌になった訳ではないのだ。

「やっぱり、空手をやってる時の和果、生き生きしてて、いいと思う」

写真に見入る和果の目が思いのほか真剣だったので、僕は動揺した。本当は他に言いたい事があったが、「次、また頑張ろうな」と無難な言葉で誤魔化す。

俯《うつむ》いたままの和果の睫毛《まつげ》が揺れている。

「こんな事を言うと、また、気を悪くさせてしまうかもしれないけど、僕は和央や和果が羨《うらや》ましいんだ」

汗と埃にまみれて白球を追いかけていた時期を思い返す。今まで言わなかった事、野球少年時代の話を打ち明けた。

「え？　野球？」

意外だったらしく、和果は目を見開いた。

「何で、やめちゃったの？　甲子園目指せばよかったのに」

「無理だって」

「やってみなきゃ分かんないじゃない」

「もちろん、僕だって甲子園には憧《あこが》れてたよ。けど、甲子園出場を狙えるような学校から声がかかる選手は、レベルが違うんだ。そんな奴らでも高校ではベンチ入りできずに、スタンドで応援してたりする。僕なんかじゃ、とても……」

現に、同じチームのエースは、高校入学後に野手に転向していた。僕よりずっと球も速く、一生追いつけないと思うぐらい、野球が上手《うま》かったのに。

「晴人は、やめて良かったと思ってるの？」

言葉はすぐに出なかった。

「実は、……何か忘れ物をしたような気がしてる」

和果は顔を上げ、今日、初めてまともに僕の顔を見た。

和央とそっくり同じ顔をしているが、額のホクロがないせいか、何処か寂しげな表情に見える。

いや、寂しいのは彼女の心だ。

僕にとって、自信に満ち溢《あふ》れた和央は脅威だった。だから、自分と同じように、心に擦り傷を持つ和果に惹《ひ》かれるのだ。

決して大きな傷ではなく、生命を脅かすような危険もない。その替わりに治りかけては膿《う》み、薄いかさぶたの下で常にひりひりと悲鳴を上げている。そんな小さな傷だ。

「親の反対を振り切って、続ければ良かった。そう思うの？」

「そうじゃないんだ。親の意見には納得した。ただ……」

「ただ？」

喋りながら、本当に納得したのだろうかと自問自答した。

僕は高校入学後、春休みと夏休みの期間中にテレビを観《み》るのが辛くなっていた。油断していると、高校野球の話題が流れるからだ。母がBGMがわりに高校野球の中継を流していると、つい「消してくれよ」と尖った声を出してしまう。そんな時、母は何か言いたげな表情をするものの、結局は黙り込んでしまう。一番大切なものを取り上げたくせに、僕がどれほどの喪失感を抱いているのか気付いていないのだろう。

いや、気付かない振りをしているのだ。

「どうでもいいよ。おい、返せ」

わざと乱暴な手付きで写真を取り返そうとした。

「まだ、全部見てない」

「早くしろよ。塾に遅刻しそうだ」

和果は焦らすように、わざとゆっくり写真を見てゆく。和果が見終わった写真を受け取り、一枚ずつ出来栄えを再確認してゆく。

「あれ？」

全部、見終わったところで、思わず声が漏れた。

「一枚足りないぞ。これで全部？」

和果は両手の平を広げ、宙でひらひらさせる。

「そうよ」

写真の枚数を数えると、やはり一枚足りない。そして、足りない写真は、今日、和央が
「鬱陶しい」とけなした写真だと気付いた。

「あの、馬鹿……。欲しいんだったら、素直に欲しいって言えばいいのに。ボロクソに言いやがって」

「何？　何なの？」

「多分、犯人は和央だ。いいよ。焼き増しするから」

写真を書類封筒に戻すと、ショルダーバッグを肩にかけながら立ち上がった。

「それ、やるよ」

テーブルには、和果の写真だけを残してあった。

「いい写真だったから、余分に焼いたんだ」

「ありがとう」

そう呟くと、和果は大事そうに写真を手に取った。額に入れて渡せば良かったと少し後悔した。

――部室に額があったっけ？

三

駅前の商店街を通り抜け、住宅街の中、だらだらとした坂を登り切ると、道路に覆いかぶさるアーチのように、両側から桜の木が枝を伸ばしていた。替わりに、数日前には満開だったソメイヨシノは、そろそろ花びらが散り始めていた。

遅い時期に開花する品種が咲き始めている。

右手に予備グラウンド、左手に校舎が建つ敷地がある。

予備グラウンドからはダミ声が聞こえてくる。フェンス越しに見ると、ちょうど野球部員が集まっていた。これから練習が始まるようだ。甲子園出場を狙える野球部ではないものの、皆、溌剌《はつらつ》としていた。いや、悲愴《ひそう》感がない分、楽しそうに見えた。

——今さら、どうしようもないよな。

振り切るように、グラウンドに背中を向けた。

道路の反対側に、伝統ある私立高校らしい古い門が建っている。開け放たれた正門脇には守衛室があり、頭を下げると、初老の守衛が笑顔で会釈を返してきた。

地下にあるロッカー室で上履きに履き替え、磨り減った階段を登る。生徒数の増加に合わせて増築を繰り返したせいか、所々レイアウトがおかしな箇所がある。

写真部の部室もそうだ。

ちょうど新校舎と旧校舎のつなぎ目の向こう側にあり、階段を登りきった先はやけに天井が低かった。身長一七五センチの僕の頭上ぎりぎりまで、梁《はり》が飛び出している。

頭を打たないように梁の下を通り過ぎると、油びきされたばかりの木の床が、強烈な臭いを放っていた。その先の、今は使われていない美術室の引き戸を開ける。

文化祭で使った「写真展」の大看板は逆さに置かれ、次の出番を待つかのように隅でひっそりしていた。その傍らの本棚には写真雑誌の他、漫画本が並ぶ。大きなテーブルを二つくっつけて使っているのだが、各々が荷物を置いているせいで作業台の体をなしていない。

そして、以前は「美術準備室」に使われていた隣の部屋が、今は暗室となっている。遮光カーテン、天井に取り付けられた三台のセーフライト、大仰な引き伸ばし機。狭い暗室は秘密基地のようで、ここに入る度に軽い高揚を覚える。

今でこそ写真部は弱小クラブになり下がっていたが、前任の顧問が熱心に指導し、高文展やコンクールなどで実績を挙げていた。その際、多額の部費を勝ち取ったようで、一通りの設備は揃っている。

遮光カーテンが引かれたままだったせいか、室内には薬品の匂《にお》いが籠《こ》もっていた。窓を開けて換気する。外光が差し込み、暗室の細部や隅に積もった埃が露になった。

――一度、掃除しなきゃな。

グラウンドから聞こえてくる掛け声や物音を聞きながら、目についた埃だけを箒《ほうき》で集めた。

棚を漁《あさ》ると、シンプルなシルバーフレームの額が見つかった。大きさもぴったりだ。誰の物かは分からないが、長らく放っておかれていたのだから、持ち帰っても文句を言われないだろう。布で埃を拭《ぬぐ》い、磨いてゆく。

その時、誰かが廊下を歩いてくるのが聞こえた。

――誰だよ？

春休み中、部室に通ってくるような熱心な部員は、写真部にはいない。物音に耳を澄ませる。

「辰巳ー！　いるかー？」

教室の引き戸が開けられる音がした。

ダイアナの声だ。写真部の部室を覗きに来るなど、珍しい事だった。「何ですかー？」と答えながら、暗室を出る。

ダイアナは、胸に「此友」と刺繍《ししゅう》された、ミントグリーンのジャージを着ていた。女子部員達の希望でオーダーしたカラーリングだとかで、空手強豪校のユニフォームにしては凄《すご》みはない。当然、強面《こわもて》のダイアナにも全く似合ってない。

そして、ダイアナは若い女性を伴っていた。

教師や学校職員ではないし、大人びた髪型や化粧は生徒には見えない。長い髪にはきついパーマがかけられ、フェイクファーの上着にデニム地のホットパンツ、編みタイツにブーツを合わせている。

「おぉ、辰巳。いてくれて良かった。選抜大会の写真できてるか？」

「……あ、はい」

隣にいる女性に気をとられていたから、返事が遅れた。

作業台に戻り、通学バッグに入れた書類封筒を取り出す。中には選りすぐった写真だけが入っている。

「これだけか？」

封筒の中身も見ずに、ダイアナは言った。

「失敗作なら何十枚とあります。すみません。あまり、うまく撮れてなくて」

せっかく同行させてもらったのにと、申し訳なく思った。

「別に構わんよ。そいつも貰《もら》って行こう」

失敗作をまとめて放り込んだ封筒を、僕は部室内のロッカーから取り出してきた。

「これで全部か？」

何故か、ダイアナはしつこく念押ししてくる。

「いえ、実はあと一枚あるんです」

和央が抜き取った写真だ。今、手元にないと言うと「焼き増しできるか？」と聞いてくる。

その口ぶりに、不審なものを感じた。僕の物問いたげな視線を受けて、ダイアナが説明を始めた。

「実は高体連から協力を頼まれた。警察に提出する資料を揃えたいからと」

「け、警察ですかぁ？」

思わず、連れの女性に目をやる。

今、彼女は物珍しげに、古びた教室の柱に手を触れていた。

――さすがに、警察官じゃないよな。それにしても、派手。

瞼《まぶた》に乗せたアイシャドーは、目が覚めるようなブルーだ。

「一体、何があったんですか？」

一応、説明は聞いておきたかった。

「こないだの大会で大変な事があってな」

「大変な事？　試合会場でですか？」

「そうだ。……盗撮された写真が写真雑誌に投稿されたんだ。女子選手が着替えている所のだ。保護者が見つけて、クレームをつけてきた」

「事前に施設に入り込んで、隠しカメラを取り付けたんですね」

「それが、関係者しか入れない場所で撮影されていたんだ。普段は施錠されている部屋だから、施設の職員を先に調べたんだが、犯人に該当する者はいなかった。だから、当日、プレス証を偽造するなどして入り込んだ可能性が考えられている」

「プレス証？　そんなの、簡単に偽造できるものなんですか？」

各種催しの主催者が独自に発行するものだから、形式はさまざまだ。

「一般客立ち入り禁止区域の出入り口に立ってたのは、手伝いの高校生だったから、厳重にチェックされなかった可能性もある。それらしい恰好をした人間がカメラを担いで堂々としてたら、大人だって見過ごしてしまうだろ？」

大会当日はマスコミの撮影などで、大勢の人間が出入りする。そういう団体に紛れ込んでしまえば、見分けはつかない。

話を聞きながら、ふと、自分も試せないかと不埒《ふらち》な事を考えていた。

今大会では、報道陣だけがコート脇での撮影を許され、僕は観客席に三脚を立て、望遠レンズで撮影したのだ。フロアに降りて観戦した方が面白いし、シャッターチャンスにも機敏に反応できる。

ダイアナは僕の思惑には気付かず、話を続けた。

「手口が慣れてるから、常習者じゃないかと言われてる」

監視カメラはあったものの、それらしい人間は映っていないらしい。

連盟では手がかりを得る為、調査チームを作り、さしあたっては会場内で写真やビデオを撮影していた保護者などに声をかけ、写真や映像を集めて回っているとか――。

「じゃあ、プリントできたら後で届けます」

「いや、今すぐやってくれ」

――やれやれ、せっかちだなぁ。

先に立って暗室に入ると、ダイアナと連れの女性も後に続いた。

暗室の扉に「開けるな！」と書いた札をぶら下げる。作業中に、誰かが扉を開けてしまわないようにだ。

ネガを引き伸ばし機に差し込み、暗室の灯《あか》りを消す。大きさとピントを合わせた後、印画紙にフィルムの像を露光する。

「へぇ、うまいもんだな」

ダイアナは「大したもんだ」と感心しているが、女性の方は無言だ。

露光の終わった印画紙を、現像液のバットに入れてトングで持ち上げる。攪拌《かくはん》するうち、印画紙に自分が撮影したものが現れてくる。この瞬間は、何度やっても感動的だ。

水洗が終わった印画紙を、洗濯ばさみで吊《つ》るして乾燥させる。

そうすると早く乾くとでも思っているのか、ダイアナと女性が吊るされた印画紙に張り付いている。じっと印画紙を眺めていた女性が、ふいに口を開いた。

「会場の風景を写しただけで、特に何も写ってなさそうですよ」

そして、写真の束を手に、二人は部室を立ち去った。


予備グラウンドに行くと、野球部員達がアップの最中だった。隊列を組んだ部員達が掛け声を上げ、腕を振ったり、腿を高く上げたりと、同じ動きを繰り返していた。

邪魔にならないように、僕は隅で眺めていた。

アップは掛け声、左右の順番、回数など覚えることが多い。もうすぐ、新入部員が入ってくる季節だが、指導するのは新二年生の仕事だ。

「おー、眼鏡ちゃん」

僕に気付いた監督が、気さくな調子で呼ぶ。

「こないだの補習授業でやったテスト、お前が学年でトップだったぞ」

監督は日本史の教諭でもある。

「あ、そうなんすか？　あんまり自信なかったんですけど」

暫く、監督と並んでアップの様子を見る。

慣れた人間ばかりだからか、隊列の動きは統率が取れ、綺麗に揃っていた。きっちりと指導されているのがよく分かる。

「眼鏡ちゃんは親孝行だなぁ。うちの部員達の成績ときたら、目も当てられん」

甘酸っぱい香りで、鼻先をくすぐられたような気がした。

野球に未練がないと言えば嘘《うそ》になる。中学時代の仲間達のほとんどが、今でも野球を続けているのだから。だが、野球強豪校から勧誘が来なかった時、何かがぷつんと切れた。

そんな心中を見透かしたように母は言った。

〈この機会に中断したら？　勉強があってこその野球だし。大人になってから、趣味としてやればいいじゃない。プロをめざしてる訳でもなし……〉

「おーい、声が聞こえないぞー！」

監督の激励で、部員達の掛け声が大きくなる。

「ちょっと油断すると、すぐこれだ」

そう言いながらも、部員達を見る監督の視線は優しい。ちょうど、春のセンバツで盛り上がっている最中だが、何処吹く風という様子だ。試合に勝つ為でなく、楽しんで野球をする。こういう関《かか》わり方もあったのだ。

ふいに込み上げる後悔の念を、僕は振り切った。

「これ。こないだの試合の写真です」

封筒に入ったままの写真の束を手渡す。監督はその場で中身を取り出した。

「へぇ、よく撮れてるじゃないか。さすがだな」

一枚、一枚、目を細めながら見ている。

自分が関わっていたスポーツは、体が動きを覚えているせいか、シャッターチャンスも狙いやすかった。

アップを終えた選手が戻ってきて、グラブとボールを手にキャッチボールの準備を始めた。ダラダラする者はおらず、皆、機敏にメニューをこなしてゆく。

「よぉ、晴人」

大久保がわざと肩をぶつけてきた。首に腕が回され、締め付けられる。

「こないだ、練習試合でお前の元チームメートと会うたで」

「え？」

「中学時代、そいつはエースで、お前は控えやったらしいな。お前がどないしてるか、気にしとったわ」

「へぇ、懐かしいな。調子は良さそうだったか？」

「どうやろ？　試合中はずっと三塁コーチャーズボックスに立ってたから、分からんわ」

野手に転向したとは聞いていたが、成功しなかったようだ。

「中学の時はお前がおってくれたから、安心して投げられた。そない言うてたで」

「まさか」

一緒にプレイしている時、そんな事はおくびにもださなかった。

「嘘やない。今になって、お前の有難みが分かったらしい。スコアブック見ながら一緒に相手打者の弱点を探してくれたり、自分が投げへん時でも親身になってくれたから心強かったって」

大久保は拳《こぶし》を脇腹に押し付けてきた。

「どうや？　今から一緒にやろや」

「まさか、今さら」

腕を振りほどこうと、もがく。

「さすが。見かけによらず、力が強いな」

大久保は拘束を解いた。

「俺の同級生にもおったんや。お前みたいなんが。そいつ、めっちゃ野球が上手いのに、わざと野球部が弱い高校に進学したんや。せやけど、やっぱり忘れられへんかったんやな。高校中退して、一年遅れで野球強豪校に入り直したらしいわ」

今度二年生になるという。

「で、僕にどうしろと？」

「物事には遅すぎるという事はない。やり直したいて思った時が、スタートちゃうんか？」

「今から？」

「気ぃ向いたら、いつでも来いや」

「引退まで半年もないだろ？」

「構へん。その間だけでも一緒にやろや。夏休みはどうや？」

一瞬、心に火が点《とも》る。だが、大事なことを忘れていた。

「悪い。インターハイで空手道部の写真を撮影するから」

「やっぱり、友情より女を取るんか」

「だから、違うって」

二人で押し問答していると、ついに監督が割って入ってきた。

「大久保、いい加減にしろ。キャッチボールを始めるぞ」

監督が大久保の尻をぱんと叩くと、途端に埃が舞った。砂埃が目と喉《のど》に入り、僕は涙を流しながら咳《せ》き込んだ。

「おいおい、大丈夫か？　眼鏡ちゃん」

あまりに咳き込み過ぎて、抱えていた額を落としてしまった。中には、大きく引き伸ばした和果の写真が入っている。

「はっはぁーん、これが彼女かぁ」

言い訳しようとしたが、咳き込んでうまく喋れない。

「あ、女子空手道部と言えば……」

ふいに監督が小声になった。

「どうやら、うちの生徒が盗み撮りされたらしいぞ」

「えぇっ！」と驚いた拍子に、また咳き込む。

「職員室に行った時、穴吹先生が血相を変えていた」

合点がいった。

——どうりで、急かすはずだ。

同時に、盗み撮りされたのが誰か、気になった。

——まさか、和果じゃないだろうな。

ずっと気まずかったのは確かだが、家を訪ねた時、明らかに彼女の様子がおかしかった。

「眼鏡ちゃん。こんな埃っぽい場所にいると、余計に酷《ひど》くなるぞ。早く帰りなさい」

詳しく聞きたかったのに、監督は僕の背中を軽く叩くと、部員達がキャッチボールする場所へと向かった。

四

翌日、ダイアナがロールケーキを差し入れに持ってきた。協力してくれた御礼だと言いながら。

「僕の写真、何か役に立ったんですか？」

「さあ、連盟に任せたからなぁ」

――よく言うよ。本当は自分達で調べてるんだろ？

「先生。盗撮されたのが此友学園の選手だって話、本当ですか？」

「だ、誰が、そんな事を言ったんだ？」

途端に、ダイアナが気色ばむ。いつもより鼻の穴が大きく開いている。

「噂になってますよ」

大袈裟《おおげさ》だが、決して嘘ではない。話し好きの監督の事だ。野球部の連中ぐらいには喋ってしまっているだろう。

「まさか、結城姉妹ですか？　写真を撮られたのは」

「いや、違う」

ダイアナはあっさりと否定した後、慌てて言い添えた。

「ば、馬鹿もん！　誰でもいいだろう。盗撮された生徒の身になってみろ。デリカシーのない奴め」

ダイアナにデリカシーがどうとか言われたくなかった。

「じゃあ、犯人は分かったんですか？」

「まぁ、いいじゃないか。とりあえず、食おう」

ダイアナは作業台の上でロールケーキの箱を開けると、僕より先に手を出す。

「うまい。こりゃ、上等の生クリームを使っている」

手についたクリームを舐《な》めながら、二切れ目のケーキに手を伸ばす。

――御礼だって言ってなかったか？

ダイアナの子供っぽい行動に突っ込みを入れたかったが、「頂きます」と言いながら僕もケーキを口に運んだ。

ふわりと軽い食感が新鮮だった。

「美味しいですね。これ」

見ると、ダイアナは早くも三個目を口に入れており、続けて最後の一切れに手を伸ばしかけ、「ああ、すまん」と手を引っ込めた。先ほど、クリームを舐め取った指が、ケーキに触れたのを見逃さなかった。

「どうぞ……」と差し出すと、ただでさえ大きな鼻の穴をさらに膨らませ、満面の笑みで「悪いな」と言った。結局、僕は一切れしか食べていない。

「和央は、会場で犯人を見てたんですかね」

「何でだ？」

胸に広がる違和感を、どう説明して良いのか分からない。

「何となくです。こないだ先生に同行していた女性は、気付かなかったようですけど」

「女性？」

ぽかんとしていたダイアナは、次の瞬間、笑い出した。

「あぁ、あいつも女だったなぁ」

――何て、失礼な。

「彼女は一体何者なんですか？」

「宇賀神さんだ。ちょうど、月刊『空手道の星』の取材で……。彼女は凄いぞ。海外の道場で武者修行していた事もあるらしい。お前、間違ってもちょっかいだすなよ」

鼻の穴を広げて、豪快に笑うダイアナを見ながら、胸の内で「出さねーよ」と毒づいていた。

「ん？　もうこんな時間か。いかん」

壁にかかった時計を見ると、台の上に散らばったスポンジの切れ端を口に入れた。

「じゃあな。俺はこれから会議だから」

訪れた時と同じ唐突さで、ダイアナは部室を立ち去った。

自宅に戻った後、今までになく、じっくりと写真を見た。

誰もいなかったから、一階の庭に面した明るいダイニングで、ルーペを使って細かく見ていく。

出場する選手の周辺でカメラを構えたり、ビデオを回している男が見える。プレスのカメラマン達だ。カメラマンベストを付け、傍に大きなバッグを置いている。それ以外に審判、大会をサポートする高校生係員、大会の運営委員が写っている。

——この中に、盗撮者がいるのだろうか？

和央の言葉の意味を考える。

〈違う。鬱陶しいなって思っただけよ〉

鬱陶しいというのは、多分、人間の事だ。

報道関係者達に目を向ける。

——しかし、盗撮する人間が、こんな分かりやすい恰好をするだろうか？

カメラマンの振りをして盗撮したと最初は考えた。だが、必ずしもそうとは限らない。むしろ、更衣室に入り込んで撮影するのであれば、もっとコンパクトなカメラ、或《あ》いはカメラと分からない機材、例えばボールペンや時計を装ったカメラの方が都合が良い。狭い場所に入り込むのであれば、大仰なカメラは邪魔になるだけだ。

カメラマン以外に写っている男は、道着姿の監督だけだ。監督の腕章をつけていれば、選手を探す振りをして、更衣室に近い場所まで入り込む事ができるかもしれない。

だが、違和感を覚えた。

女子が着替えるとしたら更衣室かトイレだろう。いくら監督であっても、男性は中には入れない。やはり、隠しカメラを仕掛けていたのだろうか？

推理に集中していたから、電話が鳴っているのに気付かなかった。慌てて電話に出る。

『いるんだったら、早く出なさいよ』

和央だった。

「盗撮されたのって、まさかお前や和果じゃないよな」

黙り込む和央。

「おい、どうなんだ？」

『違う。ここだけの話だけど……。写されたのは、ミッキーよ』

秘密を打ち明けるように言う。

「諸坂《もろさか》が？」

『もう、いいでしょ？　被害者の名前を教えてあげたんだから、こないだの写真破り捨て事件の時みたいに、人に聞いて回ったりしないでよね』

さすがに、こちらの性格をよく分かっている。

「誰が言いふらすかよ。かわいそうじゃないか。いい子なのに」

『へえー』

「何だよ」

『ああいうのが、いい子なんだ』

馬鹿にしたように言う。

「お前ら仲良くしてるじゃないか」

周りで見てる分には、反目し合っているようには思えなかった。

『とにかく、ミッキーが盗撮された事は内緒だからね』

とは言うものの、既に掲載された雑誌が発売されてしまってるのだから、誰かしら見ている可能性はある。

「ところで、お前は何で犯人が分かったんだ？」

『はあ？』

「犯人が写ってるから、こっそり写真を抜いてったんだろう？」

暫《しば》しの間の後、『ああ、あれね』と返ってきた。少しも申し訳なさそうにしない。

「写真の何処に犯人の手がかりがあったんだ？」

『どうでも、いいじゃん』

「よくない」

繰り返し自分の中で考えていた推理を、和央に話して聞かせた。

「まず、犯人は分かりやすい恰好はしていない。たとえ偽造したプレス証を付けていたとしても、大仰なカメラを持った奴が、堂々と更衣室やトイレでの着替えを盗撮したとは思えないじゃないか。むしろ、気配を消して、紛れ込んだんだ。例えば、女性に変装してたとか」

『ふうん。あんた、そんな事ができると本気で思ってんの？』

何処か挑戦的な口調から、図星なのだと分かった。ここで怯《ひる》んでは、和央のペースだ。

「普通はな。だが、会場では空手の試合が行われてるんだ。小柄な男が道着を着てメンホーを被れば、女子選手に見えないこともない。犯人はそれを逆手に取った」

「メンホーを被るですって？」

　ふふん、と鼻で笑われる。

『ま、いいわ。選手に変装してたって？　ゼッケンはどうするのよ？　大会名の他にスポンサーと学校の名前まで入ってるのよ』

「プレス証が偽造できるんだ。ゼッケンだって偽造する方法があるはずだ。あれって、大会前に配られるんだろう？」

　確か、各自で道着の背中に縫い付けるようになっている。

　そして、選手の場合はゼッケンが通行証の替わりとなるのだから、選手更衣室でも何処でも入りたい放題だ。

『学校名や名前はどーすんのよ』

「適当でいい。全国から大勢の選手が参加してるんだ。さすがに決勝戦が行われる日は人数が少なくなるから難しいが、大会一日目なら混じっていても分からない」

　全員が整列するのに三十分以上かかった開会式や、選手や応援の保護者でごった返した会場を思い出す。

　だが、この写真の中の何処に犯人がいるのか？　それが分からない。いや、一見分からないからこそ、犯人は盗撮を成功させる事ができたのだ。それぐらい、巧妙な変装をしたのだ。

「女装が無理なら、本物の女性を金で雇って潜り込ませたのかもしれない。いや、むしろ、その方が現実的だ」

『へぇ、知ったふうな口をきくね。じゃあ、ヒントをあげる。晴人と同じように、試合会場でのルールが分かってない人間がいる。一人だけ』

「どういう意味だ？」

『「空手は礼に始まり礼で終わる」という事よ。何かスポーツやった事ある？』

「……野球ぐらいかな」

『だったら、野球で考えてみて。体育の授業で野球をやった時、野球部の子とそうじゃない子で差が出るよね？』

「ん、まーな」

こないだ見た試合で、セカンドの守備位置を間違えた選手を思い出す。

『それと同じ意味よ』

再び、画面に目を凝らすが、やはり分からない。

「教えてくれよ」

『それくらい自分で考えなさい。試合に出てる人間にとっては常識なの』

冷たい言葉と共に、電話が切られた。

五

出版社の受付で学校名を出したところ、連絡を受けた宇賀神はすぐに降りてきた。古い貸しビルで、一階が喫茶店になっていた。

「あれ、君だったの」

宇賀神は未《ま》だ肌寒い季節にも拘わらず、タンクトップの上に、目の粗いニットを重ねていた。ボロボロのGパンは膝に穴が開いており、素足に白いスニーカーを合わせている。海外の道場で修行していたという触れ込みを物語るように、動きがきびきびとしている。

「僕の事、覚えてくれてたんですか?」

「何なの? 人を訪ねてきて、『覚えてくれてたんですか?』はないでしょう。あ、私、コーヒーね。君も同じでいい?」

席に着くなりウエイトレスを呼び止め、てきぱきと注文する。

「聞き覚えのない名前だし、誰だろうって思ったけど、編集長に行ってこいって言われたのよ。此友学園さんにはお世話になってるし、失礼があっちゃいけないって」

この時ばかりは、高校空手界名門校である此友学園の名に感謝した。

「盗撮犯は捕まったんでしょうか?」

宇賀神は煙草を取り出し、ライターで点火した。ふーっと煙を一筋吐き出すと、記憶を手繰り寄せるように一点を見つめた。

「あぁ、そうだったわね」

ようやく、思い出したようだ。

「僕の写真に、犯人が写ってましたか？」

宇賀神はぷっと吹き出した。

「もしかして、そんな用事で訪ねてきたの？」

注文したコーヒーが運ばれてきて、会話は中断された。スティック・シュガーが付いてきたから、砂糖を入れすぎる心配はなかった。

「誰か、何か言ってた？」

「和央……、いえ結城さんも、犯人が分かってるような様子だったんです。この写真を見るなり、『余分なものが写ってて、鬱陶しい』と言ってましたから」

問題の写真を差し出す。

「鬱陶しい……ねぇ。私に聞きたい事って、それだけ？」

「それだけです」

「ふうん」

宇賀神は砂糖を入れずに、カップに口をつけた。

「君って、結城さん達とは高校入学後に知り合ったんだよね？」

そうに決まっている。

「もしかして、追っかけ？」

思わぬ言葉に絶句する。

「……んな訳ないでしょう！　ちゃんと許可を取って撮影してますよ」

「あ、そうなの？」

ダイアナはちゃんと説明していないようだ。

「僕は空手道部の帯同カメラマンとして、選抜大会に同行したんです。二人とも知ってる事実ですし、撮影した写真は全部彼女達に見せてますよ」

そこらのカメラ小僧と一緒にして欲しくなかった。

「あはは、ごめん、ごめん。公認なんだー。そのテの輩《やから》が多くてね。つい……」

返事に窮していると、宇賀神は言い訳を始めた。

「ほら、見ての通り可愛い双子じゃん。編集部にも問い合わせが多いのよ。写真を欲しがるぐらいだったら、まだ可愛げがあるんだけど、マスコミを装って、あの子達の電話番号を聞き出そうとした奴もいたりなんかして。ねぇ、そんなに気になるんだったら、本人に聞けばいいじゃない。親しい間柄なんでしょ？」

「関わるなって言われました」

「ふうん」

宇賀神は品定めするように、僕の顔を見た。

「もしかして、何も知らないんだ」

宇賀神は含み笑いを漏らした。

「な、何がおかしいんですか?」

その時、「宇賀神さん、いるの?」と声がした。オフィスに通じる扉から、紙片を手にした女性が店内を見回している。

「はーい」

慌てて煙草を灰皿に押し付け、立ち上がる宇賀神。

僕は頭を巡らせた。何故か、この問題に対して、皆、何か含んだところがありそうに見えた。

紙片を手に戻ってきた宇賀神は、氷の入ったグラスを持っている。見ていると、コーヒーをグラスに注ぎ、即席でアイスコーヒーを作った。随分と大雑把な性格のようだ。グラスに直接、口をつけて飲んでいる。

「それより、何で、あたしんとこに来たの? 関わるなって言われてるのに」

「気になるんですよ。何故、この写真を和央が抜き取ったのかが」

自分で撮影しておきながら、自分は何も見えていない。そして、自分が知らない空手のルール。とにかく、それが気持ち悪かった。

「ふうん……。あのさぁ、忠告しとくけど、競技以外のくだらない事で二人を煩わさないようにね」

「く、くだらないですか?」

「高校入学後、二人とも苦しんでると思う。体も心も変わるのに、中学時代より高いクオリティを求められて。おまけに空席の三人目は決まらないまま」

――三人目……？

「彼女達と組んでた子は天才と呼ばれていた」

宇賀神は視線を逸《そ》らさずに言った。

「中学時代は本当に凄かった。あの三人のままで続けてたら、空手界を変えられたかもしれない。魂までもが三つ子って呼ばれててね」

――魂までもが三つ子？

「もしかして、結城姉妹は双子じゃなくて、三つ子だったんですか？」

想像した途端、さっと鳥肌が立った。

団体形は三人で戦う。双子でも目立つのだから、三つ子だったとしたら物凄いインパクトだったろう。

――ま、まさかな。

「この忙しい時に、いつまで喋ってるのっ！　いい加減に戻ってらっしゃい！」

先ほど宇賀神を呼び寄せた女性が扉の前に立ち、こちらを睨みつけていた。

色褪《いろあ》せたGパンにショートカットが若々しかったが、年齢はうちの母親ぐらいに見えた。手には紙の束を持ち、耳にボールペンを挟んでいる。

「……うるせぇよ。婆《ばば》ぁ」

小声でののしる宇賀神に、僕は慌てた。

「すみません。お忙しい時に」

「どうせ、今すぐやらなくてもいい用事なのよ。私だけじゃなく、若い女は全員気に入らないみたいね。取材相手の高校生にまで嫉妬《しっと》したり、バッカみたい」

宇賀神は立ち上がった。

「じゃあね」

グラスを一気に飲み干し、オフィスに戻る宇賀神の後ろ姿を、僕は茫然《ぼうぜん》と目で追った。

六

「晴人ー、早くお風呂《ふろ》に入ってしまいなさーい！」

階下で母が呼んでいる。

「最後でいいっ。先に入ってよ！」

怒鳴り返した後、再び写真に見入る。あの後、写真をA3サイズに引き伸ばしてみた。小さな写真では気付かない、細かな点が見えてくるかと考えたのだ。

一人ずつ、選手を見て行く。

僕は偶然、何かを写してしまったのだ。

空手のルールを知らない奴。

顔を見ても埒が明かないので、ゼッケンの名前を見て行く。だが、僕には、どれがデタラメなのかは分からない。

──それにしても皆、色気も素っ気もねぇなあ。

和央や和果のように長い髪を結んでいる女子選手は少数派で、圧倒的に髪を短くした選手の方が多い。部内で規則があるのか、中には男子選手のような短髪にしている女子もいる。

──最初は思いつきで言ったけど、男が女に変装するっていうのもありかもなぁ。

言っては悪いが、「双子の空手ちゃん」と結城姉妹が必要以上に騒がれるのがよく理解できる。

──あ、でも、この子は可愛いかも。

ベリーショートにした、愛らしい顔の少女に目が行く。何かに気を取られているのか、じっと一点を見つめている。その視線の先に目を移す。

──ん？

何か、違和感を感じた。

「あっ！」

一人の選手が目に入る。その佇まいは、明らかに他の選手と違った。

少女も不審に思ったようで、すれ違いざま、わざわざ振り返って見ているのだ。

すぐに和央に電話した。

たった今、引き出した推理を和央に聞かせた。

「コートに立つ選手以外、メンホーを被っている選手はいない。なのに、一人だけメンホーを被ったまま歩き回っているんだ」

理由は明白だ。

顔を見られたくないからだ。

『ピンポン』と返ってきた。

『よく気付きました。あれだけヒントをあげれば、簡単よね？』

空手は礼に始まり礼で終わる。

メンホーは試合の直前につけて、試合終了後はコート上で取って、お互いに礼をする。それがルールなのだと、和央は説明する。

『だから、被ってウロウロしてる人間は怪しい。その不審人物が付けてる学校名と名前を、パンフレットと付き合わせたら、一発でデタラメだって分かる』

観客席からはカメラの他、ビデオを回していた者も大勢いたから、この人物が別の何処かに写っていれば、顔も特定できるだろう。だが、まだ疑問が残る。この人物が不審に思われる危険を冒してまで、顔を隠した理由だ。余程、特徴のある顔なのか？　或いは誰もが顔を知っているような有名人。いや、顔見知りがいたとも考えられる。

『もう、この問題には関わらない。いいね？』

僕の疑問を、和央は全く問題にしなかった。

『私も、こんな事で煩わされるのはゴメンだから』

「煩わしい」と言われ、宇賀神の言葉を思いだす。

〈競技以外のくだらない事で二人を煩わさないようにね。高校入学後、二人とも苦しんでると思う。体も心も変わるのに、中学時代より高いクオリティを求められて。おまけに空席の三人目は決まらないまま〉

余計な事を言うなと釘《くぎ》をさされたのに、僕の悪い癖が頭をもたげた。

「おい、お前ら三つ子だったのか？」

『へ？』

和央が「嘘でしょ？」と言った。

「じゃあ、お前達が中学時代に一緒に団体形に出てた選手って親戚か何かか？　凄かったって、宇賀神さんが言ってたぞ。『魂までもが三つ子』って呼ばれて……」

和央が押し黙る。重苦しい沈黙の後、一言だけ返ってきた。

『気持ち悪い……』

「おい！　何が気持ち悪いんだよ？　おい？　もしもーし」

既に、電話は切られていた。

拝啓　17歳の私

一

秋の空は高い。

——綺麗《きれい》。

暫《しば》し、見とれていた。そして、手にしていた箒《ほうき》を足元に置くと、ポケットに忍ばせたスマホを取り出す。見ている分には綺麗だが、青空は写真にした場合、絵になりづらい。

〈和穂。そういう時は雲を意識するんだ〉

お父さんに教えてもらったのを思い出しながら、校舎や樹木と組み合わせてアングルを考えていると、画面の中にカラスが舞い込んできた。

——シャッターチャンス！

カメラに収まった後、カラスは何処《どこ》かに飛び去っていた。まるで、撮影されるのを期待したかのような登場の仕方だ。

撮ったばかりの画像を見ると、二羽のカラスが並んで飛ぶ様子が、綺麗に撮影されていた。動きがあり、緊張感のある写真だ。

「ねぇ、聞いてくれてる？　結城さん」

竹箒で中庭を掃きながら、岩本《いわもと》さんが言った。

「ゆり先輩には気をつけた方がいいよ」

岩本さんとは一学期の間は喋《しゃべ》った事がなかったが、二学期の班分けで同じグループになったのをきっかけに、お弁当仲間の輪に誘ってもらえるようになった。

高校に入って半年目、初めて出来た友達だ。

話をするうちに、岩本さんとゆりちゃんが中学時代に同じ塾に通っていたのが分かり、ひやりとした。私が一年遅れで入学し、皆より年上だというのは内緒話だ。黙って聞いていると岩本さんは続けた。

「確かに付き合いやすい人だけど、深入りしない方がいいと思うの。皆、嫌な思いをしてる」

たまらず言い返す。

「え？　何で。いい子……、いい人だけど」

岩本さんは「こんな事、言いたくないんだけど」と溜《た》め息《いき》をつきながら、話を続けた。

「男子にいい顔し過ぎるのよ。実際、彼氏盗《と》られた先輩もいるし」

私のノリが悪いせいか、岩本さんも最後はバツの悪そうな顔をした。

「ごめん。悪口が嫌いなんだよね」

このテの噂《うわさ》は、聞き流す事にしている。やっかみや妬《ねた》みが混じると、話は自然と大袈裟《おおげさ》になる。「みんな」と言ってるけれど、一部の女子だけに限った話だったりするのだ。

ゆりちゃんが八方美人なのは分かっていたし、急なデートで約束をドタキャンされた事もあった。けれど、それ以上にいい所があるから友達でいるのだ。

「これぐらいにしとこっか」

ちりとりで集めたゴミを袋に詰め、二人でゴミ置き場まで運んで行く。

ゴミ置き場はスポーツ特待生のいる校舎の傍《そば》にある。同じ敷地内にあるものの、そこだけフェンスで区切られていた。スポーツエリートとその他大勢を区別する垣根のように。

彼らは昼過ぎには授業を終えて練習を始めるから、校舎には人影もなく、がらんとしていた。一般生の校舎で流れる掃除時間の音楽が、ここまで聞こえてくる。

「野球部、残念だったね」

岩本さんが校舎を見上げながら言う。

摂北学院野球部は、夏の予選では準決勝で敗れた。相手は、ゆりちゃんの彼氏・カイトが率いる桜ケ丘学園だ。この時だけは暫《しばら》くゆりちゃんともぎくしゃくした。

「センバツに向けて、私達も頑張って応援しないとね」

岩本さんの声が、一際弾んでいた。


「ただいま」

そのまま玄関脇の洗面所に直行し、補助鞄《かばん》として使っているトートバッグをどさりと床に置く。トートバッグが倒れた拍子に、中身がばら撒《ま》かれた。体操服だけで一杯になるのに、そこに電子辞書やお弁当箱まで押し込んであるからだ。

リビングから声がした。

「おい、帰ったのか？」

お父さんだった。この時間にいるのは珍しい。

「お母さんじゃないわよー」と返事した後、「今からお風呂《ふろ》に入るから、こっちこないで」と付け加えた。

シャワーを浴び、さっぱりした後で台所へと行く。冷蔵庫から取り出したペットボトルのお茶を飲んでいると、「もう、いいですか？」と、締め切った襖《ふすま》の向こうから声がした。

「いいよー」と答えると、カラリと引き戸が開いた。フローリングの隅に、畳を敷いた一角が現れる。仕事場で着ている作業着のまま、お父さんはくつろいでいた。

「いやだー。お父さん、くっさーい。加齢臭、撒き散らさないでよっ！」

古い油に似た臭《にお》いが、辺りに立ちこめていた。お父さんは作業着の襟を持ち上げ、臭いを嗅《か》いだ。

「ちっとも臭くないぞ。それより、和穂」

お父さんは、何故だか嬉《うれ》しそうな顔をしている。

「お前、彼氏でもできたのか？」

「え、何で？　何でよー」

「最近、楽しそうじゃないか」

「そんな事ないよ。変わらないと思うけど」

私とお母さんの関係は、あまり良くなかったけど、お父さんとは普通に喋る。他所のお父さんよりカッコ良かったし、子供の頃から私はお父さんっ子だった。

「おい、正直に言えよ」

「そんなのいるわけないでしょ。あ……」

お父さんの手には、サトシの為《ため》に作った必勝マスコットがあった。白地に紺で校名の入った摂北学院のユニフォームをかたどり、裏には「SATOSHI」とフェルトを縫い付けてある。本当は背番号も入れたかったけど、ベンチ入りしていないサトシは番号をもらっていない。

「落ちてたぞ」と言う言葉に、頬《ほお》がかっと熱くなる。

「もう、お父さんのお節介。捨てたんだから」

「何で捨てるんだ？　汚れてもないし、何ともなってないじゃないか。勿体《もったい》ない」

手にしたマスコットをしげしげと眺めている。

「ふうん、サトシ君って言うのかぁ。一度、家に連れてきなさい」

いつもの事ながら、唖然《あぜん》とした。一応、私は年頃の娘で、内緒にしたい事だってあるのに。

「純白と紺の二色使いのユニフォーム、左袖《そで》に『摂北学院』の四文字。ここは、昔からデザインを変えてないんだなぁ」

「ふうん。よく知ってんじゃん」

「お父さんの子供時代はな、みーんな野球選手に憧《あこが》れてたんだ。今のサッカーみたいなもんだ」

お父さんは仕事の傍ら、お母さんと共に空手道場を経営している。野球には興味がないと思い込んでいたから、意外な一面に驚く。

「しかし、和穂に彼氏ねぇ。和央が聞いたら怒り出すぞ。何か知らんが、あいつ、最近カリカリしてるからな」

「和央ちゃんは気が強すぎるの。あれじゃあね」

「おい、和央がいない時に、こっそり連れて来いよ」

「連れてなんか来ないからね」

サトシは寮で共同生活を送っているのだ。気軽に家に来られるはずもない。

「何だ、喧嘩《けんか》でもしてるのか？　せっかく作ったマスコットを、ゴミ箱に捨てたりして。お前も少しは男を立てる事を覚えんとな」

「大丈夫よーだ。私は和央ちゃんとは違うから」

「よく言うよ。和穂だって負けてない。何で、母さんに似なかったのかなぁ。母さん、子供を産んでからは逞《たくま》しくなったが、昔はしおらしかったんだぞ」

「え？　嘘《うそ》ぉ？」

お母さんと私は口を開く度に怒鳴りあいの喧嘩になっていたから、何を言い出すのかと思った。

「猫を被《かぶ》ってただけでしょ。お父さん、騙《だま》されたのよ」

玄関で物音がした。

「噂をすればだな」

スーパーのビニール袋を両手に提げたお母さんは、「何の話?」と不機嫌そうな顔をしていた。

「また、飲みっぱなし! コップぐらい自分で洗いなさい」

「はーい。後で」と返事だけする。

「和穂」

お父さんに呼び止められ、「なあに?」と振り返る。

「忘れ物だ」

ひょいっと手首のスナップをきかせて、お父さんがマスコットを投げた。正確に私の胸元に落下したのを両手で受け止める。

「返さなくっていいったらー」

受け取ったマスコットを、そのまま洗面所のゴミ箱に投げ捨てた。石鹼《せっけん》の空箱やティッシュの合い間に埋もれる。

リビングからは「母さん、今日の晩ご飯は何?」と聞こえてきた。

「マーボー豆腐よ」

道場が休みの今日は、いつもの大皿料理ではなく、温かい食事ができる。

「そう。豆腐は木綿にしてくれよ」

「マーボー豆腐には、絹ごしでしょう？　木綿はぼそぼそするから嫌なの」

「確かに美味《おい》しいけど、何て言うのかなぁ。頼りないんだよ。僕の分だけ、木綿豆腐で作ってくれない？」

「作りません。全員、同じにします」

両親はいつも、こんなどうでもいい事を言い合っている。

自分の親の恋愛時代なんて、あまり知りたいとは思わない。でも、お互い初恋の相手で、そのまま結婚したと聞いた時には居心地の悪さを感じると同時に、少し羨《うらや》ましいと思った。

何となく不機嫌になりながら二階に上がると、仰向けにベッドに倒れこみ、天井を眺めた。

――閑《ひま》だなぁ。

スマホを見ると、ゆりちゃんから着信があった。シャワーを浴びてる間にかけてきていた。リダイヤルしたものの、電源を切っているようだ。

――何よ、ゆりちゃんの奴。

こないだ「空手の試合が近づいているから忙しい」と言われた。帰宅部の私の相手ばかりしていられないとも。

部活に彼氏。

どんどん、ゆりちゃんとは世界が離れて行く気がする。

——私もちゃんとした彼氏とか作ろうか。

高校入学以来、声をかけてくれた先輩や同級生の男の子達の顔を思い浮かべる。だけど、弾まない会話の糸口を考えたり、笑えない冗談に付き合うのは、正直なところ疲れた。

サトシとは遠慮なく話ができたが、彼氏とは言い難い。コクられていないし、休日に一緒に出かける事もない。練習を見に行ったり、試合の応援に同行するうち、自然と会う回数が増えただけだ。

——噂になると面倒だし……。

ごろりと寝返りを打つ。

私はスマホを操作し、ブログの画面を開いた。

私を騙《かた》る誰かが、嘘ばかり書いているブログだ。実名こそぼかされているものの、知っている者が見ればプロフィールと顔写真から本人が特定できる。

〈拝啓　17歳の私〉

〈もうすぐ17歳のワッホー、記念にブログを始めました。趣味・特技は空手。かな？　女の子、いっぱい絡んでね。大切な人がいるから、男の子の絡みはいりません！　さよなら〉

スマホを遠くに投げ捨てる。

ブログの存在を教えてくれたのは、同じクラスの男子だった。つい、最近の事だ。

『結城さん、ブログやってる？』

「今はやってない」と答えたけど、ひやりと冷たい汗が流れた。以前のブログがコピーされて残っていたのかと。だが、彼は意外な事を言った。

『あんまりヤバい事を書いてると、学校に見つかった時に面倒だぜ。気をつけなよ』

慌てて検索したら、このブログが見つかった。

今のところ、偽ブログの存在は皆の噂にはなっていない。彼は黙っていてくれたのだ。

だけど、同じ学校の生徒が見つけるぐらいだから、広まるのも時間の問題だ。

着信音で、慌てて起き上がる。スマホの液晶画面がゆりちゃんの名を点滅させていた。

『ワッホー、声が変。何してたの？』

「寝てた。閑だったから」

咄嗟《とっさ》に嘘をつく。

「ゆりちゃん、夕方に電話くれたんだね？　ごめん。シャワー浴びてた」

『え？　かけてないけど』

ゆりちゃんは一瞬、驚いたような声を出したが、すぐに本題に入った。

『ところで、仲直りした？』

ここ数日、その話ばかりだ。

「仲直りもなにも、付き合ってた訳じゃないし」

『何で過去形？』

ゆりちゃんの突っ込みは鋭い。

「もう、細かい事いいじゃん。サトシも野球に専念したいんじゃない」

『野球ねぇ。大切な人に寂しい思いさせてまで？』

「だーかーらー、私は別に寂しくないって」

——大切な人でもないし。

『無理しない、無理しない。しょっちゅう会ってたくせに』

「あんなの会ってたうちに入らない」

野球部は原則として毎日練習がある。だが、サトシは週に二日、膝《ひざ》のリハビリに通っているから、病院の通院時に会う事ができた。と言っても、先に授業を終えたサトシがリハビリに励んでいる頃、ダッシュで学校を出た私が病院まで行き、サトシと一緒に学校まで戻る。

サトシはそのまま練習に合流するから、私は暫くグラウンドで練習を見た後、一人で帰宅する。練習が終わった後も先輩の自主練を手伝ったりと、サトシも何かと用事があるから、待っていても会話する時間はなかった。

つまり、病院から学校に着くまでの間が、貴重な会話の時間なのだ。

それが先週、サトシの方から「もう、病院に来《く》んな」とメールが来た。サトシからのメールは短く、いつも用件だけだったり、「マジか？」とか「アホ」、或《ある》いは「だるー」など、その時の気分しか書かれていない。

ただ、心当たりはあった。

ついこの間、サトシが「絶対にセンバツに行きたいし、ベンチ入りしたい」と熱く語るのに、「焦ってもしょうがないじゃん」と何気なく答えた時のこと。サトシは急に黙り込んでしまった。その日は会話を続ける事なく別れた。

「病院に来るな」とメールが来たのは、その夜だった。励ますつもりで言った言葉が、想像以上にサトシを不愉快にさせたようだ。

自惚《うぬぼ》れているつもりはなかったけれど、いきなり「来るな」とメールが届いた時は傷ついた。

『ふうん。夏の間、すっごくいい感じだったじゃん。ワッホーが楽しそうだったから、私も嬉しかった』

「最初は楽しかったよ。でも……」

――でも、実はあの頃、ちょっと落ち込んでたんだよね。

過ぎ去った日々を思い浮かべる。

照りつける日差しの中、スターティングメンバーを読み上げるアナウンスが流れると、拍手が沸き起こり、声援が飛び交った。海に近い球場では、金属バットでボールを打つ音が広い空に反響し、その度に歓声や溜め息が上がっていた。

スタンドではベンチに入れなかった部員達が野太い声をあげ、私も彼らの傍で応援した。まだ、応援団の少ない一回戦から始まり、準決勝で桜ケ丘学園に負けるまで、口ラッパを鳴らす野球部員達を加勢するように、私も声を張り上げていた。

声援を送る相手は、グラウンドで汗を流す選手だけではない。マウンドに戻ろうと懸命にリハビリに励むサトシ、ベンチ入りをめざす他の選手達への思いも乗せて、声を嗄《か》らして応援したのだ。

そして、桜ケ丘に敗退した瞬間――。

突如、三年生達がスタンドで声を上げて泣き出したのだ。

彼らの横で、どうしていいか分からないといった様子で、サトシを始めとした一年生達は立ち尽くしていた。つきあい自体が短く、顔と名前が一致しない先輩達――。

試合に負けた事よりも、普段は感情を露《あらわ》にしない上級生達が、三年間の鬱積《うっせき》を晴らすように泣く姿に、サトシ達は動揺していた。

だけど、私には何となく分かった。

六月の時点で、専用グラウンドから締め出された部員達がいた。彼らはシートノックや打撃練習の間、グラウンドの周りを黙々とランニングしたり、チューブを使った筋トレを続けていた。最初は故障した選手がリハビリしているのかと思った。

だが、その割には人数が多かった。

彼らがベンチ入りできなかった三年生だと知ったのは、暫く後の事だった。

そこにはスポーツの持つ明るさも華やかさもなかった。体格のいい大勢の部員達が、まるで何かの苦行のように同じ動きを繰り返しているだけだ。

思い描いていた選手生活を送れていない事実が、彼らの周囲に暗い影を作っていた。同時に、安っぽい同情など跳ね返してしまう強烈なプライドも感じさせながら――。

だから、何度も応援に通っていたのに、スタンドに立つ三年生とは気安く口をきいた事がなかった。時には、「お前、また来たの？」という顔をされたが、完全に打ち解けられずに終わった。

サトシに必勝マスコットをプレゼントしようと思いついたのは、彼が酷く落ち込んでいたからだ。

きっと、不安だったんだろう。膝が治らないまま、自分も最後の夏をスタンドで過ごすことになるんじゃないかと――。

『……ねえ！　ワッホ。ちゃんと聞いてくれてる？』

生返事を繰り返していたら、ゆりちゃんが怒り出した。

「え、あぁ、何？」

『おい。素直になりなさい。やっぱり、最近のワッホーは変よ』

「言っとくけど、奴とはただの友達だからね」

『本当に？　本当にただの友達？』

「う……ん」

答えるまでに、一瞬の間があった。

自分では友達だと強調してるくせに、いざ、聞かれると、ただの友達のはずがないと思ってしまう。だけど、口にした途端、全《すべ》てが壊れてしまいそうで、言葉を発するのが躊躇《ため》らわれる。
私の気持ちを見透かしたように、ゆりちゃんが言った。
『友達なんだ。じゃあ、私が奪ってもいいんだよね？』
心臓をぎゅっと摑《つか》まれた気がした。同時に岩本さんの言葉が脳裡《のうり》を過《よ》ぎる。
〈男子にいい顔し過ぎるのよ。実際、彼氏盗られた先輩もいるし〉
ゆりちゃんは明るくまぜっかえした。
『嘘、嘘。私にはカイトがいるもん』
私も笑い返す。
「そ、そうよね。浮気したら言いつけてやるんだから」
どうでもいい話をだらだらと続けていたら、お父さんの声がした。
「ごめん。ご飯できたみたい。切るね」
『あ、ワッホー』
「ん？」
『うーん、別に何でもない。じゃ、また明日ね』
唐突に通話が切られた。
——何？　ゆりちゃんの奴。もったいぶって……。

足音と掛け声が聞こえてくる。アップが終わり、グラウンドの周囲でランニングが始まっているのだ。

二

敷地の一角に設けられた野球部専用グラウンドは、中堅までの長さが一〇〇メートルを越し、ナイター設備の他、観客席や室内練習場が周辺に用意されている。「日本全国を見渡しても、ここまで充実した設備はない」と、校長が自慢していた。

ライト側観客席には、既に人影が見えた。

正門に常駐する守衛さんに、「見学したい」と断るだけで校内に入れるせいか、練習の見学に足を運ぶ熱心な高校野球ファンがいる。大抵、若くない男性だ。

人のいる観客席は避け、ブルペンのある三塁側へと回る。

グラウンドの周囲には桜の木が植えられ、下草が伸びていた。雑草をかいくぐってフェンスに近寄る。

いつもなら部員達がランニングしている間、サトシはホームベース付近で監督やコーチの指示で用具の準備をしている。それが、今日は姿がない。そこで気付いた。

――あ、今日はリハビリの日だっけ。ボケてるわ、私。

やがて、戻ってきた部員達はランニングシャツの上に、練習用のユニフォームを着た。

グラブを手に各々のポジションへと走る。歩いている者などいない。皆、駆け足だ。

引退したはずの三年生が何人か外野に立っていた。レギュラーとして活躍した選手も雑用係だった部員も、一緒に球拾いを受け持っている。皆、顔つきが穏やかになったように見えた。

――とても、入り込めないなぁ。

彼らの仲間になれない事が、少しだけ寂しかった。

スタンドでの応援時、得点するとメガフォンを打ち合わせ、共に喜びの歓声を上げ、少しは打ち解けられたかと思った。

だけど、所詮《しょせん》は部外者。

今は迷子になったような寂しさを感じる。

「こんちはーっす」

ランニング中の部員達が誰かに挨拶《あいさつ》するのが聞こえた。

過去には甲子園に何度も出場し、そこからプロ入りした選手もいた。今でもスカウトが見学にくる事から、野球部員は来客への挨拶を徹底させられている。

背後で雑草を踏みしだく音がした。振り返ると、体格のいい男子生徒が近づいてくる。

ポロシャツにグレーのスラックスは、摂北学院の制服ではない。

「な……」

相手の顔を凝視して、さらに驚く。

——何で、ここにいるのよ？

カイトだった。

髪が伸びかけている上、ユニフォームを着ている姿しか見てなかったせいで、すぐには本人とは分からなかった。

さすがは名門校の元エースだ。制服を着ていても威圧感がある。

ぼんやり見ていると、カイトは植え込みを跨《また》いでフェンス際に近づいた。誰かを探しているようだ。そして、私に気付いた。

「あれ？」という表情をしたから、私も「こんにちは」と頭を下げた。

「えーと、悪い。誰だっけ？」

何処かで見た顔だと気付いたようだが、誰かは覚えていないらしい。

「あの、ゆりちゃんの」

カイトの顔色がさっと変わり、表情が険しくなった。

「ゆりは？」

怯《ひる》みそうになるのを堪《こら》え、「今日は、ゆりちゃんとは約束してません。部活だと思います」と答えた。

眉間《みけん》に皺《しわ》が寄り、表情に迫力が増した。

——ゆりちゃん、こんな怖い顔の人と、よく付き合えるなぁ。

黙りこんだまま、二人で向かい合っていた。

傍を通った野球部員が何かを言いたそうに、ちらちらとこちらを見ていた。桜ケ丘学園の元エースが、いきなり訪れた理由を必死で考えているのだろう。だが、カイトに睨《にら》まれると「ちはーっす」と頭を下げ、大慌てで遠ざかって行った。

ようやく、カイトが口を開いた。

「……サトシの、……電話番号を教えてもらえないか？」

目を逸《そ》らしながら、それだけを言い終えると、歯を食いしばった。

「サトシって、鈴木哲君の事ですか？」

甲子園の名残で真っ黒に日焼けした顔が頷《うなず》いた。

「何故《なぜ》ですか？」と言いかけた時、「立ち話もなんだし」と、カイトは石を積み上げた植え込みを指差した。

紫色のサルビアが風に吹かれて揺れていた。

太陽の光を存分に吸って、まだ温かい石の上に腰を下ろす時、私はカイトとの間にトートバッグを置いた。

「最近、ゆりの様子がおかしいんだ」

ゆりちゃんとは毎日、顔を合わせているが、特に変わった事があったとは思えない。二学期に入ってから、真面目《まじめ》に部活に取り組み始めた以外には。

「俺、ゆりの学校が終わったタイミングに毎日、連絡入れるんだけど、時々、出ない時がある」

「毎日ですかぁ」

 堪らない。まるで監視されているようだ。

「ゆりから、やたらとサトシについて聞かれた事があって……」と言うから焦った。

「多分、部活が忙しいんだと思います」

 部活を出されては、カイトも黙らざるを得ない。自分とて野球漬けの生活を送っていた時期には、ゆりちゃんに寂しい思いをさせていたのだから。

カイトは不満そうだ。

気まずさに耐えられず、私は言葉を継いだ。

「今日の練習は終わったんですか？」

カイトは、「え？」と意外そうな顔をした。

「俺が三年生だって知ってるよな？」

「はい。でも、引退した後も後輩の練習を手伝ってるから、忙しいって……」

少し前、「最近、どうなってるの？」と聞いた時、ゆりちゃんはそう言っていた。

カイトの顔が、見る間に赤らんでいった。

「ふざけるな。あの女……」

押し殺した声を聞きながら、ある予感が働いた。

——昨日の着信。もしかしてカイト君？

サトシの電話番号を探そうと、ゆりちゃんのスマホをいじるうち、私の番号を見つけた。

何故？

――まさか、ゆりちゃんとサトシの関係を聞く為？

我ながら、想像力が豊か過ぎると一旦《いったん》打ち消したものの、呼吸が速くなるのが分かった。

――苦しい。

発作が起こりそうな予感に、恐怖心を覚える。

――呼吸法、呼吸法。

主治医が教えてくれた、呼吸法を思い出す。細く、長く、お腹《なか》を空っぽにするような意識で。

――お願い、治まって！

「お、おい。大丈夫か？」

両手で口元を覆い、ぎゅっと目を閉じている私を、カイトが心配そうに覗《のぞ》き込む。幸い、彼は乱暴にゆすったり大騒ぎする事はなく、静かに見守っていてくれた。

発作の気配は遠のいた。

「すみません。ちょっと貧血気味で……」

「顔色が悪いぞ。早く帰った方がいいんじゃないのか？」

私の異変に驚いたのか、サトシやゆりちゃんの話は蒸し返さなかった。

「は、はい。そうします」

ゆっくりと立ち上がると、カイトをその場に残して校門に向かった。

――やっぱり、ゆりちゃんだよね。

カイトと別れた後、もう一度、着信履歴を確認すると、昨日の五時半ジャストにゆりちゃんの名があった。

ぼんやりと画面を見ていると、クラクションが聞こえた。お父さんの車が止まっていた。

「サンキュー。助かった」

助手席に滑り込んで背もたれに体を預ける。水を吸ったスポンジのように、体が重かった。

車を発進させた後も、お父さんは無言だった。

「ごめんなさい。忙しかったの？」

仕事を抜け出して来てくれたのは分かっていた。

過呼吸の発作は前触れもなしにやってくる。突然、電車の中で起こったらと想像し、酷《ひど》い時期には電車に乗れなかった。それが、最近は久しく起こってなかった。高校入学を一年遅らせて治療に通い、薬を飲み続けた事で改善されたはずだ。主治医は「あとは自信の問題です」と言う。

「また、例の……が起こりそうで、怖かったの」

「じっくり治せばいい。焦る事はない」

顔を動かし、隣に座るお父さんを見る。

年齢に似合わず若い横顔だったが、髪には白いものが増え、遠目には灰色にも見えた。

――私のせいだ。

病気を発症した私が学校に行けなくなり、空手も続けられなくなって以来、お父さんは急激に老けた。

「お父さんとお母さんは、和穂の味方だから。な」

複雑な気持ちになる。私を苦しめている原因の一つが、お母さんの存在だったから。

お母さんにとって、私は恥。そして、邪魔な腫《は》れ物なのだ。

空手一族として華々しい活躍を見せ、また、有力選手を育ててきた結城家の中で、あってはならない汚点。

小さい頃から当たり前のように空手をやらされ、頭の上に重たい荷物を乗せられているような、ずっと、そんな息苦しさを感じながら生きてきた。おまけに、息抜きで始めたブログでも躓《つまず》いた。全てが嫌になり、投げやりな気持ちになっていた。

だから、サトシと出会った時、新しい世界が広がりそうな予感に胸がときめいたのだ。

友達のような、そうじゃないような、中途半端な関係も居心地が良かった。何かに寄りかかってしまうのは、まだ怖かったから。

それなのに、気付いてしまった。

ゆりちゃんが部活に熱を入れ始めたタイミングと、サトシが「病院に来るな」とメールしてきた時期が重なっている事に。

〈男子にいい顔し過ぎるのよ。実際、彼氏盗られた先輩もいるし〉

せっかく岩本さんが忠告してくれたのに聞き流し、ゆりちゃんを疑おうとも思わなかった。

——人が好《よ》すぎるっていうか、私って馬鹿。

誰だって、自分の周辺が賑《にぎ》やかな方が誇らしい。思ってくれる人が大勢いるのは気分が良いし、保険は多い方がいい。

「学校、暫く休むか？」

信号待ちの間、お父さんは前を見たまま言った。

私は首を振り、「大丈夫。今日はイレギュラーな展開があっただけ」と答えた。

そうだ。

カイトが現れたのは、イレギュラーだった。

お父さんは、「無理するんじゃないぞ」と言い、車を発進させた。

帰宅すると、玄関が開いたままになっていた。いつもなら、留守にしている時間だ。

「母さん、もう帰ってるのか？」

お父さんは不審者を警戒しているのか、音を立てずに家に入る。

後ろで見ていた私は、安堵《あんど》の息をついた。見覚えのある靴が脱ぎ散らかされていたからだ。

お父さんが怒鳴った。

「こら、和央っ！　鍵《かぎ》ぐらい閉めろ」

奥から声がした。

「え？　閉めてなかったっけ？」

「泥棒に入られたら、どうするんだ？」

「こっまかーい。大丈夫よ、ちょっとぐらぃ」

「最近は何かと物騒なんだから、ちゃんと戸締りしろよな」

お父さんは自分の靴を脱ぐと、二人分の靴を揃《そろ》えて隅に置いた。そして、先にリビングに入り、和央ちゃんと会話を始めた。

「それより、今日は随分と帰りが早いな。どうした？」

「別にぃ。あ、和穂ちゃん。お母さんがバースデーケーキを買ってくれてるよ。冷蔵庫に入ってるから、一緒に食べよ」

「後で食べる」

そんな事より、今はベッドで休みたかった。

「そうそう。さっき、和穂ちゃんにお客さんが来てたよ」

「え？　私に？」

リビングを覗き込むと、和央ちゃんは大皿に盛った料理を食べているところだった。お母さんがいつも、作り置きしている料理だ。

「誰が来たの？」

「知らなーい。和果ちゃんが出たから……」

そこに、お父さんが割り込んだ。

「男の子じゃなかったか？」

かっと頬が熱くなる。

「またっ！　やめてよ、お父さんたら」

「おい、和央。お前には彼氏はいないのか？」

よせばいいのに、お父さんが嬉しそうに聞く。

案の定、和央ちゃんは「るっせーなぁ」と言い返している。

空手一家の大黒柱なのに、家庭内でのお父さんに威厳はない。和央ちゃんから「セクハラ爺《じじ》ぃ」と罵倒《ばとう》され、何処かに追いやられた。

二人きりになると、「和穂ちゃん。ちょっと、こっち来てみ」と呼ばれた。

私も、聞きたい事があった。

「ねぇ、和央ちゃん。今日、ゆりちゃんは部活に行ってた？」

「何だ、まだゆりと仲良くしてるの？」

「うん。たまに学校帰りにお茶とか」

言ってから「しまった」と呟《つぶや》く。和央ちゃんの表情が曇ったからだ。

「やっぱり、サボってたのかよ。相手が和穂なんだから、すぐにバレるのに、嘘までついて」

和央ちゃんが舌打ちしている。

「そんなに頻繁じゃないよ。それより、どうなの？」

「来てなかったけど、それがどうしたのよ」

「ううん。何でもない」

ますます疑いは深まる。

今日はサトシのリハビリがある日で、示し合わせたようにゆりちゃんは部活をサボっている。

〈もう、病院に来《く》んな〉

嫌われたと思ったが違った。

他に好きな女の子ができたのだ。しかも、相手は私の友達。

暗い気持ちになる。ゆりちゃんはカイトに嘘をついた上、私まで裏切ったのだ。部活が忙しいと偽って——。

「それより、私もあんたに話があるの」

和央ちゃんはぐいと顎《あご》を反らせ、こちらを見下ろすような目をした。

「私達に何か隠してない？」

「ごめん。今、気分が良くなくて」

「和穂ちゃん」

声のトーンが下がった。

「あのさぁ、今のままだと、相手が喜ぶだけだよ。相手は、あなたを自分達と同じ位置に引きずり降ろしたいの。目標もなく、毎日、遊び歩いてばっかり。それこそ、相手の思う壺《つぼ》だよ」

——何？　その上から目線。

私の表情の変化を読み取ったのか、今度は穏やかな口調が返ってきた。

「私も経験あるよ。偉そうにしてるとか、お高くとまってるとか言われて。でも、気にしなかった」

「だから、自分は活躍できた。そう言いたいの？」

高校入学後、和央ちゃんは形を捨てた。「団体形の結城」というブランドを捨てたのだ。

私は不機嫌さを隠さずに言った。

「お説教、いらないし」

「和果ちゃんだって同じ事を言うよ。きっと」

私は背中を向け、二階へと上がった。

ベッドに腹ばいになっていると、「ただいま」と声がして、「和果ちゃん、ちょっと」と、和央ちゃんが言うのが聞こえた。私の部屋は玄関の吹き抜けに面しているから、階下の会話が聞こえてくる。ベッドから起き上がり、声をよく聞こうと、扉を薄めに開く。

「これ、どういう事なの？　あの子、ブログは閉じたはずでしょ？」

「本人に聞けばぁ」

「だって……。和央ちゃん、これは何なの？　居酒屋でビールとチューハイを飲んだとか、店内でナンパされた後で朝帰りしたとか……」

――例の偽ブログだ……。

私はぎゅっと目を閉じた。その内容は、読むに耐えない酷いものだったから。

「言っとくけど、これ、和穂ちゃんが書いたんじゃないよ。和穂ちゃんはブランデー入りのお菓子や糟汁《かすじる》を飲んだだけで気分が悪くなるぐらいアルコールに弱いし、今まで朝帰りした事ってあった？」

「だったら、何故……」

「和穂ちゃんがわざと悪ぶって書いてるんじゃないとすれば、和穂ちゃんになりすました誰かね。ネットのブログサービスなんて、メールアドレスさえあれば匿名で誰でも利用できるんだし」

ネット上では、男だって女になれるし、一般人が有名人を騙る事だってできる。

「あの騒動の時、和穂はインターネットに写真まで晒《さら》されて……。ね、和央ちゃん、どうしたらいいんだろう？」

私は中学校に上がった頃から、ブログを開設していた。

全空連で「結城」の名は轟いていたし、私自身もマスコミの取材も受けていたから、日記を更新する度に、それなりの数のコメントが付いた。

最初はファンや友人からの好意的な書き込みや、応援コメントをもらってご機嫌だったのに、そのうち中傷が書き込まれるようになった。暫くブログを続けていたけれど、次第にエスカレートし、収拾がつかなくなった事からブログを閉じていた。

「犯人を見つける」

和央ちゃんの言葉に、私は息を呑《の》んだ。

「見つけるって、どうやって？　直接、危害を加えられた訳じゃないし、警察が対処してくれるとは思えない。弁護士に頼んでも費用ばかりかかるって……」

「和果ちゃんが、そんな弱気でどうすんのっ！　いい？　警察じゃなく、私達で犯人を探し出すの。本人に直接制裁を加えるのよ。だいたい、このテの中傷って、近くにいる人間がやるのよね。友達とか関係者とか」

さすがに和央ちゃんは鋭い。私も最近になって気付いた。これを書いたのが身近な友達なんじゃないかって。

だから、ゆりちゃんにも相談できずにいる。

いや、当のゆりちゃんが書いているのかもしれないのだ。サトシの一番近くにいる私は、ゆりちゃんにとって邪魔者なはずだ。もし、以前から、ゆりちゃんがサトシに気があって、私の事を面白く思っていなかったとしたら、こういう形で意地悪する事も考えられた。

——もう、誰も信じらんない。

その時、和央ちゃんが思いがけない事を言った。

「晴人に頼んでみない？」

「え、でも……」

「和果ちゃんは嫌かもしれないけど、あいつだったら、何か役に立ってくれるかもしれない。探偵の真似事《まねごと》とか好きだし。このままじゃ、和穂ちゃんが可哀相《かわいそう》……。警察は頼りになんないし。皆で一致団結して対抗するのよ」

——和央ちゃん、ありがとう。

口は悪いけれど、強くて頼もしい彼女の言葉に瞼《まぶた》が熱くなる。このまま下に駆け下り、全てを話したかった。

——でも、今回ばかりは無理よ。

三

「いやーん、ワッホー」

朝、いつも通りの時間、ホームに向かうとゆりちゃんがやってきて、いきなり抱きつかれた。

「部活をサボってお茶してるとか、喋ったでしょー？　電話かかってきたじゃん」

私を身動きできない状態にし、脇腹をくすぐってくる。

「ごめーん」

「延々、一時間お説教。最近、ぴりぴりしてるっていうか、怖いのよねぇ。彼女」

和央ちゃんとゆりちゃんの仲が険悪なのは、昨日の会話から読み取れたけど、わざと聞いてやる。

「どして？」

「多分、カイトと付き合い出したのが原因。練習に身が入ってないって、分かるんだろね」

「本当にカイト君だけ？」

「は？」

「昨日、カイト君がうちの野球部グラウンドに来てた。私、サトシの電話番号を聞かれた」

ゆりちゃんはとぼけた顔を見せたが、私の表情を見て声の調子を変えた。

「カイト、何か誤解してたみたい。前から、他の男と喋るなとか煩《うるさ》かったけど、ちょっと行き違いもあって……」

ゆりちゃんは溜め息をついた。

「特に引退してからが酷いの。今まで野球漬けだったのが、急に時間ができたからかなぁ。何回か誘いを断ったら、ますますヤキモチが激しくなって……」

私はゆりちゃんの言葉を遮った。

「カイト君の事は分かったけど、結局、昨日は何処にいたの？」

部活にいなかった事は、和央ちゃんから確認していた。

ゆりちゃんは「てへ」と、気まずそうに笑った。

「ちょっとね」

勿体ぶる態度に苛立《いらだ》つ。

「じゃあ、カイト君が今でも練習に行ってるから、会えないって言うのも嘘だよね？」

「だからー。束縛したがるから、距離を置いてたの」

「じゃあ、最初っから言ってくれれば良かったじゃん。私に何か隠してるの？」

「ちょっ、怒ってる？」

いつものように笑顔で腕を絡めてきたのを、思わず振りほどいていた。

「なに、なにー？　マジで怒ってる？」

相手の手に乗るまいと考えていたが、私は袋小路に追い詰められたのを感じた。「何でもないよ」と誤魔化しても、ゆりちゃんは追及してくるだろう。逃げ場は塞《ふさ》がれた。もう、後戻りはできない。

「今日から別々に学校に行こうよ。いつまでも中学時代の友達とつるんでるのって、やっぱり変だし。それに、学年も違うし……」

「やーだ、そんな事、気にしてんの？」

「そんな事？　私にとったら重大な問題だよ。せっかく同じクラスの子と仲良くなっても言えないんだもの。……実は一コ上だなんて」

ゆりちゃんの顔が強張《こわば》り、次に、眉《まゆ》が悲しげに歪《ゆが》んだ。

「ごめん。そうだよね。でも、いきなり……。どうしたの？　私、何か悪い事でも言った？」

「別に……」

引き剝《は》がすように、ゆりちゃんから視線を逸らし、背中を向けた。電車の接近を知らせるアナウンスがホームに流れ、俄《にわ》かに人が動き出す。

私は別の車両から乗ろうと、人の波に逆らって歩く。ゆりちゃんの声が追いかけてきた。

「待って！　怒らないで、ちゃんと説明してよ！」

後ろからぐいと手首を摑まれたので、振り返ってゆりちゃんの顔を正面から見る。

「あんたってサイテー」

手をふりほどこうとしたが、ゆりちゃんは離さない。

「離してよ！　そんなにサトシが欲しければ、正々堂々と奪えばいいじゃない。あんなブログであたしに仕返ししなくたって、ゆりちゃんなら出来るはずよ！」

「ブログ？」

「そうよ！　やり方が汚すぎる」

「ちょ、何、一人でテンパってんの？　ちゃんと説明してよ！」

ゆりちゃんの手は湿り、発火したように熱い。

――痛い。

ちょうど、切り傷のある辺りを握られていた。治りかけた傷跡が、うずくようだ。同時に、呼吸が浅くなる。

——苦しい。

発作が起こりそうな予感に、恐怖心を覚える。

必死で息を吸う。

それなのに、吸っても、吸っても、肺に酸素が入ってこない。助けを呼ぶ声も出せないし、ゆりちゃんは私の変化に気付かないのか、激しく唇を動かしている。水に潜ったように耳に蓋《ふた》がされ、何を言っているのか聞こえない。

狭まる視界。

下から突き上げるように、鼓動が激しくなる。

辺りが真っ暗になり、暗闇《くらやみ》に白い文字が浮かぶ。

〈お前、ムカつく〉

〈うざい〉

〈消えろ、死ね〉

あの時、私に投げかけられた言葉の数々。

そこに、ゆりちゃんの顔が重なる。

〈友達？　じゃあ、私が奪ってもいいの？〉

目の前に白い天井があった。

細長い蛍光灯。

寝返りを打つと、枕元《まくらもと》にパイプ椅子《いす》があり、私の鞄が置かれてあった。男の人の背中が見える。紺色の帽子を被っている。駅員さんのようだ。ゆっくりと体を起こすと、声がした。

「あ、気付いたの？」

椅子に座っていた駅員さんが立ち上がった。丸顔に眼鏡の、優しそうなおじさんだ。

「驚いたよ。急にホームで倒れたから」

「……私」

「今まで友達が傍に付いてたけど、さっき無理やり電車に乗せた。遅刻しちゃうからね」

「どのみち遅刻しただろうに」と、壁にかけられた時計を見やった。

「彼女、何か言ってましたか？」

「ん？　救急車を呼ばないでくれって。何度も言ってたよ。すぐに意識が戻るから大丈夫だって。君、こういう事、よくあるの？　どうしようかって迷ったんだけど、あの子の言う通りだったね」

ゆりちゃんは中学時代、私が発作を起こした場面に出くわしていた。倒れた後、暫くすると何事もなかったように意識が戻るのを覚えていたのだ。

「あの、すみません……。学校には、この事……」

「気分が悪くなったようだから、駅長室で休ませている。学校には、そう連絡しといたよ。あまり、大袈裟にして欲しくないんでしょ？」

「あ、ありがとうございます」

恥ずかしかったから、親切な駅員さんへのお礼もそこそこに、逃げ出すように駅長室を出た。

ゆりちゃんの言伝《ことづて》がなかったら、私は救急車で運ばれ、当然、その事は学校にも伝わったはずだ。

学校には持病の話はしていない。

一年遅れの入学だけでも教師に目を付けられるのに、これ以上、注目されたくない。お父さんに「言わないでくれ」と頼んだのだ。

電車を待つ間にスマホをチェックしたが、メールは入ってなかった。

肩透かしを食らった気分になる。ゆりちゃんがこちらを気遣うメールを寄越していたら、無視してやろうと思っていたのに、そんな私の気持ちを見透かされたようだ。

——機転をきかせたからって、いい気にならないでよね。

その時、メールが着信した。ゆりちゃんなら無視するつもりだったが違った。

サトシからだ。

『今日、グラウンドに来い』

勝手な奴だ。

来るなと言ったり、来いと言ったり。

スマホをバッグに投げ入れると、ホームに滑り込んできた電車に飛び乗った。

四

放課後にグラウンドへ向かうと、既に打撃練習が始まっていた。金属バットがボールを跳ね返す乾いた音、コーチの怒声に選手達があげる掛け声が交互に聞こえてくる。

新チームが始動したばかりで、マスコミが来ていた。ベンチの中で監督がインタビューを受けており、カメラマンが何度も角度を変えて撮影している。

――あれ？　宇賀神さん……。

撮影に立ち会っているのだろう。傍に仏頂面の宇賀神さんがいた。こないだは、フリーだから色々やらされると言っていた。きっと便利に使われているのだ。少し気の毒になる。

宇賀神さんに見つからないように、私は茂みに隠れた。

取材が入っているせいか、球拾いの一年生も張り切っている。上級生に比べると幼いものの、表情に生気が溢《あふ》れていた。

打撃音に混じって、スパンッと小気味良い音がした。

ミットに球が投げ込まれた音だ。

自然とブルペンに目が引き寄せられた。三塁側に設けられた投球練習場で、ピッチャーがキャッチャーを立たせて投げていた。

——あれ？　一人多い。

胸の鼓動が速くなる。

サトシがグラブを手に、ブルペンに立っていた。

——投げられるようになったんだ！

彼が実際に投げるのを見るのは初めてだ。急いで移動する。サトシに見つからないように逆方向から近づき、フェンス際にしゃがみ込んだ。頭上で藪蚊《やぶか》が音を立てて飛び交い、木々の間に刈り残された雑草が、残暑の熱に蒸されて青臭い匂いを漂わせている。その中で、私は息を殺した。

サトシはゆっくりと、フォームを確かめるように投げていた。

——うわぁ、体が柔らかい。

ステップした際の歩幅が広く、隣で投げているピッチャーと比べると腰の位置が低い。スムースで美しい動きだったが、納得できないようで、一球投げるごとに首を傾《かし》げていた。

「いい球だったぞ」

キャッチャーが返球する。

「まだまだや」

ボールを受け取ったサトシは、憮然《ぶぜん》とした表情をしながらも何処《どこ》か嬉しそうだった。

キャッチャーが立ったまま、ミットを構える。

サトシは頭上にグラブを掲げた後、キャッチャーに左半身を見せて体を捻《ひね》り、同時に左足を上げる。糸で引っ張られたかのように、真《ま》っ直《す》ぐ立つと、一瞬、静止する。そこから一気に体重移動し、矢のような球を放《ほう》った。

先ほどより、さらに勢いのある球がミットに投げ込まれる。

「ナイスボール！」

キャッチャーの声が飛ぶ。

さりげなく投球練習の様子を見ていたのだろう。少し離れた場所から、コーチが怒鳴った。

「サトシっ！　あんまり調子乗って無理するなよっ！」

帽子を脱いで、サトシはコーチに一礼した。そして、「ふーっ」と頬《ほ》っぺたを膨らませると、帽子を持ったまま顎に滴った汗を袖口《そでぐち》で拭《ぬぐ》った。

思わず、吹き出す。

サトシは眉毛の手入れを失敗していた。角度を付け過ぎて、顔から浮いている。忍び笑いを漏らしながら、自分の知らない所で変化があった事に寂しさを覚えた。

――投げられるところまで回復したんだったら、一言、教えてくれれば良かったじゃん！

サトシと会う為に、病院まで追いかけていた時期を思い出し、嬉しいような、寂しいような複雑な気持ちになる。いや、悔しいけれど、嬉しさの方が勝っていた。そして、彼が

「来るな」と言ったのは、もう病院に行く必要がなくなったからなのだと気付く。

——ほんっと、説明不足。

サトシが投げた球を、キャッチャーが取り損ねた。ミットを弾《はじ》いて後方に飛んだ球を、キャッチャーが取りに走る。サトシは手を挙げて「すまん」と謝っている。

いきなり、サトシがこっちを向いた。

咄嗟に体を屈《かが》めたが、私が覗き見しているのに気付いていたようだ。

「何、隠れとんねん」

私は立ち上がり、先ほどからまとわり付いていた藪蚊を手で追い払った。腕や脚を噛《か》まれ、猛烈に痒《かゆ》くなっている。

「練習は七時に終わるから、待っとけ」

腕時計を見る。

まだ五時だった。

——相変わらず、自分勝手！

隣で投げていたピッチャーが「ひゅーっ」と口笛を吹いた。サトシは片足を高く上げながら、相手に飛びかかる振りをする。

途端にコーチの怒声が響く。

「そこの二人ーっ！　遊んでたら罰走させるぞ！」

トンボをかけ終えたグラウンドはナイター照明の光で、昼間のように明るい。

そして、練習を終えた部員達が順に引き上げて行くにつれ、照明が少しずつ落とされ、最後はグラウンド周りに立つ外灯だけが、白々と丸い輪を作っていた。

その光の輪を、すっと人影が横切る。

夜目にも目立つ、白いユニフォーム姿の野球部員達だ。

連れ立って自転車で帰って行く仲間達から離れ、サトシが一人でこちらに向かってくる。

久しぶりの投球練習に気分が昂《たか》ぶっているのか、からかう仲間達に応じる声が、いつも以上に弾んでいた。

「よっ。待たせたな」

サトシは私の前で立ち止まると、ショルダーバッグを開いた。乱雑に投げ込まれた用具の間から、深緑色のビニールの包みを引きずり出す。

乱暴な仕草で、大きな包みが胸元に押しつけられた。

「昨日が誕生日やろ」

——え？

「夏の間、一緒に応援してくれた礼や。あ、俺はベンチ外選手を代表して、買いに行っただけやで」

「みんなが？」

遠ざかって行く自転車集団を目で追いかける。

「おっと、言い出したんは先輩方や。夏、お前が一回戦からスタンドで一緒に応援してくれて、嬉しかったんやて」

試合終了と同時に、スタンドで号泣していた三年生達を思い出す。

「昨日、わざわざ、お前の家まで行ったのに。おらへんかったやろー」

私を訪ねてきた客がいたと、和央ちゃんが言っていた。

「サトシだったの？」

「そうや。お前の友達も一緒にな」

「え、ちょっと、どういう事？」

受け取った包みを握る手に、力が籠《こ》もる。

包装袋は、私が通学用に使っているバッグのメーカーのものだった。覗くと、一回り大きなバッグが入っていた。体操服もお弁当箱も余裕で入る大きさ――。

「思い立ったはええけど、全員、野球漬けで彼女もおらん。女の子が欲しがるもんって分からへんし。うちの野球部には女子マネもおらんから、お前の友達に頼んで一緒に探してもろたんや」

胸がドクンと鳴る。

一応、照れくさがってるのか、サトシはいつも以上に饒舌《じょうぜつ》だった。

「大変やってんでー。リハビリの度に付き合うてもろて、さんざん探したけど、思うようなんがあらへん。俺も時間ないし、『もう、これにしとこや』って言うても利かん。女の買い物にかける気合って凄いわ。誕生日の前の日、あんまり決まれへんから、お前に電話したんや。欲しいもんがないか、こっそり聞くつもりで。お前は出えへんかったけどな」

「着信、なかったわよ」

「あ、そーか。俺が携帯忘れたから、あいつのん勝手に借りたんやった。トイレに行ってる間に……」

「それって、五時半ジャスト？」

私は履歴を見せた。

五時半と七時にゆりちゃんの名がある。

「せやせや、それぐらいの時間やった。ほんで、ようやく決まったんが、昨日や。あいつから連絡あって、『ええもん見つけた』って言うから、昨日は一緒に買いに行ってたんや。『えー、こんな普通の鞄？』って思ったんやけど、どうしてもそれがええって言い張るから。お前が小さい鞄にごちゃごちゃ詰め込んでるのん、思い出したらしいわ」

私は包みを両手で抱いた。瞼が熱くなる。

——ゆりちゃん……。

「そんなに感動的やった？」

答えるかわりに、何度も頷いた。

「一つだけ、聞いていい？」

「サトシが投げられるようになった事、ゆりちゃんは知ってるの？」

「何や」

返事を待つ間、ドキドキした。

「あ、あいつに言うのん忘れとったわー」

体から力が抜けると同時に、嬉しさが込み上げてきた。

ゆりちゃんは知らないのだ。

彼女への誤解は解けたとは言え、それとこれは別だ。サトシは回復した姿を、一番に私に見せたかった。今は、そう思いたい。

「何をニヤニヤしとんねん。気持ち悪い」

「別にー」

サトシはグラウンド脇の駐輪場に向かって歩き出した。

「寮に帰ったら、自主練？」

「いや。トレーナーのマッサージ受けたら寝る」

本当は自習練をしたいのだが、医者からは「まだ、無理をするな」と言われているらしい。

徒歩の私に付き合って、サトシは自転車を押して歩く。

「遅いから、駅まで送ったるわ」

歩けば十五分ほどかかる距離だ。

校門を出ると、高台にある学校からは、足元に広がる夜景を見る事ができた。坂道の両側は黒々とした樹木に覆われ、その向こう側に住宅街や駅ビルの光が、宝石のように点滅している。

ふと、サトシの肩の位置が前より高くなっているのに気付いた。

「もしかして、背が伸びた？」

サトシが嬉しそうに「一八二センチ！」と片手でガッツポーズを作った。高校入学以来、三センチ伸びたらしい。

「伸びた分、体重も増やさんとあかん。朝から丼飯《どんぶりめし》三杯やで。細いとスタミナがもたへんからな」

ノルマがあり、本当は楽しいはずの食事の時間が憂鬱だと言う。それでも、背が伸びたのが余程嬉しいらしく、「筋トレの回数を増やした」とか、「あと五キロ体重を増やす」とか、一人で喋っている。

——明日、ゆりちゃんに謝らないと。

メールではなく、ちゃんと顔を合わせて謝りたかった。

会話が途切れ、暫く黙ったまま歩く。自転車のタイヤが回転する音が、虚《むな》しく何度も行き来した。

「えーっと」

私が急に黙りこんだからか、サトシは何か勘違いしたようだ。

「ま、こんな話、おもろないわなぁ」

住宅街を抜け、人気のない場所にさしかかっていた。胸に抱くように包みの感触を確かめながら、「私ね……」と切り出す。

「子供の頃から、空手で結構、注目されてたじゃん」

サトシは口を挟まず、自転車を押している。

「ちやほやされて、いい気になってたんだ」

唾《つば》を飲み込み、声が震えそうになるのを抑える。

「何も怖いものはなかった。芸能人になりたいって考えた時期もあったし、実際、雑誌に載せてもらったり、マスコミに顔を出したりしてた。実現しなかったけど、映画出演のオファーも来たのよ。スタントなしで動ける子が欲しいって」

空手専門雑誌だけでなく、ファッショナブルな雑誌や、芸能人のゴシップが載るような週刊誌も取材に訪れた。空手が出来て、そこそこ可愛《かわい》い女の子として紹介する為にだ。

「お母さんは嫌がったのよね。私がマスコミに顔を出すの。でも、親が反対すると余計にやりたくなるじゃん。撮影に行ったら、隣のスタジオでモデルを使った撮影が行われてたとか、テレビに出てる人とすれ違ったとか。すっかり有頂天になってた。顎ピース決めて、プリクラで撮った盛り写真をブログに載せて、『かわいい』って言われて調子に乗って……」

鼻の奥がつんと痛くなる。

「ある日、私のブログに知らない人からの書き込みがあったの」

〈みんな、かわいいって言ってるけど、ちっともかわいくないよ〉

いきなり冷たい水を浴びせられたような、あの時の気持ちを思い出す。

「何よ、これ？　ふざけないでよって思ったからスルーしたの。そしたら、私がブログを更新する度に絡んでくるようになって」

やがて、コメントを付けた人物は、日記の内容とは無関係に私を罵倒し始めた。

〈お前、ムカつく〉

〈うざい〉

〈消えろ、死ね〉

「その時、やめれば良かったんだよね。でも、ブログ閉じたら負けだって思ってた。いつもコメントくれてる子達が『負けないで。言いたい奴には、言わせておけばいい』って、私の味方になってくれたし、相手に『そういうの、やめませんか？』って反論してくれた子もいた。でも……」

それで、終わらなかったのだ。

「……どうしたら、あんな酷い事ができるんだろう？」

知らない間に、私の写真がインターネットに流出されていたのだ。

「『ワホちゃんの決め顔』ってタイトルが付けられてた」

試合中の写真だった。

「演武の最中の物凄い顔……。白眼《しろめ》剝いて、歯をくいしばって、顔が皺だらけ。病院に連れて行かれた時、カウンセラーの先生に泣きながら訴えたら、教えてくれた。フィルムの時代と違って、今は高速連写できる高機能デジカメがあるから、何百枚も撮影した写真の中から、そういうのを選べるんだって……。それだけじゃない。悪質な加工をされたのとか……、いっぱい……。私、怒る事もできなかった。ただ、怖かった……の……。一体、誰が……」

声が震え、膝から力が抜けた。

「コートに立ったら誰にも負けない……、相手が男の子でも負けない自信あった。それなのに……、怖かった。どうしていいか分かんなくて、それが悔しくて……」

息苦しさを覚えた私は地面にしゃがみ込み、口元を覆った。

発作の替わりに出てきたのは涙だった。ずっと胸の奥底に固まっていたものが、ゆるゆると溶け出し、頰を伝ってスカートに染みを作った。足を抱え、膝に顔を押し付けながら、私は声をあげて泣いた。

遠くでエンジンの音がして、段々と近づいてきた。

「どうしたの？」と声が聞こえる。交番勤務の巡査のようだった。

私は慌てて涙を拭《ふ》いた。

それまで静観していたサトシが傍にしゃがみ込んだ。

「大丈夫か？　立てるか？」と耳元で囁《ささや》かれ、手が摑まれた。その手を支えに立ち上がる。

サトシは帽子を取ると「すみません」と頭を下げた。私もそれに倣う。

暫く、巡査は私達を見ていた。

「摂北学院の子だね。野球部の」

「はい」

「いつも、遅くまで頑張ってるよね」

若い声だ。今度は私に視線が当てられたから、答える。

「遅くなったから、駅まで一緒に帰って欲しいって、彼に頼んだんです。そのぅ、ここ、暗くて怖いから」

ちらとサトシを見上げる。

「歩いている途中で急に気持ちが悪くなって。しゃがんで、休んでたんです」

「病院に行かなくて大丈夫？」

「はい。よく、ある事なんです。貧血気味で……」

「そ。じゃあ、気をつけて。早く帰りなさい」

巡査は特に追及する様子もなく、バイクで立ち去った。

後には手を繋《つな》いだ私達だけが残された。

暫く、そのままでいた。外灯はなく、月の光だけが照らす中、まめだらけの大きな手の温《ぬく》もりに包まれながら。

ほんの少し力を込めると、思いのほか強い力でサトシが握り返してきた。視線を感じたが、顔を上げる事ができない。耳が痛くなるほどの静けさの中で、どれぐらいそうしていただろう。

　何処かで人の声がして、私は顔を上げた。学校の方角から、誰かが来る。先生達だ。

「……早く帰れって言ってたよな」

　サトシの手が、ゆっくりと離れてゆく。

　一瞬、止まっていた時間が、慌しく元に戻ろうとしている。

　名残惜しかったが、サトシは既に私に背を向けている。荷台に乗せていたショルダーバッグを肩にかけ、サドルに跨《またが》った。

「後ろ、乗れ」

　言われるがまま、荷台に横座りになり、サトシの腰に手を回す。埃《ほこり》と汗が混じった匂いがした。

「お、野郎と違って、女の子は軽いなぁ」

　軽快な調子で、サトシはペダルを漕《こ》ぎ出す。

　自転車を使えば、駅まではすぐに到着してしまうから、少し残念な気がした。

　やがて、商店街を抜け、駅前ロータリーへと出た。

　自転車の前を人が横切り、サトシが急ブレーキをかける。バランスを崩しかけた所で、サトシが「おっと」と、ハンドルを操る。温かい背中を頬に感じながら、私は目を閉じた。

「ま、色んな奴がおるわなぁ。気にしてたらキリない」

彼らしい言葉だと思った。

「せやけど、ネットにお前の顔写真を晒した奴は負け犬やん。お前と同じようにしたかったけど、でけへんかった奴。試合で勝たれへんかったとか、雑誌にも載せてもらえんかったとか。世の中には、そういう奴のが多いんやし、お前がヘコんでたら、そいつが調子乗るだけちゃうんか？」

——和央ちゃんと同じような事、言うんだね。

〈あのさぁ、今のままだと、相手が喜ぶだけだよ。相手は、あなたを自分達と同じ位置に引きずり降ろしたいの。目標もなく、毎日、遊び歩いてばっかり。それこそ、相手の思う壺だよ〉

突き刺すような言葉だったが、今は胸に温かく染みこんでくる。

同時に、何かが軽くなったのも感じていた。

プライドに蓋をされて、ずっと私の中で煮詰まっていた物が、涙と共に押し出されて少しだけ軽くなっているのを。

「勿体ないと思うで。そんな事で辞めてしまうの。それに、俺もお前が空手やってるとこ見てみたい。試合中のお前の変顔も見たいし。あ、冗談、冗談。……ここで、ええな」

改札へと続く階段の前で、サトシが自転車を止めた。そして、荷台から降りた私に言う。

「誕生日が来たから、俺と同い年やな」

その時、ずっと言いそびれていた一言が、するりと口から飛び出した。

「ありがとう。でも、私、一コ上だから」

サトシは少しも驚かずに言った。

「知っとるわ。せやから、お互い十七歳」

「え？」

「お前はアホか。雑誌には、お前の学年も載ってたんじゃ」

サドルに跨ったまま、笑うサトシ。目が糸のようになっている。私の大好きな表情。

その顔を見ながら、彼の言葉の意味を考える。

詳しい事情は分からない。だけど、彼も私と同じように一年を棒に振ったのだ。何かの理由で。そして、戻ってきたのだ。二年と四ケ月という高校野球生活を考えたなら、勇気のいる決断だったはず——。

「サトシ。私も……」

だけど、私の言葉は届かなかった。

真っ白な背中を光らせながら、サトシは瞬く間に立ち漕ぎで雑踏の中に消えて行ったから。

——また、やろうかな。空手……。

五

朝、ゆりちゃんに会うと、いつも通り「はよー。ワッホー」と体をぶつけてきた。

どんな顔をして謝ろうかと悩んでいたから、気が楽になった。

「……サトシから全部聞いた。ごめん」

「うん。誤解はすぐに解けると思ったから、メールも電話もしなかったよ」

しれっと答えるゆりちゃんに、もう一度「ごめん」と頭を下げる。おでこに手刀を入れられた。

「人を疑う前に、ちゃんと相手に話を聞く。いい？」

「はーい」

ゆりちゃんは「素直でよろしい」と頷いた。

「で、仲直りしたの？」

「ま、まーね」

「そのようね。何か、嬉しそうだもん」

「え？　あ、そうそう！　サトシ、投げられるようになったんだよ」

「マジでっ？　あいつ、何も言わないんだから」

ちらとゆりちゃんの表情を観察し、嘘をついていないかどうかチェックした。心底、驚いているように見えたし、第一、サトシは嘘をつける性格ではない。

我ながら厭《いや》らしいと思いつつ、優越感に浸った。

——ごめんね。ゆりちゃん。

私の気も知らず、ゆりちゃんは私の手を取って振り回した。

「やたっ！　センバツ出場も夢じゃないよ。桜ケ丘は今、カイトが抜けた穴を埋めるピッチャーがいないから、チャンスだよ」

あまりにはしゃぐので、周囲の人が見ている。

「気が早いよー。選考はまだ先だし。てか、試合はこれからじゃん」

大会で上位に残らないと、選考の対象にはならない。

「あはは、そうだね」

「それ以前に、新チームのメンバーに選ばれるかどうか……」

「随分と弱気だね？　ワッホが信じてあげないと」

あっという間に元通りに戻った私達は、センバツ出場への夢を語り合いながら、電車に乗った。

ゆりちゃんと別れた後、通学路を歩きながらスマホをいじり、偽ブログを開いた。嫌でたまらないのに、私は偽者が更新しているブログを時折、チェックしていた。

——今日限りで、『お気に入り』から外そう。私、サトシのように強くなるんだから。

「こんなの無視！」

そう呟いた時、後ろに気配を感じた。

「おはよう、結城さん」

岩本さんだった。

「メール？　誰からー？」

岩本さんが覗こうとするので、「やーん。プライベート」と画面を隠す。

そして、私は画面に目を戻した。ブログが更新されていた。

――え？

〈学校、つまんなーい。飲みに行きたーい。でも、今日は嬉しい事があったの。野球部の彼は怪我《けが》してて、ずーっとリハビリ中だったけど、復活しました。おーきくて、ブルペンで投げてる姿はかっこいーの。ワッホーの夢は、カレシと一緒に旅行に行ったり、休日にまったりすること。今、ラブラブです（きゃっ）。彼と早く結婚したいなー〉

日付は昨日になっている。

――やっぱり、ゆりちゃんじゃない。

ゆりちゃんは昨日の時点では、サトシが投げられるようになったのを知らなかった。たった今、私から聞いて知ったはずだ。

別の不安が膨れ上がった。

――一体誰なの？

岩本さんの声が割り込んできた。

「ねえ、ねえ、彼氏からー？」

執拗《しつよう》に画面を覗こうとする。私はスマホを背中に隠すと、顔の前で激しく手を振りながら、「そんなの、いないしー」と答える。

「そうなの？　野球部に彼氏がいるって噂になってるけど」

「誰から聞いたの？」

内心、焦りながら答える。

「野球部のおっかけなら、誰でも知ってるよ。……ねぇ、今度、私も連れてってよ」

岩本さんはさり気なく言った。あくまでさり気なく。

それまでふわふわと胸をよぎっていた違和感が、すとんと着地した。一学期の間、全く接点のなかった岩本さんが夏休みを終えた途端、急に接近してきた理由が分かったからだ。

――やっぱりね。

急激に気持ちが萎《な》えてゆく。彼女は私ではなく、野球部員達がお目当てだったのだ。私と親しくなって、彼らに近づきたかっただけ。

「そういう事だったら……」

――私より、ゆりちゃんと友達になった方がいいよ。あの子の方が顔が広いし、私が……。

続きの言葉を飲み込み、その苦さを噛み締めた。

――私がサトシと知り合えたのも、ゆりちゃんのおかげだもん。

一瞬で暗い気持ちになる。

何故、ゆりちゃんを疑ったのだろうかと。

いくら何でも、自分が気に入ってる男の子を友達に紹介し、取り上げるような真似を普通はしない。余程、底意地の悪い女か、恋愛をゲームだと思っている子でない限り。

私の戸惑いにも気付かず、岩本さんは続けた。

「そうそう、結城さんの彼、鈴木君だっけ？　昨日はマスコミの取材が来てたから、久し振りに投げたみたい。リハビリしてる間、ずっと結城さんが支えてたんでしょ？　献身的だって、皆が感心してたよ。中には、未来のエース候補を獲《と》られたって、悔しがってる子もいるみたいだけど」

ぞっと背筋が寒くなる。

ブログを書く動機がある人間は、いくらでもいたのだと。

「ねぇ……」

私はスマホを差し出し、岩本さんにブログの内容を読んでもらおうとして、すぐに思いとどまった。

これを書いたのが岩本さんじゃないとは限らないのだ。

「へぇ、ブログ。これがどうかしたの？」

画面を見ようとした岩本さんを、気付いたら手で振り払っていた。

「な、何よ。いきなり」

「ごめんなさい！　何でもないの」

岩本さんから逃げるように、私は駆け出していた。

長雨ふって地固まる

一

朝から雨が降っていた。

学校に行くのが憂鬱《ゆううつ》になる季節だ。

「あ、晴人、豚カツ食べて。昨日の残り」

母が何処《どこ》からか皿を出してきた。手の平ぐらいの大きな豚カツが乗っている。

「いいよ。朝から、もう」

皿を押しやりながら、茶碗《ちゃわん》に盛ったご飯にジャコのフリカケをかける。

「だって、あなたが残すから」

「揚げ物ばっかり、やめてくれよ」

「あら」

母は心外だという表情をした。

「好きじゃなかった？　唐揚げとか焼き肉とか」

「それは昔の話。こんなのばかり食ってたら、ブクブク太っちゃうよ」

中学時代、痩《や》せ気味だった僕は、野球チームの監督から「もっと食べろ」と言われ、無理をして朝からご飯をおかわりしていた。あれから数年が経《た》ち、身長は伸びたというのに、当時から体重は変わっていない。

「あなた、そんなこと一言も言わないから」

段々と腹が立ってきた。

親の意向で辞めさせたにもかかわらず、食事だけは野球をやっていた頃と同じ量を出すのだ。

「成長期なんだし、たくさん食べないと。他所《よそ》の子、もっと食べるって聞くわよ」

「体を動かしてないんだから必要ないの。行ってくる」

飲みかけの味噌汁《みそしる》をテーブルに置き、席を立つ。

傘をどうするか迷ったが、雨は止《や》む気配を見せない。サドルに跨《また》がると、傘差し運転で駅まで向かう。駐輪場に到着する頃にはズボンが濡《ぬ》れ、脚に張り付くまでになった。さすがに股《また》になりながらホームへ降り、ちょうど到着した電車に乗る。車内は人が多く、乗客が持ち込んだ傘と彼らの体温で気分が悪くなりそうなほど湿度が高い。

いつも、この時間には見かけない写真部員が乗っていた。目が合ったから、「よお」と声をかける。

「お疲れさーん」と返ってきた。

――何で、朝から疲れてるんだよ？

髭《ひげ》を伸ばし、頭にはハチマキのようにバンダナを結んでいる。異様な風体は、制服を着てなければ高校生とは分からない。僕は秘かに「バンダナ」と呼んでいた。

友達と思われるのが恥ずかしかったが、避けるのも大人げない。「この時間、珍しくないか？」と言いながら近づく。いつもは遅刻ギリギリの電車に飛び乗っている奴だ。

「補習だよ。〇《ゼロ》時間目の」

「何だ？　それ」

「こないだの物理で〇点取ってなぁ。俺、工学部志望なんだわ」

ダイアナにこっぴどく叱《しか》られ、ホームルームが始まる前に補習時間が設けられたらしい。

「そりゃ、まずいよ」

バンダナは笑っているが、他人事《ひとごと》ながら心配になる。工学部であれば、物理の他に高度な数学力も必要になる。案の定、そちらの成績も思わしくないようだ。

「物理や数学が苦手なのに、何で工学部なんて選ぶんだ？」

「就職に有利だろ。辰巳は何処《どこ》志望？」

「別に。親からは国立に行けって言われてるけど」

「T大理Ⅲか？」

「まさか」

二年時のコース選択では、潰《つぶ》しが利くように理系をとったが、志望が固まった時に慌てないように、文系の教科も手を抜かなかった。

「偏差値で進路を選ばない方がいいぞ。やりたい事を先に決めてから、大学や学部を決めないと」

――お前に言われたかねえよ。

胸の内で毒づきながらも、もやもやしていた。

――僕がやりたい事って、一体何だ？

「それより、空手部は大変な事になりそうだなぁ。見たか？　国嶋友里恵《くにしまゆりえ》の……」

朝から気分の悪くなるような事ばかり言う奴だ。今日の天気と同じように、どんよりとした気持ちになる。

国嶋友里恵は空手道部の最上級生。和央達が「ゆり」と呼んでいる部員だ。

「やっぱり、お前んちにも写真が届いたのか？」

「あぁ。煙草《タバコ》吸ってるとこ、ばっちり撮られてたな。おまけに、男も一緒だった。あの、国嶋がなぁ」

暗い気持ちになる。

一昨日、切手の貼《は》ってない封筒がポストに投げ込まれていた。僕宛《あて》になっていたが、差出人の名がなかった。

開いてみると、頬杖《ほおづえ》をついている友里恵が写っており、その指には煙草が挟まれていた。酔っているのかトロンとした目をして、男に体をくっつけていた。

翌日には学校中で噂《うわさ》になっており、教職員らの自宅にも同じ写真が送り付けられていたと分かった。

「もうすぐインターハイの予選だろう？　全体責任で出場辞退するのかなぁ？」

「高野連じゃないし、そこまでやるか？」

だが、騒ぎが大きくなるのは目に見えていた。友里恵はチームの主力ではなかったが、それでも選手達の動揺は免れないだろう。

「何で、あんな事になるんだ？　ただでさえ空手部は優遇されてるのに、自覚が足りないよな」

何か恨みでもあるのか、バンダナはぷりぷりと怒り出す。

「多分、その場のノリでやっちまったんじゃないか？」

「結城姉妹が入学した時、高校空手界は此友の天下が続くとか言われてたけど、うまくいかないもんだね。ま、俺にしたら、三人まとめて入学させられなかった時点で、無理かなって思ったし」

「三人まとめて？」

「俺、彼女達とは中学が同じでさ。三人は部活がわりに道場で空手の稽古《けいこ》してたんだよ。もちろん、話した事はない。『何だか凄《すご》い子達がいる』って遠巻きに見てただけだ。雑誌にも『トリプル・ユウキ』って取り上げられてなぁ」

「おい、その三人目って誰だ？」

バンダナがはっと息を呑《の》んだのが分かった。

「れ？　聞いてないのか？　彼女達から」

バンダナの髭面が、見る間に強張《こわば》ってゆく。

「い、いやぁー。俺、余計な事を喋《しゃべ》っちまったかもな」

「何だよ？　何かあったのか？」

「あんまり首を突っ込まない方がいいぜ。女同士の事には」

それまで饒舌《じょうぜつ》だったのが、ぴたりと口を閉ざす。無言のまま時間が過ぎ、やがて電車が降車駅に到着した。

扉が開くと「急ぐから」と先にホームに降り、階段を一段飛ばしで駆け上がって行った。


改札を出ると、前方に友部綾香《ともべあやか》の後ろ姿を見つけた。彼女は一人だった。

綾香は此友学園女子空手道部の一人で、今年の三月に行われた選抜大会の個人形で上位に残っていた。夏に行われるインターハイでも、当然、活躍が期待されている。

「今日は一人？」

「何だ、晴人なの？」と訝《いぶか》しげな声が返ってきた。

「知ってるんでしょう？　ミッキーやゆりの事」

綾香はその二人と一緒に通学していたが、盗撮事件以来、諸坂美樹《みき》は不登校が続いていたし、喫煙飲酒がバレた友里恵は自宅謹慎中だ。

「昨日は私達も一人ずつ面談よ。煙草や飲酒をやってないかって。裁判にかけられてるみたいだったわ」

マスコミに嗅《か》ぎつけられる前に高体連に報告し、判断を仰ぐらしい。

「当然、ゆりは退部させられたわ」

「二人が抜けた後は、誰か入るんだよな？」

「どうだろ。下級生から選ばれるかもね」

その辺りの采配《さいはい》はダイアナでないと分からないし、選手がどうにかできる事ではない。

――ちょうどいい。綾香に聞こう。

「三人目？」

「そうだ。中学時代に和央や和果と一緒に団体形に出てた選手」

「皆で順番に組んでたのよ。ミッキーにゆり、あたし」

「な、何だって？」

あっさりと答えが返ってきたから、聞き間違いかと思った。

「本当よ。私達は結城道場出身なの」

呆気《あっけ》ない真相だったが、素直に頷《うなず》けない。

バンダナの言葉を思い出す。

〈結城姉妹が入学した時、高校空手界は此友の天下が続くとか言われてたけど、うまくいかないもんだね。ま、俺にしたら、三人まとめて入学させられなかった時点で、無理かなって思ったし〉

三人目は、此友学園には入学していないのだ。

「いや、そうじゃなくって。……凄い子がいたって聞いたんだ」

綾香は、頬を膨らませる。

「それって、あたしに対するあてつけ？」

「べ、別に、そんなつもりじゃ」

彼女は選抜大会では個人形の他に、結城姉妹と共に団体形に出場したが、こちらは振るわなかった。

「言っとくけど、負けたのはあたしのせいじゃないからね。キャプテンも和果もやる気ないのに、無理やり出場させたダイアナの作戦負け」

確かに、素人目で見ても、三人の息が合っているとは言い難かった。

「何で、二人とも団体形を毛嫌いするんだろう」

「和果に直接聞けば。付き合ってんでしょ？」

「今はちょっと……。大事な時期だから」

最後の夏にかける意気込みを邪魔したくなかった。

「ふうん。で、私に対する気遣いはないの？」

綾香は「自分とて、最後のインターハイでは優勝を狙《ねら》っている」と鼻息が荒い。

組手のエースが和央なら、形は綾香だろう。しかも、インターハイ予選を控えて和果が復活の兆しを見せていたから、余計に闘志を燃やしているのだ。

和果の成長を、ダイアナは喜んでいた。「ようやく、体の成長とメンタルのバランスが取れてきた」と言う。インターハイで調子をピークに持ってゆけたら、好成績が望めるとも。

「何よ、みんなしてゆうき、ゆうきって」

面白くなさそうに綾香は言う。

「環境に恵まれている上に、生まれ持った資質が違う。どうやっても敵《かな》わない。生まれたくても、誰もがあんな風に生まれる事はできないのよね」

後ろから歩いてきた男が、「おはよう、友部さん」と声をかけた後、ちらとこちらを見た。

僕も横目で綾香を見る。

スカートの裾《すそ》から、こりっと音がしそうな骨ばった膝《ひざ》が見え隠れしている。骨と筋肉だけで出来ているような体つきで、一〇〇メートル走では陸上部員を抑えて学年一の記録を出した。陸上部の顧問がダイアナに「友部をこっちにくれ」と言ったとか、言わないとか。もし、結城姉妹がいなければ、彼女が此友学園を代表する選手になっていただろう。

校門をくぐり、屋根のある場所まで来ると、綾香はぱちんと音をたてて傘を畳んだ。その間、だんまりだ。

「だから、僕が知りたいのは、結城姉妹と組んでたのに此友に入学しなかった選手。一体誰なんだ?」

無駄と思いながら、もう一度聞いた。

「そんなの調べてどーすんの?」

「どうって、気になるだけだ」

「聞いても楽しくないし、誰も得しないから。じゃね」

スカートの裾を翻して、綾香は走り去ろうとした。

「あ、おい」

思わず、綾香の肩を掴《つか》んでいた。

「煩《うるさ》いわねぇ、もおっ」

僕の手を払いのけながら、綾香は振り返った。

「自分で調べれば？『空手道の星』のバックナンバーを片っ端から調べたら、載ってると思うよ」

そのまま立ち去ろうとして、「でも……」と立ち止まる。

「まさか、あんた、他の子達に聞きに行くつもりじゃないわよね？」

「そうしたいけど、諸坂も国嶋も無理だろ？　あんな事になって。本当なら国嶋に聞くつもりだった。結城姉妹と一番仲が良さそうだし」

「ゆりに？」

綾香が思いっきり首を回したので、ポニーテールの尻尾《しっぽ》が僕の鼻先をかすった。

「男って、ほんっと、分かってないなぁ」

腕を組んで顎《あご》を引くと、綾香はぐっと下から睨《にら》み付けてきた。

「な、何だよ」

「特に和央とゆりってさぁ、表面上は仲良くしてるけど、お互い嫌ってると思うよ」

「仲いいのか、悪いのか、どっちなんだ？　お前ら、怖いぞ」

その時、体操服に着替えた木内香奈枝《きうちかなえ》が、校舎から出てきた。彼女も空手道部員だ。

「おっはよ、カナ」と、綾香は手を挙げた。

綾香を見るなり、香奈枝は「信じられない」という表情を見せた。

「あーやっ！　まだ着替えてないの？　朝いち、体育の授業だよ」

始業の予鈴が鳴るまで、あと五分を切っていた。

「いっけなーい！」

綾香は全速力で、階段を駆け上がった。

「雨だから、授業は体育館だよー。体育館シューズ、忘れずに持っておいでよー！」

学年一の俊足は、瞬く間に姿を消した。

「なーに、晴人。今度はあーやに言い寄るつもりなのー？　和果にチクってやろっと」

香奈枝は体操服姿でジャンプしていた。ここで綾香を待つつもりらしい。

「ちょうど良かった。聞きたい事があるんだ」

「なになに、なーに？」

香奈枝は屈伸を始めていた。体を動かしていないと落ち着かないらしい。

「木内は結城達とは同じ中学だっけ？」

「違うわよ。何でそんなこと聞くの？」

「同じ中学校の生徒で、結城姉妹と組んでた選手がいるだろ？　ほら、天才って呼ばれてた有名選手」

「さぁ……。私、別の道場だったし」

とぼけるつもりのようだ。

「いいよ。諸坂か国嶋に聞くから」

二人共、学校に来られなくなっているのを知りながら、わざと言ってやる。途端に、香奈枝の表情が険しくなる。

「あの二人の事、今はそっとしといた方がいいよ。って言うか、そっとしといたげて」

空手道部員にとっては、僕が気にしている「団体形の三人目」の謎《なぞ》より、そちらの方がずっと深刻な問題なのだ。

そこへ綾香が現れた。

五段飛ばしで階段を降りてくると、勢い余って僕にぶつかった。

「行こっ！　カナ」

綾香は、謝りもせず体育館に向かって駆け出した。

「待ってー！」と追いかけるが、俊足の綾香についてゆけないようだ。香奈枝の恨み言が聞こえてきた。

「私を置いてくつもり？　待っててあげてたのにー」

二人の後ろ姿を見ながら考えていた。

——何故《なぜ》、みんな三人目の話題を避けるんだろう？

二

放課後、撮影機材を手に空手道部道場に向かおうとしたところで呼び止められる。

「晴人くん、ちょっと来たまえ」

和央だ。

仏頂面をしている。早速、綾香達から何か聞いたらしい。物陰に引っ張って行かれ、いきなり詰問口調だ。

「何を探ってるのかね？」

わざとらしい口調から、彼女が怒りながらも冷静に話そうとしているのが分かる。首を傾《かし》げ、とぼけて見せたが無駄だった。

「演技はよしたまえ。君が我々の片割れを探してる話は筒抜けだよ」

「悪いか」

「ああ、悪いね」

演技のような白々しい口調が、段々と癇《かん》に障り始めた。

「急いでるから。また、後でな」

学校内で発行している冊子に載せる為《ため》、今日は空手道部の練習風景を撮影する事になっていた。早めに道場に入って準備を始めたかった。横をすり抜けようとしたら、とおせんぼで行く手を遮られる。

「そこ、どけよ」

胸ぐらを摑まれる。

「もっかい忠告しとくよ。これ以上、あたし達の事を詮索《せんさく》したら承知しないからね」

「お前の事じゃない。お前らと組んでた選手を探すだけだ」

「あーや達よ。本人から聞いたんでしょ？」

「他にもいたろ？」

和央の表情は動かない。

「何故だ？　何故、その子は空手を辞めたんだ？」

不動の三人目、天才と呼ばれた少女は——。

「もう、済んだ事よ」

「だいたい、お前ら変だぞ。皆が皆、その話題に触れたがらない。おかしいじゃないか」

和央がぐっと顔を近づけてきた。

「いーい、私だけじゃない。これ以上嗅ぎ回ったら、和果だって許さないはずよ」

「分かったよ。分かった」

煩いので、一旦引き下がる事にした。

彼女がイライラしている原因が、何となく分かったからだ。

今、女子空手道部は崩壊寸前だった。三年間の集大成でもある最後のインターハイへの出場が危ぶまれ、主将でもある和央は強い気持ちを維持するのもやっとなのだ。

会話が途切れたまま、暫《しばら》く一緒に歩く。

「相変わらず休んだままだな」

「ミッキーのこと?」

「連絡、取り合ってるのか?」

首を振る。

「ダイアナから連絡するなって言われてんのよ。向こうの親も、そっとしといてくれって」

「まぁ、学校に来たくないよな。はっきりと顔と名前が写ってたんだから」

回収される前に雑誌を買っていた生徒が、こないだ教室で見せびらかしていた。

写真は三枚あった。

一枚目には道着を着たまま、こちらに背中を向けている写真。ゼッケンから学校と名前が晒《さら》される。

次に下着姿の背面が写されていた。「ガリガリに痩せて気持ちわりぃ」と言った男がいたが、想像していた以上に鍛えられた体だった。

三枚目は、こちらを振り向きかけた写真で、横顔がまともに写っていた。

三枚の写真は連続して撮られたものに見えた。

「犯人は捕まったのか？」

「捕まってないんじゃない？　多分」

言い淀《よど》む振りをしているが、言葉の奥に確信が感じられた。

「疑わしい人物を特定できたのに、警察に突き出さなかったのか？」

「事を荒立てないように、親が示談にするって決めたのかもしれないじゃん。……それよりさ、何でミッキーだったと思う？」

「たまたまだろ？　それより、犯人の話はどうなった」

「何でミッキーを狙ったのか。動機が分からなきゃ、犯人にたどり着けないわよ」

鋭い指摘に「そりゃそうだ」と言うしかなかった。

「選抜大会は全国から選手が集まるのよ。なのに、よりによって……」

「そんなの盗撮犯の都合だろ？」

「……あの子、結構目立ちたがりなとこあってね」

意味ありげに「ふふん」と笑う。

「おい、まさか、自分で撮影させたって言うのか？」

「ね、よくいるじゃない。街を歩いてる若い女の子に『モデルを募集している』って言いながら近づいてくる人」

「あんのかよ？　声かけられた事」

「まあね。で、本当は道着姿だけ撮らせるつもりが、ノリで脱いでしまった。なーんてね」

「馬鹿馬鹿しい」

「でも、ミッキーの両親の反応が早過ぎる。発売と同時にクレームつけたって話だもん。そりゃ、毎週、定期購読してたら、すぐに見つけたろうけどさ」

雑誌は週一で発売され、芸能人のスクープ写真や露悪的な記事を売りにしている。好きな人間は、書店に並ぶのを待ち構えて入手する。

「脅迫……か？」

たとえば、諸坂美樹が写真をネタに金品を要求されていたとしたら？　そして、相手の要求に応じなかった腹いせに、写真が載った雑誌を自宅に送りつけられて、両親の知るところとなった――。

何かしっくりこず、じっと和央の顔を見つめていると、「な、何よ」と顔を逸《そ》らされた。

「お前、もしかして、犯人にアテがあるんじゃないのか？」

「馬鹿な事、言わないでっ！」

回し蹴《げ》りの構えを見せたから、大きく後ずさる。だが、和央は勢いをつけて踏み込んだものの、軽く当てにきただけだった。和央のふくらはぎが腿《もも》に一瞬だけ触れる。

「また、つまらぬ物を蹴ってしまった」と言いながら目を閉じ、眉根《まゆね》を寄せた。

険悪な雰囲気のまま、和央とは更衣室前で別れた。

道場の引き戸を開き、一礼をする。

既に何人か集まっており、「押忍《おす》！」と声が飛んだ。幼い顔をした一年生部員達は、カメラを提げた人間が入ってきたのを不思議そうに見ていた。

道場は縦長で、コートが三つ作られている。天井が高く、中庭に面して窓が広く取られており、天窓まで設けられているから明るかった。その反対側、通路側の壁には表彰状が横一列にずらりと並び、作りつけの棚にはトロフィーが押し込まれるように飾られていた。一面が鏡になった壁もあり、かなり恵まれた施設が用意されている。

まだ練習時間には間があったが、部員達は思い思いの場所でストレッチを始めている。さすがに皆、体が柔らかい。百八十度開脚した状態で、上体がべったりと床に付いている。

壁際に機材を置くと、僕も床に座り、ストレッチを開始した。勉強に追われ、ストレッチもさぼりがちになっているせいか、体はすっかり元に戻っていた。いや、以前より固くなっている。

野球をやっていた頃は、怪我《けが》の予防も兼ねて柔軟体操には力を入れていた。風呂《ふろ》上がりに父に背中を押してもらうなどして、最後には彼女達と同じように百八十度開脚ができるようになっていたのだ。

――まずいな。

冷や汗がたらりと流れる。

引き戸が開く音がした。和果が、続いて和央が道場に入ってくる。

同じ顔が二つ並ぶ。

「結城主将と先輩に礼します！」

部員達は立ち上がり、一斉に挨拶《あいさつ》した。

「押忍っ！」

全員が直立不動だ。

和央も和果も、皆の視線を跳ね返すように背筋を伸ばし、胸を張っている。

――へぇ、さすがだな。

二人とも、外で会っている時とは雰囲気が全く違う。開脚できずにもがいている僕には、ちらとも目を向けない。

全員が集まった頃合に、ガラリと引き戸が開いた。

ダイアナだった。

道着に黒帯を締めていると、ダイアナも物理の教諭ではなく、ちゃんと武道家らしく見えた。同じ人物が、場所と服装を変えるだけで全く雰囲気が変わるのに驚かされる。

「よーし、集まれ。始めるぞー」

部員達は駆け足で整列した。

正面中央、旗を背に和央と和果、綾香が三人で立つ。もちろん、中央は主将の和央だ。

彼女達に向かい合う形で、最前列と二番目が三年生、順に二年生、一年生と並ぶ。レギュラーと控えの区別はなく、序列はあくまで学年順だ。

最初のウォーミングアップは撮影する必要がないから、その間に撮影の準備を始める。

アップが終わると基本の稽古が始まる。突きや受け、払いなど空手の基本的な動きを順にさらって行くのだ。

さすがに真正面からの撮影は控え、端に立つ。なるべく外光の影響を受けない場所を探しておいたが、時間の経過と共に光の強さも位置も変わって行く。

レンズを正面に立つ三人に向け、ピントを和央に合わせる。その手前には和果が、向こう側には綾香がいる。

実際には双子と一人だったが、面識のない人間が見たら、遠目には三つ子にも見える。背恰好《せかっこう》、髪型、道着の着こなし、全《すべ》て揃《そろ》えられていたからだ。かもし出す雰囲気まで、似ている。

或《ある》いは、宇賀神の言葉が頭にこびり付いて離れないから、そう見えるのかもしれない。

〈中学時代は本当に凄かった。あの三人のままで続けてたら、空手界を変えられたかもしれない。魂までもが三つ子って呼ばれてね〉

ただ、外見が似ているだけではなく、全てが似ていたのだ。赤の他人でありながら――。

そこまで考えて、バンダナの言葉を思い出す。

――あいつ、「トリプル・ユウキ」って言ってたよなぁ。

「まさか、本当に三つ子だったのか？」

和央には否定されたし、こないだ結城家を訪れた時にも三人目の姉妹はいなかった。二階の子供部屋も二つだけだった。

だが、思い当たる節はあった。

一月以降、写真にまつわる事件が続いた。発端は年明けに起こった、校内の渡り廊下に貼られた写真破棄事件だ。その際、和果は眉間《みけん》にホクロとまぎらわしいビンディ・シールをつけて和央を装った。

――待てよ。

当時の事を思い出す。

和央は現場に落とされていた和果の持ち物「てんとう虫のチャーム」と、ビンディ・シールの存在から、和果が犯人だと特定した。そして、和果自身も罪を認めた。

だが――。

三つ子だと考えても、事件は成立する。

同じ家に住んでいれば和果の持ち物も簡単に手に入るし、額にホクロ状の物を貼り付ければ、簡単に和央にもなりすませる。予備のジャージだって自宅には保管されているだろう。

たとえ、他の学校に通っていたとしても、二人になりすませるならいつでも校内に入る事は可能だから、事前に校舎のレイアウトも下調べできる。

もし、もしもだ。三つ子の片割れが不測の事態で空手を辞めていたなら――。

和央の活躍を目の当たりにして、屈折した感情を育てている可能性はある。

そして、彼女が選抜大会の試合会場に潜り込み、隠し撮りをしていたと仮定したら？

和果も和央も庇《かば》う事は考えられる。

――だから、嗅ぎ回るなと？

最初は「まさか」と考えていたが、一度思い当たると、三つ子という言葉には説得力があった。

他の人間に替わりが務まらないという事は、替わりようがないという事なのだ。後釜《あとがま》に座った綾香達が皆、三人目を越えられなかったのは、実力の差ではなく、「結城家の三つ子姉妹」というブランドを塗りかえられなかった。そう考えられないか？

写真が破り捨てられた事件まで遡《さかのぼ》ったとしたら、犯人の行動はますますエスカレートしている事になる。部員を盗撮したり、停学や退部に追い込んだり、嫌がらせにしては度が過ぎている。

――余程の恨みがあったという事か？

ぶるっと体を震わせた。

一見、仲が良さそうに見える彼女達。その足元に広がる、どろどろとした得体の知れない感情に背筋が寒くなる。

「構えてっ！」

「エーイィッ！」

怒号のような声が道場内に響いた。

全員、四股立《しこだ》ちになり、拳を握った右腕を前に突き出した状態で静止している。綺麗に股関節が開き、日頃のストレッチの成果が表れている。これから稽古納めの百本突きが始まるのだ。

「はじめいっ!」

四股立ちのまま、正拳突きが始まる。

「ヤァッ!」

「声が小さいっ!」

「セイヤァッ!」

「ふらふらするな! 頭が動いてるぞっ!」

気迫のこもった掛け声の間に、ダイアナの怒声が轟《とどろ》く。

三十名もの女子生徒が勇ましい声をあげ、一斉に同じ動作を繰り返す。壮観な眺めに圧倒され、夢中で撮影するうち、雑念は頭から消し飛んでいた。


自宅に戻ると、「ただいま」もそこそこに二階へ上がった。階段を登る途中、母の声が追いかけてきた。

「ただいまはー?」

背中で「ただいま」と答えて、部屋に籠《こ》もった。

勉強机を片付けると、空箱に隠しておいた特大写真を机に広げる。盗撮犯人が写っているという写真だ。

腰を曲げ、鼻をくっつけんばかりにして写真を観察する。犯人と思《おぼ》しき人物、メンホーをつけたまま歩く選手の顔に、和央と和果の面影がないかと。最初は目視で、次にルーペまで使って。

ルーペの中で拡大された顔は、男ではなさそうだ。和央達に体つきが似ている気がしたが、顔まで同じかどうかは判別できない。

おまけに、胸元に刺繍《ししゅう》された学校名が楷書《かいしょ》でないから読めない。どうにか「北」と読める文字だけ判別された。

――背中が写っていれば、ゼッケンから校名と選手名が分かるんだけどな。

だが、それは無駄だと分かっていた。問題の三人目が他校に進学し、そこで空手を続けているのならまだしも、空手を辞めてしまっていたら、仮にゼッケンを付けていたとしても他人の物か、全くのデタラメである可能性が高い。

次に、選抜大会のパンフレットから北が入った学校を探す。「東北工業」とか「北見高等学校」の他、地名の上下に北がつく学校も多い。いや、「此友学園」の「此」だって、「北」に見えない事はない。

その時、「摂北学院」の名が目に留まった。

――へえ、空手も強かったのか。

摂北学院は野球強豪校でもあり、純白と紺のシンプルなユニフォームは、野球少年達の憧《あこが》れだ。僕が此友を進路先に選んだ時、憧れた学校の近くにあるというのも決め手の一つとなった。

途端に感傷的な気持ちになる。

――いかん、いかん。

集中し、目を皿のようにしてパンフレットを見る。

無駄かと思いながら、各校のメンバー表から「結城」という姓を探すが、此友学園以外に結城という名の選手はいない。夥《おびただ》しい数の名前を読んで行くが、顔も知らない相手の名前は、どれもが無意味な記号にしか見えない。

再度、写真に目をやる。この怪しい人物を凝視している少女が気になった。犯人は顔見知りに出会う可能性を考えて、メンホーを持ち歩いていたと推理できるからだ。

問題の少女はこちらに背中を向けているから、ゼッケンの文字が何とか見えた。「等学校」と「恵子《えこ》」から、一時間がかりで探し出したのは、同じ東京都内の「西北高等学校前園理恵子《まえぞのりえこ》」だ。

――ここも、校名に「北」が入ってるのか。一度、話を聞いてみる価値はあるな。

遠く北海道や東北、関西や沖縄の選手でなかったのはラッキーだったが、問題はどうやって前園理恵子に近づくかだ。

だが、この問題も簡単に解決した。

もうすぐ、都内のインターハイ予選が始まる。その時に探し出して声をかければいいのだ。

　ただし、何かを探っていると和央に気付かれないように、慎重に行動する必要があった。

三

　学校帰りに駅構内の書店に寄ると、ちょうど今月号の「空手道の星」が出ていた。巻末にバックナンバーの一覧が写真入りで掲載されている。

　――へえ、結構、古いのも残ってるんだな。

　二年前までなら十二ケ月分揃っていたが、三年前ともなれば欠番が出ている。

　宇賀神を訪ねて、編集部に古い号が保管されているかどうか聞いてみようか？　いや、彼女が協力するとは思えない。うっかりすると、変質者扱いされる。

　帰り道とは逆方向の電車に乗り、古書街へと向かった。目当ての駅で降りて暫く行くと、急に街の雰囲気が変わった。

　周辺に出版社が入ったビルや印刷所が増える。建物は洒落《しやれ》ていたが、どれもが古めかしかった。その古びた街の外れに、古書を売る店が固まっている。

　最初に入った店は、間口の広い大型店だった。

　店内をざっと見て回る。「空手道の星」どころかスポーツ系の雑誌もなく、整然とした店内に置いてあるのは文庫本や専門書ばかりだった。

二軒目以降はなるべく雑多な雰囲気の店を選んだが、今度は古本が未整理のままゴチャゴチャと置かれ、目当ての物を探すのが大変だった。

「すみません」

ついに、店番をしている老人に声をかけた。

「スポーツ雑誌のバックナンバーとか、置いてますか？」

「あぁ、そういうのはちょっと……。他でも難しいんじゃないかな」

気の毒そうに言う。

「どうすれば手に入るんでしょうか？」

「雑誌に『譲ります・買います』ってコーナーがあるでしょ？　あそこをマメにチェックする事だね」

目当ての本が分からないのだから、土台無理な話だ。

「あとは図書館」

「図書館？」

「競技場があるでしょ？　中にスポーツ図書館がある。スポーツ雑誌のバックナンバーも充実してるはずだよ」

電話番号と地図を書いてくれた。

「ありがとうございます」

「ただねぇ、あそこは夕方の四時三十分で閉館するんだよなぁ」

「え！　そんなに早いんですか？」

「おまけに休館日が土曜、日曜、祝日で、館外貸出もやってないから。平日に行けそう？」

生徒手帳にはさんだ月間予定表を開くと、ちょうど再来週の月曜日が此友学園の創立記念日で、全休日になっていた。

――予選の翌日かぁ。

前日には、和果達がインターハイの予選に出場し、僕も撮影の為に同行する予定だった。自宅に戻る前に、「結城道場」へと向かった。閑静な住宅街を行くと、先に掛け声が聞こえてきて、やがて木造の古い道場が見えてくる。

――それにしても、すげぇ建物だな。

時代がかった木造建築は、小屋をそのまま拡大したような、今にも倒れそうな建物だ。重そうな木の引き戸の向こうに靴脱ぎ場があり、下駄箱には子供達の靴が並んでいる。中から明かりが漏れ出し、静かな街には声変わりした少年達の濁った声が響く。そこに、「下がるな！」、「逃げるな！」と男の声が重なる。

自転車を止め、出入り口から中を覗《のぞ》く。

浅黒い顔の男が、ボロボロの黒帯を締めている。豊かな毛髪には白いものが混じり、体は油分が抜け切ったような痩軀《そうく》だ。

和果の父親・結城一政だ。

防具をつけて殴り合う中学生に向かって、「声が小さい！」、「フラフラするな！」と活を入れて行く。

一政は全身から武道家の匂《にお》いを漂わせていた。うっかり近づくと、すぐに手と足が飛んできそうな、抜き身の刀を思わせる。

――渋いよなぁ。うちの親父とはえらい違いだ。

最近、ビールの飲みすぎで腹が出てきた父を思い出す。

ライトの光が建物に反射し、隣接した駐車場に車が入ってきた。中から道着姿の男の子が三人出てきたかと思うと、一目散にこちらに駆けてきた。兄弟だろう。こちらを一瞥《いちべつ》した後、僕の横をすり抜け、「押忍！」と礼をしながら中に入った。

駐車場の物陰に人がいるのに気付いた。逆光になっているから、顔は見えないが、こちらを見ている。

一歩足を踏み出すと、相手はびくりと体を強張らせ、逃げるように走り去った。

不審な態度が気になり、後を追いかける。

思いのほか足が速い。

野球少年だった頃に走り込んだ成果を試す機会だったが、自分が考えている以上に体力が落ちていた。瞬く間に距離が開く。

へばりながら角を曲がったところで、見失ってしまった。

四

六月某日。

予選当日も、朝からじとじとと雨が降っていた。

場所は都内二十三区の外れにある高校。そこの体育館で、予選会が開かれる事になっていた。

床には六つのコートが作られていた。

ただでさえ湿気が高い上、都内中から集まった空手道部員が男女入り乱れて会場を行き交い、大変な人いきれだった。

強豪校と呼ばれ、インターハイ出場を狙える学校の生徒以外は、さして緊張している風にも見えず、お祭りの延長のようだ。

ホッチキスで綴《と》じただけの簡単なパンフレットを事前に手に入れていた。それによると、前園理恵子はCコートで午前中、形の試合に出場する。

ちょうど隣り合ったBコートで和果の形試合が行われる。二つのコートの間で見学する事にした。

やがて、放送が流れた。

『形試合・女子の部に出場する選手は、指定の位置にお集まり下さい』

先に女子、続けて男子の形試合が行われる。Cコートに目をやると、前園理恵子らしき少女がいた。さり気なくCコートに近づこうとした時――。

「晴人」

名前を呼ばれ、慌てて振り向く。和果だった。

「どこ行くの?」

「いや、ここは暑くて」と誤魔化す。

降り続く雨のせいで外気温は低いものの、集まった選手達が発する熱気で、館内は蒸し風呂のようだ。

「そうね。ちょっと、ざわざわしてて、集中しづらい」

選抜大会前後からぎくしゃくして、和果とは親密に話をする機会も持てないままだった。

「がんばれよ」

「うん」

まだ、何か言いたそうにしている。傍《そば》を離れないので、背中に手を回し、腰骨の上辺りにそっと手を置く。

和果が体を強張らせた。

周囲に人が大勢いるので、あからさまな態度を取れないのがもどかしかった。和果が背中に手を回し、僕の手の上に重ねた。

「私だけを見ててね」

内心の企みを言い当てられたようで、どぎまぎした。

見ると、伏せられた和果の目から一筋、涙が伝った。声を出すまいと堪《こら》えているが、涙は後から後から流れ出る。

「顔、直すか？」

壁際に連れて行き、衝立《ついたて》がわりになってやる。背中ごしに、和果の気配が伝わってくる。鏡を覗き、タオルで涙を押さえているのが分かる。

「私達には昔、かけがえのない子がいた」

和果が「ふうっ」と溜め息を漏らしたのが聞こえる。

「誰も敵《かな》わないぐらい上手《うま》かったの。あの子が形の演武を始めると、皆が動きを止めて見守るぐらい。彼女がいるだけで、道場の空気が引き締まった。あのままだったら凄い選手になったと思う。私も和央も、とうてい追いつけなかった」

「今は？」

首だけ回すと、和果もこちらを見ていた。

「晴人だったら分かると思うけど……。小学校で活躍してた野球選手達は全員、高校に入っても活躍してる？」

「いや……」

風の便りで仲間の噂話が聞こえてくるが、良い話ばかりではない。中には、特待生として高校に入学したものの、退学したという者もいた。目標を見失い、何もせずにブラブラしているらしいとも。

「空手も同じなの。知ってる？　高校、大学の試合でベストエイトに残るような選手は、小学生の大会では入賞すらしてない事も多いの。小学校で燃え尽きて辞めてしまう子もいれば、部活と両立が難しくなって空手を諦《あきら》める子もいる。野球と違って、空手道部のある公立中学校は少ないでしょ？　現に、私達は中学時代には部活に入らず、道場で練習していた。だから、中学校では思い出らしい思い出は作れなかった。本当につまんない生活よ。でもね、辞めてしまう原因は他にもあるの」

和果は苦しそうに、口を噤《つぐ》んだ。

「分かるよ」

体が成長するのだ。良くも悪くも。

成長の恩恵を受ける者がいる一方で、思うように成長できずに伸び悩む者もいるのだ。

野球仲間にも、高校入学後に体が大きくならず、周囲の成長から取り残された奴がいた。中学時代は小さな体を生かして機敏なプレーで活躍していたのに、今は見る影もないほど凡庸な選手になっている。

「僕は途中で近視になったけど、そっちは何とかなった。だけど、背が伸びた時にバランスを崩してしまい、結局、フォームが決まらないまま野球を諦めた」

いや、あのまま続けていたなら、近視も不安材料になっただろう。

真夏のグラウンド、とくにピッチャーマウンドは四十度を越す暑さになる。顎からしたたるほどの汗をかく極限状態だ。眼鏡のような余計な付属物は邪魔になっただろう。

和果は呟《つぶや》いた。

「私達も同じだった。身長が伸びるのに、形の調整が追いつかなくなった。それでも、何とか中学二年の全国大会は勝てた。危なかったのよ。三人の気持ちが揃わないままで、勝てたのが不思議なぐらい……。そして、それが最後の輝きだったわ。大会の後、色々とあって彼女は道場を去った」

「今頃、後悔しているんじゃないのか？　その子は」

「私には分からない。ずっと目標だったのに。一番強いと思ってた人がいなくなったから、ショックだった。でも、和央は強かった。それすら自分を変えるきっかけにしてしまった」

和央は長身を生かして、高校からは組手に転向した。

「私は大人に逆らえなかった。『お前に組手は向かない』って言われたし、『形の結城』の名前を守るようにと言われたから。きっと、イイコでいたかったのね」

――やっぱり、和果は僕に似ている。

全く同じ顔をしているのに、和央ではなく和果に惹《ひ》かれる理由だ。

僕は子供だったから、親の言うなりになるしかなかった。「どうせ、反対されるから」と、親を説得する手間を面倒に思ったのだ。

「離れ離れになった時、私達は本当に『ただの人』になってしまったの。三人一緒だった時は迷った事なんかなかった。それなのに……」

「和果、誰だって迷うんだ」

僕達の会話を遮るように、放送が流れた。

『繰り返します。形試合・女子の部に出場する選手は、各コートにお集まり下さい』

和果は涙を拭《ふ》いた。

「ありがとう。聞いてくれて」

ゆっくりと体が離れる。

「和果はもう、『ただの人』じゃない。くさらずに練習してきたんだ。自信を持てよ」

強張っていた和果の頰《ほお》が、少しだけ緩んだ。


午後になっていた。

息詰まるような緊張の中、雨は強さを増し、室内の熱気と湿気は限界点に達していた。

湿った雑巾のような臭《にお》いが、辺りに漂っている。

和央は順当に、組手の部で上位に残っていた。

そして、和果も――。

あと少しで、インターハイに出場できるところまできていた。

フィルムを交換する手が震える。

――しっかりしろよ。

僕は自分の事のように緊張していた。同時に不安だった。

コートの脇に座る和果を見ると、一点を見つめながら唇を固く結んでいる。

緊張のあまり、控え室で泣いていたのだろう。見るのが痛々しいほど目が赤い。だが、何もしてやれない。応援する以外には。

試合は淡々と進んでゆき、あの前園理恵子が立ち上がった。

「前園理恵子選手、西北高等学校！」

名前と学校名が読み上げられる。

理恵子がコートの中央に立つ。

形の名を呼称する。

選んだのは難しい形だ。

静まり返った館内に、道着がはためき、踵《かかと》が床をこする足音だけが響く。見せ場でもある跳躍しながらの後ろ蹴りも決まった。

演武は静かに終わった。

一瞬の間の後、応援団の歓声が上がる。

「結城和果選手、此友学園！」

「はいっ！」

和果が前に進み出た。

唾《つば》を飲み込んだ。和果の敵は理恵子ではない。

惨敗を続けた二年間であり、自分と全く性格の違う和央であり、形では敵わなかった三人目の片割れだ。

和果が選んだのは、理恵子と同じ形だった。

皆が固唾をのんで見守る中、演武が始まる。

理恵子と比べて、決して劣っている訳ではないが、体が重たいように見えた。長い手足を持て余しているようにも。

だが、跳躍は理恵子よりダイナミックに見えた。二段蹴りも高さがあり、滞空時間が長い。最初は堅かった動きも、段々とスピードアップしている。

演武が終わった時、僕は大きく息を吐いた。

——いけるんじゃないか？

審判がどう判定するかが気になった。

待つ間、生きた心地がしない。

水を打ったように静かな会場。呼吸が苦しくなる。

突如、「わーっ！」と歓声が上がり、思わず、目を閉じていた。

——勝った。

僅差での勝利に、大きく息を吐く。

この瞬間、和果のインターハイ出場が決まった。高校入学後、個人形での全国大会出場は初めての事だ。

「やったな！」

いつの間にか、隣にダイアナが来ていた。

「何か吹っ切れたような、キレのいい形だった。ありがとう！　辰巳」

試合前、二人で話していたのを見られていたようだ。

「あいつは、和央に比べて弱いところがあった。今日は本当に、よく頑張った！　高校入学以来、最高の出来だった」

何故か、僕も「ありがとうございます」と答えていた。そして、気が付いたら、二人で握手していた。

「写真、撮ったか？」

肩にぶら提げたカメラを、ダイアナが指差す。

「あ……」

すっかり忘れていた。

「おい、知ってるか？」

ダイアナにこづかれる。

「空手道部はな、本当は男女交際禁止なんだ」

「そ、そうなんですか？」

付き合っているのを知られていたのかと焦る。

「だが、和果には相談相手が必要だと思った。支えてくれる相手がな。辰巳なら間違いない。俺はそう見込んで黙認する事にした」

ダイアナは話しながら、「うん、うん」と頷いている。

「ぼ、僕は何の役にも立ってません。彼女が頑張ったんです」

振り返ると、和果は部員達にもみくちゃにされていた。まるで、インターハイで優勝したような騒ぎだ。その脇を理恵子が横切る。

――あ、そうだ。

彼女には聞きたい事があった。いや、どうしても聞かなくてはならない事が。選抜大会で彼女が何を、誰を見たのかを。

「前園さん」

足早に体育館から出て行こうとする理恵子を追いかけ、後ろから必死で呼び止める。

振り返った顔を見た途端、後悔した。目が潤んでいる。人がいない場所で泣くつもりだったのだろう。そんな彼女に三ケ月も前の話を聞くのは辛《つら》かった。

「私に用ですか?」

「い、いえ、あの……。お、惜しかったですね」

理恵子は「ありがと」と小声で呟いた。いきなり知らない人間から声をかけられるのに、慣れている様子だった。

「ごめん。また、今度ね」

そのまま立ち去ろうとする理恵子に、「お話できませんか？」と食い下がる。怪しい。非常に怪しい。

「え？」

さすがの理恵子も、警戒心を露《あらわ》にした。焦った僕が正直に名乗ると、可愛《かわい》らしい顔が歪《ゆが》んだ。

「此友学園の人が、何の用ですか？」

怒りを押し殺した声が返ってきた。最悪のタイミングだったようだ。

「この馬鹿！　何やってんのよ」

何処から現れたのか、和央が体をぶつけて来た。思い切り頭をはたかれる。

「イテッ！」

和央は「ごめんなさい！　こいつ、あなたの写真を撮りたかっただけなのよ。きつく言っとくから」と理恵子に頭を下げている。この場は大人しく引き下がるしかなかった。

「あんたって、サイッテー！」

人のいない場所へと引っ張って行かれ、もう一度張り倒された。

「殴る事ないだろ？　それより試合は？」

コート上では今、男子の試合が行われようとしている。

「この後よっ！　負けたらあんたのせいだからね！」

今度は足を踏みつけてくる。

「一体、何を考えてんの？　試合で負けたばかりの選手に、不用意に声かけるなんて」

体重がかけられ、踏まれた左足の甲が圧迫される。

「嗅ぎ回るなって言ったでしょ！」

「お前ら、誰を庇ってるんだ？」

「え？」

不意打ちだったのか、和央が黙り込んだ。

「こないだ、道場を遠くから眺めてる女の子がいたぞ」

顔は見えなかったが、男ではなかった。そして、体つきが和央達に似ていた。

あれは、三人目だったのだ。

一旦《いったん》は空手を辞めたものの諦めきれず、かと言って道場に戻る事もできず。

——僕と同じだ……。

苦さが込み上げてくる。

だが、和央は薄く笑った。

「全く、いい性格してるわ。今になって未練たらしく……」

「やめろっ！」

僕の勢いに、和央は口を噤んだ。

「立派だよな、お前は。自分を貫いた上で、高校でも結果を残した。これからも空手界の中心で活躍するんだろ。得意の絶頂だろうよ」

「ちょ……、何よ」

「けどよ、続けられなかったもんの身になってみろ。お前みたいに強い奴ばかりじゃない。皆が皆、才能を伸ばせるとは限らないだろう？　親や周囲が応援してくれるとも限らない」

ふいに瞼《まぶた》が熱くなる。

――それとも、途中で辞めた奴は負け犬だって言いたいのか？

「な、何も泣かなくったって。あたしは別に……」

「うるせえっ！」

肩から提げたカメラを手にとる。

――畜生。

思い切り手を振り上げると、カメラを壁に向かって投げつける。大きな音を立てて、床に転がったものの、カメラはびくともしない。繊細な癖に、こういう所では頑丈なのだ。

気が付くと、遠巻きに人が見ていた。

しんと静まり返った中心に、カメラが転がっていた。高校生活を共にした相棒が、レンズをこちらに向けて問いかけていた。

〈あの時、何で言わなかったんだ？　自分は野球をやりたいんだって〉

野球を失った僕を支え、僕が傍観者でいる立場を正当化してくれた便利な道具が、酷く余所余所《よそよそ》しく見えた。

僕は傍観者になりたかった訳じゃない。傍観者として競技を見るのでなく、自分自身が競技したかったのだ。親が望むような「学歴」という植木鉢が欲しかったんじゃない。荒野に逞《たくま》しく根を張りたかったのだ。たとえ、水も肥料も十分になく、枯れてしまったとしても、自分が選んだ道であれば悔いはなかっただろう。

カメラを拾い上げた。

そして、自分を見つめる無数の目を感じながら、その場を後にした。

五

最寄駅を下車し、歩くこと五分。競技場のゲートに到着した。

メインスタンドにかかる屋根が目に入る。スポーツ図書館は、スタンドの下に位置する。入場料を払うと、係員から「学生さん？」と笑顔で挨拶された。閑《ひま》なのだろう。「何かスポーツやってるの？」と聞かれ、「野球を少し」と答える。競技場の近くには球場もある。

「博物館を見にきたんだね。昔の野球の資料もあるよ」

古い野球用具の他、当時の写真も展示されているらしい。

「いや、図書館に用があって」

「だったら、博物館の出口を出て、左側に進めば階段があるから。階段を上がった先が図書館だよ。でも、最初は競技場を見学するといい。スタンドのどこに行ってもいいから」

勝手に段取りされ、競技場を見学する羽目に陥った。競技場内には体育館や室内プールの他、競技に出場する選手が試合前のアップを行う室内練習場もあるようだ。

階段を上り、最上段まで上がる。

空が広かった。

梅雨の晴れ間で、雨に洗われた後のせいか、空気が爽《さわ》やかだ。ＶＩＰ席のある方角へ歩くと、聖火台が正面に見えた。その両側に照明塔が立つ。

大学生の試合でもあるのか、近くの球場から打球音と歓声が聞こえてきた。

――僕は一体、何してんだろう。

今朝、進路の事で母と揉《も》めた。

両親からは教員になる事を勧められていた。教員になって、指導者として野球に関《かか》われば良いと。だが、その選択も僕の頭にはない。結局、何がしたいのか分からないまま時間だけが過ぎたのだと知る。

煮え切らない僕に、母は呆《あき》れていた。

「何かやりたい事はないの？　好きな事とか」

僕は「ないよ」とだけ返して、家を出た。

一番やりたかった野球を取り上げた上で、「好きな事をやれ」と言う大人の身勝手さにうんざりした。

――本当にこれでいいのか？　僕は。

爽やかな空とは裏腹に、胸にはどす黒い雲が広がっていた。

僕はただ、バタバタと手当たり次第に動き回り、あれこれと首を突っ込んでは周囲に嫌がられ、後には気まずさを残しただけだった。

スタンドを去り、博物館へと足を踏み入れる。ここでは、オリンピックのメダルを始め、過去に使用されたユニフォームや用具が置かれている。当時の写真がパネルにされ、その時代の雰囲気や空気感が伝わってくる。

そして、日本に野球が伝わった頃の野球道具や当時の資料が展示されていた。

飴色《あめいろ》に黒ずんだグラブと、土で汚れたボールを見た途端、胸が締め付けられるような苦しさを感じて視線を逸らす。

出口を出て、左側に進むと、スポーツ図書館へと続く階段が見えてきた。

書棚やテーブルがゆったりとした間隔で置かれ、広々として見えた。年季を感じさせる学園内の暗い図書館に比べ、開放的な雰囲気がした。ざっと書棚を見ると、オリンピックについての書籍からスポーツ医学書、専門的な学術研究書にスポーツ雑誌と、幅広く収集されていた。

雑誌は表紙を見せる形で、壁一面を使って展示されていた。バックナンバーは申請して書庫から出してもらうようになっている。

中請用紙に「空手道の星」と書いて提出し、待つ間に野球雑誌をぱらぱらとめくって行く。

最新号は全国で行われる地方大会。つまり、夏の全国大会予選に向けての展望だ。

ざっと見たところ、知り合いの名前も顔もなかった。ほっと胸を撫《な》で下ろしてしまった自分が嫌になる。

気を取り直してページを繰ると、ドラフト候補と目される何人かの選手が紹介されていた。野球エリート達は皆、眩《まぶ》しいほど誇らしげな表情でポーズをとっている。

ふと、大久保の話を思い出す。

確か、彼の知り合いが一度は野球を諦めたものの、一年遅れで別の学校に入り直し、野球を続けているという話をしていた。何処の学校かは分からないが、野球強豪校だと言っていた。

紹介記事の中には、それらしき選手は見つからない。

〈物事には遅すぎるという事はない。やり直したいて思った時が、スタートちゃうんか？〉

あの時は強がって、「誰も野球をやり直したいなんて言ってない」と考えていた。だが、今になって大久保の同級生の存在が、僕の中で大きく膨らんでいた。

――そいつの名前、聞いとけば良かったな。

「辰巳さま。辰巳さま」

カウンターの方から声がした。

野球雑誌を書架に戻し、「空手道の星」を受け取った。

「どうぞ」と渡された途端、心臓が高鳴った。

一番上に置かれた雑誌に、結城姉妹の写真が大きく掲載されていたからだ。

形の名称は分からないが、体の右側を見せる形での四股立ちから、両突きの挙動を取っている。三人とも前髪を降ろし、ショートカットで揃えていた。

和央はすぐに分かった。眉間《みけん》のホクロが、前髪のすぐ下に見え隠れしていた。向かって右側に写っているのがそうだ。今より幼く、髪型も違うが間違いない。その対に和果がいる。

表紙には「躍進！　トリプル・ユウキ」の文字。

だが――。

真ん中にいる選手は、髪型や背恰好こそ二人に似ていたが、三つ子というほどには顔は似ていない。ただ、性格の強さが伝わってくるような鋭い目が印象的だった。

――三つ子じゃなかったのか。いや、二卵性双生児は似てなかったりするから……。

色んな想像を働かせながら、雑誌を手に立ち尽くしていた。

六

綾香は、十分遅れで待ち合わせ場所にやってきた。たっぷりとしたTシャツにGパンを合わせ、素足にスニーカーを履いている。

「元気？」と聞くと、「……まああってとこ」と返ってきた。

何処か落ち着いて話せる場所を考えた。高校生がたむろするハンバーガー屋やドーナツショップではない方がいいと思った。あまり良い考えが浮かばず、結局は目についたベンチに並んで座る。

「予選、残念だったな」

「ま……、ね」

綾香は空元気を出しているようで、やはり、以前と同じではなかった。試合に負けた事で何か大事な物を抜き取られたように、覇気が感じられない。

「らしくなかったけど、どうしたんだ？」

予選での綾香の形には、全くやる気がみられなかった。わざと負けたと言われても仕方がないような出来に、ダイアナも首を傾げていた。

「ちょっと練習で張り切り過ぎちゃってね。肝心の試合で疲れてたのかも」

おどけた調子で言う。

「もしかして動揺したんじゃないのか？　最近、空手道部はゴタゴタしてたから」

「あたしが？　まさか」

僕は鞄《かばん》から新聞を取り出し、綾香の膝に置く。

三ケ月程前に起こった事件が載っている。女子高生の写真が中傷ビラと共に五〇〇〇世帯に配られた事件が。

「家に配達された新聞だよ。気になったから、取っておいたんだ」

綾香が息を呑んだ気配がした。

「国嶋はお前がやったんじゃないかって疑っていた」

「ゆりが？　まさかっ！」

「一緒に居たんだろ？　喫煙写真が撮られた現場に」

「待って！」

綾香は声を張り上げた。

「確かに、私はゆりと一緒に居酒屋にいたけど、写真なんか撮ってない」

「じゃあ、誰が撮ったんだ？」

「知らないっ！　知らないわよ！」

両耳を塞《ふさ》ぐようにして、がたがたと震え出した。

「お前んとこにも、何か届いてたんじゃないのか？　バラ撒《ま》かれたら都合の悪い写真が」

僕は鞄に手を入れた。

「聞いたぞ。お前らのやった事」

図書館でコピーしてきた写真を取り出す。和央と和果、そして三人目が写っている雑誌の表紙だ。

綾香は無言で見入っている。

「同じものを、国嶋と諸坂にも見せた」

綾香の視線は写真に向けられたままだ。驚いているようにも、呆れているようにも見えない。気味悪いほど静かな気配を漂わせながら固まっている。

「お前達は、その子の写真に中傷を書いて、晒したらしいな」

陰湿なやり方だった。口にするのも嫌になるような――。

「晴人。会ったの？　この子に？」

こちらが何処まで知っているのか、勘繰るような目を向けてくる。

僕は綾香の問いかけを無視した。

「諸坂が盗撮された時、僕は可哀相《かわいそう》だと思っていたんだ。あれだけの人数がいる中で、何で諸坂だったんだろうって……」

――だが、和央は何もかも知っているような口ぶりだった。

〈あの子、結構目立ちたがりなとこあってね……〉

偶然ではなかったのだ。

あれは仕組まれた復讐《ふくしゅう》の序章だった。その復讐に和央と和果が加担していたと考えたなら、全ての謎は簡単に解ける。

あの広い選抜大会の会場に、あれだけの人数の選手が集まっていた。その中で、犯人を更衣室まで誘導したり、諸坂美樹の居所を教える人間が必要だった。

そして、国嶋友里恵と友部綾香の行動も、普段から親しくしている二人であれば、犯人に教える事ができた。

教職員や全校生徒に写真をバラ撒く為には、此友学園の住所録が必要だろう。そして、大量の写真を封入する手間も——。

だから、和央は「関《かか》わるな」と、僕に釘《くぎ》を刺したのだ。

——何で、そんな事ができるんだ？　表面だけ仲良しを装って。女って……。

何かが音を立てて崩れて行くのを感じる。

綾香は吐き捨てるように言った。

「どうせ、自業自得だって思ってるんでしょう？　でも、ただの悪ふざけだったのよ。ちょっとだけ、痛い目に遭わせるだけで、本当に辞めちゃうなんて思ってなかった……」

「ふざけんなっ！」

かっと頭に血が昇った。

「お前ら、ちゃんと謝ったのか？　謝って、一緒に続けようと何故、言わなかった」

「何で、あんな子を庇うのよっ！　あいつ、笑ったのよ。あたしの事。いいえ、あたしだけじゃない。みんなの事、馬鹿にしてた。本当に嫌な奴。今、思い出しても腹が立つ。だから、少しも可哀相なんて思わなかった。いい気味って……」

「今、相手も同じ事を思ってるだろな。『いい気味』だと」

僕は綾香の手からコピーと新聞を取り上げ、鞄にしまう。

「どうするつもり？　こんな事、今さら暴き立てて、どうするつもりなのよ！」

「どうもしない」

彼女達は充分に制裁を受けた。今さら、僕にできる事はない。

「じゃあ、何なのよ？　一体、何の為に私を呼び出して……。馬鹿にしないでよっ！」

いきなり平手打ちを食らった。

呆気に取られている間に、綾香は駆け出していた。向こうの方でくすくす笑っている女子高生達がいた。

——全く、何をやってんだろ。

溜め息をつくと、喉元に苦さが込み上げてきた。

そして、季節は巡りくる

「友達が励ましてくれたんです。私の空手を見てみたいって」

宇賀神さんはメモを取る手を止めた。

「彼……、いえ、その子がいなかったら、戻る勇気を持てなかったと思います。本当に感謝してるんです」

一息に言ったものの、後悔した。サトシが記事を読むかもしれないのだ。

「はい。いいわよ、結城さん。今日はどうもありがとう」

レコーダーのスイッチが切られ、私も肩の力を抜いた。

相変わらずかっこいい宇賀神さん。

ノースリーブから覗《のぞ》く二の腕には、三羽の蝶《ちょう》が舞うタトゥー、髪にはループエクステンションが付けられ、ワイルドな魅力に溢《あふ》れている。

私も高校を卒業したら、タトゥーは無理でも、臍《へそ》ピアスやエクステンションは真似《まね》してみたかった。

「これから練習？」

煙草を取り出した宇賀神さんだったが、「おっと」とケースに戻した。校内は全面禁煙だ。

「こってり絞られてるんでしょうね」

私の全身をじろじろ眺め回す。

「何だか、随分とやつれたね」

前に会った時は「太った」と言い、今度は「やつれた」と言う。やっぱり、私は彼女が苦手だ。

「でも、いいんですか？　本当に、……私なんかで」

目を大きく見開いて、宇賀神さんは大仰な表情を作った。

「いいも何も、皆があなたに注目してるのよ。空手界の大御所は泣いて喜んでるんじゃない？　よくぞ、戻ってきてくれたって」

「そんな、大袈裟《おおげさ》な」

「ぶっちゃけた話、今は子供が少ないでしょ？　スポーツ界は素質のある子供を取り合いしてるのよね。あなたが他のスポーツに転向しないでくれて良かったわ」

「わ、私、空手しかできません」

特に協調性が必要とされる、球技などの団体競技は苦手だった。

「空手は地味な基本練習が多いから、好きじゃないと続かないもんね。性格的に向き、不向きもある」

宇賀神さんの言葉に、私は頷《うなず》く。

子供時代、一緒に道場で習っていた男の子達は、小学校の高学年になると野球やサッカーに転向してしまった。せっかく素質のある子が来ても続かないから、祖父も残念がっていた。

「出場するのは団体組手だけなのね。形はやらないの？」

「はい。今からじゃ難しいだろうって、監督が」

「インターハイは個人形だけだもんね。形に命かけてるようなのばっかりだから……。インターハイで団体形をやってた時代もあったんだけどねぇ」

宇賀神さんは色々と話したそうだったけど、時間が押していた。

「あの、私、そろそろ」

「そっか。ごめん、ごめん」

宇賀神さんはあたふたと帰って行った。「インターハイ、頑張ってね」と言いながら。

時計を見ると、既に練習が始まっている時刻だった。ダッシュで部屋を出て、廊下を突っ切る。

外は相変わらずの雨だった。

屋根のある場所を選んでも良かったけど、中庭を横切った方が早い。濡《ぬ》れた石畳の上を一気に駆け抜ける。

「わぁ、ぐっちょり」

予想以上に雨の勢いは強かった。更衣室の扉を開けると、雨に濡れた制服を床に投げ出してTシャツ一枚になる。濡れた髪は櫛《くし》で梳《と》かし、後ろで一つにくくった。

もうすぐ七月だというのに、まだ梅雨は明けない。気温は高くないものの、降り続く雨のせいで湿気がまとわりつく。

「結城和穂」と名札が嵌《は》めこまれたロッカーから、制汗スプレーを取り出す。汗が引くのを待ちたかったけど時間がない。スプレーを振り、手早く道着を身に付けて行く。

ズボンに足を通し、腰骨の位置で紐《ひも》を引き結ぶ。本当はフルコンのようにゆるやかで裾《すそ》の長いズボンが好みだったが、全空連のルールではズボンの裾は短い。

上着を羽織った後、最後に鏡の前で帯を締める。監督は道着の着こなしにも煩《うるさ》く、だらしない恰好《かっこう》で道場に入ろうものなら、「そんなに怒らなくてもいいじゃない」と思うぐらい厳しく叱《しか》られるのだ。

横向きに立ち、帯が前下がりになっているのを確認してから更衣室を出る。

道場では既に準備運動が始まっていた。部員達の掛け声を聞きながら、入室するタイミングをはかる。キリの良い頃合いを見計らって、引き戸を開けた。

「押忍《おす》！」

十字を切って、入室する。

「遅い！」

監督の声が道場内に轟《とどろ》く。

「申し訳ありませんでした！」と大声で返事する。

放課後、取材を受ける事は知らせてあったが、ここでは謝罪の言葉以外に発していいのは「押忍」と「はい」、「いいえ」だけだ。

監督は腕組みした姿勢を崩さないまま、こちらに目もくれない。

準備運動を終えた部員達は整列していた。私は簡単にストレッチをし、最後に伸脚で股《こ》関節《かんせつ》をほぐすと、その場に正座した。

正面の壁には『組手は華、形は魂』と、部訓が染め抜かれた紫紺の旗が架かっている。旗を見つめながら、体の前に両手を付く。

指は手刀の形を作り、背中を真《ま》っ直《す》ぐにしたまま上体を倒して行く。二つの手刀で作った三角形の頂点に額を近づけ、暫《しばら》く静止。心を静めた後、ゆっくりと体を起こす。

立ち上がった私は、列の一番後ろに付く。

「はい、十字切って！」

対面に立った上級生が号令をかける。拳《こぶし》を作ると身体の正面、顔の前で両腕を交差させる。

「押忍っ！」

気合いの声と同時に、腕を左右の骨盤の前まで素早く切る。

「移動基本！　中段追い突き、構えて！」

号令と同時に前屈立ちになり、前に置いた右膝《ひざ》を曲げ、重心をかけてゆく。後ろの左足を素早く動かせるようにだ。そして、右手拳は骨盤の横に構え、左腕を前に突き出す。

「エイッ！」

号令がかかると、内側に半円を描くように左足を動かしながら、右手で突き、一歩前進する。

「エイッ！」

今度は逆の足で同じ動きを繰り返し、左手で突く。

腕と足を入れ替えながら道場の端まで前進し、向きを変えて同じ動きを繰り返す。

追い突きの後は中段受け、下段払い、前蹴《まえげ》りと続き、中腰のまま休みなく移動を続ける。

うっすらと汗が浮かんだかと思うと、すぐに顎《あご》を伝う程になった。体重は戻せたものの、まだ練習が足りない。この程度で大汗をかいていては、真夏に開催される大会には勝てない。

体が思うように動かず、じれったい。

十年かけて培ったものは、たった二年のブランクでゼロになっていた。

私に残された時間は少ない。高校への進学が一年遅れた上、ぼんやりと過ごした空白の時間もあった。失った時間を必死で取り戻そうと、私は練習を重ねていた。

監督の視線を感じる。

今年の一月、「入部させて欲しい」という私に、監督は言った。

『今からじゃ無理。間に合わない』

その時の監督の表情が忘れられない。冷たく光る両目に射すくめられ、抑え切れない反抗心が沸き上がった。余程、そのまま踵《きびす》を返そうかと思った。

『確かに、中学時代の活躍は目覚しかった。だけど、あなたが休んでいた二年間、一日も休まずに練習してた子達がいる。あなた、その間に何をしてたの？』

答えられなかった。

涙が溢れ、正座した床の上にぽたぽたと落ちた。

追いうちをかけるように、厳しい言葉が投げかけられる。

『本気でやり直したいと思っているならプライドは捨てて、一からやり直すぐらいの気持ちで取り組みなさい』

つまり、高校の間は勝てないと思え。そういう事だ。

『強くなりなさい。外側に向かって発する強さだけではなく、自分の中にも強さを育てなさい』

頭上から次々と言葉が降ってきて、その一つ一つが、いちいち胸に突き刺さる。とめどなく溢れる涙は、悔しさからなのか、怒りからなのか、自分でもよく分からなかった。

だが、四十年近い空手歴を誇る監督の言葉は、どれも説得力があった。

四十年。

途方もない数字に思えた。

私は十年もしない間に挫折《ざせつ》し、取り返しのつかない所まで自分の体を緩めてしまったのだから。

監督に言われた通り、復帰後、初めての試合は最低だった。以前の私だったら考えられないような結果に打ちのめされ、学校での練習が終わった後も、結城道場に通って祖父に稽古《けいこ》をつけてもらう日が続いた。

道のりは楽ではなかった。

体に張り付いた脂肪だけでなく、精神面の甘えをそぎ落とす所から、やり直さねばならなかったからだ。自分を甘やかしたり、「ま、いっか」と誤魔化す習慣——、

学校帰りにお茶。

女友達とのお喋《しゃべ》り。

お祭りにカラオケ、男の子からのお誘い。

どれも、心から楽しいと思った事はないのに、痩《や》せ細った心を温める為《ため》に、私自身が求めたものだ。

「ま、いっか」と呟《つぶや》きながら。

だけど——。

もう一度生き直したい。

このまま、何もしないまま高校生活を終えたら、きっと後悔する。

観客席から傍観しているのではなく、私自身が舞台で輝くのだ。たとえ、中心に立てなくとも——。

「結城！　ぼんやりするな！」

びしり、と監督の鋭い声が飛ぶ。

「はいっ！」と負けずに返事する。

監督は腕組みしながら、列の合間を縫い、部員達の動きに目を配る。

形練習が始まると、「形を舐《な》めるな。組手は空手の華、形は空手の魂。魂なくして、美しい花は咲かない」と、叱咤《しった》する。

もう、何度も聞かされたセリフだ。

「よしっ！　十分休憩」

監督の号令で、ようやく動きを止めるのを許される。皆、汗だくになっている。

だが、私は休憩時間中も下級生と共に床の汗をモップで拭《ふ》いて行く。

入部から半年が過ぎた今も、私は春から入部した新入生と共に雑用を担っている。プライドを捨て、最初からやり直す為に。余計な事は詮索《せんさく》しないように躾《しつ》けられている下級生達は、私に何も聞かない。

私は特例だった。

摂北学院空手道部では現役の選手しか入部させないから、学年末に新規で部員を取った前例はない。だが、私の中学時代の戦績が考慮され、学長の許可を得て入部が許された。

私は壁に貼《は》られた模造紙を見る。そこに、黒々と書かれた文字を。

「目標！　インターハイ優勝！」

夜、着信音が鳴った。稽古でぐったりとした体を起こし、枕元《まくらもと》のスマホを取る。

『ワッホー！』

ゆりちゃんだった。

『大会まであと一ケ月、そろそろ緊張してきた？』

「緊張どころか、疲れて……」

だが、用件はそんな事ではなかった。

『仲直りした？』

ほんの数日前、インターハイ出場メンバーに選ばれたのにぐずぐずと悩む私に、サトシは激怒した。「代わってあげたい」などと、サトシのプライドを傷つける不用意な言葉を吐いたせいだ。

――このドアホっ！　お前なんか死んでまえ！　ボケが。

サトシの口の悪さには慣れているはずが、あまりの剣幕に私は泣いてしまった。

『あんまり、気にしない方がいいよ。サトシもちょっとイラついてただけだと思うし』

野球部も地方大会へと向けて強化練習が始まっていた。

既にベンチ入りメンバーが発表されたけど、その中にサトシの名はなかった。膝の傷は癒《い》えていた。それなのに、休んでいた間に投球フォームを忘れ、元通りのピッチングができなくなってしまったらしい。

怪我《けが》から復帰して以来、一度もベンチ入りできないまま、彼は二年生になっていた。

辛《つら》かった。

サトシがリハビリを終えて投球練習を始めた時には、自分の事のように嬉《うれ》しかった。空手を再開する勇気をもらい、私が恥を忍んで空手道部への途中入部を決意できたのも、サトシのおかげだ。それなのに――。

『せっかく選ばれたのに辞退するだなんて……。マスコミの取材も断りきれなかったんでしょ？』

私は頭を抱えた。

「復帰したばかりだし、まだ早いよ。それ以前に、私が選ばれた理由が分からない。予選でもいいとこなかったし、他にもっとうまい子がいるのに」

選ばれなかったメンバーの保護者達からは、「えこ贔屓《ひいき》だ」という声が出ていた。もっともだと思う。中途入部した私は、予選では足を引っ張る原因となっていた。そんな選手が引き続き、全国大会に出場するのである。

『それは見込みがあるからじゃないのー？　監督が想像してたより、短い期間で成長したんだよ。以前のワッホを知ってるんだから、そりゃあ期待するって』

「それが、贔屓だって言うの！」

『とにかく、決まった以上はがんばってね。あたしやサトシの分も』

ゆりちゃんはあっけらかんと言った。

二

遠目に野球部専用グラウンドを見ると、そこには昨年も見た光景が広がっていた。外で自主練習する選手達が一箇所に固まって、体を動かしている。ベンチから外れた三年生達で、グラウンド内に溢れかえる活気とは別に、そこだけ静かな、やりきれない空気が流れていた。

傍《そば》を通りかかった学校職員や生徒達は、決して彼らを直視しない。事情を知らない外部の人間だけが、物珍しげに彼らを見てゆくのだ。

彼らの目に留まらないように、大回りしながらグラウンドに近づく。白い練習用ユニフォームを着た選手達が、バッティング練習に入っていた。

慣れないうちは誰が誰だか見分けがつかないけれど、長身のサトシはすぐに見つかった。ファウルゾーンに設けられたブルペンではなく、グラウンドの中央、衝立《ついたて》のように立てたネットの向こう側にいた。バッティングピッチャーとして、レギュラーの練習を手伝っているのだ。

サトシが投げた球を、バッターが空振りした。サトシは帽子を取り、頭を下げた。

「申し訳ありませんっ！」

大声で謝罪するサトシに、えぐられるように胸が痛んだ。

ピッチャーの仕事はバッターを空振りさせる事だ。それなのに、謝らなければならないサトシの立場。今の彼の気持ちを考えると、たまらなかった。

——お前なんか死んでしまえ！

あれは私に向けただけでなく、やり場のない怒りから発せられた言葉なのだ。

その時、すっと誰かが傍に立った。

——やだ、誰よ？　気持ち悪い。

私が顔を向けたのと、相手が声を発したのが同時だった。

「どれがサトシ君だ？」

隣にお父さんが立っていた。

「な、何しにきたのよっ！」

「何って、お前がお世話になってるんだから、親が挨拶《あいさつ》に来るのは当然だろう」

こちらの戸惑いをよそに、フェンスに近づいた。

「ここに見にくるのも久し振りだなぁ」

「え？　見学に来た事あるの？」

お父さんは私の質問には答えず、フェンスに沿って歩いて行く。何をするのかと見ていると、そのままグラウンドに足を踏み入れた。

「ちょ、お父さん！　グラウンドは関係者以外立ち入り禁止だからっ」

だが、構わずベンチの前に佇《たたず》んだ。

——あーあ。もう、知らないから。

気配を感じたのか、コーチが振り返ってベンチの方を見ていた。怒鳴られるかと思ったが、お父さんを見ると帽子をとって会釈した。私の時とは全く態度が違う。

——何よ。女は駄目で、男ならいいの？

昨年の夏、サトシを探してグラウンドに入ってしまった時の事を思い出す。怒鳴られた挙句、私は混乱して泣いてしまい、最後は笑われた。

「おーい、和穂。そんなとこに立ってないで、お前も来なさい」

お父さんの声に、皆が振り返って見ている。

——自分の親って、恥ずかしい。

私は体を縮めるようにして、木陰へと移動した。

やがて、打撃練習が終わり、レギュラー陣が引き上げて行った。大会前だから、余分な練習はしない。皆で手分けして、グラウンドのそこかしこに飛んだ球を集めて回り、それが終わると控え選手達の練習が始まる。

お父さんは監督と話していた。こちらに背中を向けているので表情は見えないが、顔見知りのように親しげな雰囲気だ。

既に、部員達はキャッチボールを始めている。何を思ったのか、お父さんはそちらに向かって歩き出した。

——まさか、まさか。

「おーい、サトシ君っていうのはどの子だ？」

お父さんの声がグラウンドに響く。

サトシが振り返り、「自分です」と手を挙げた。お父さんは走り寄ると、サトシに何か言っている。許しを請うように、監督を振り返るサトシ。頷く監督。

お父さんはサトシの相手をしていた部員からグラブを受け取ると、そのままサトシの対《トイ》面《メン》に立った。

キャッチボールが再開される。

サトシが近距離から投げた球を、お父さんは取り損ねた。グラブを弾《はじ》いた球が後ろに転々と転がってゆく。

――もう、何やってんのよー。練習の邪魔をして。

ハラハラしながら見ていると、監督が怒鳴った。

「こらー、真面目《まじめ》にやれー！」

だが、顔は笑っている。

――何なの？　この人達。

定位置に戻ったお父さんは、緩く放《ほう》る。受けたサトシは、躊躇《ためら》いながら返球した。お父さんも今度はちゃんとキャッチできた。そして、捕球後、グラブの中のボールを素早く摑《つか》むと、今度は鋭い球を放った。サトシのグラブが心地いい音を立てる。サトシもテンポ良く、捕球後にボールを瞬時に持ち替えて送球する。

何度か繰り返すうち、リズムが合ってきた。

――へえ、やるじゃない。

サトシとお父さんは、段々と距離を開けて行く。調子にのったお父さんは、うんと距離を開けると、ステップを踏みながら投げた。美しい線を描きながら、球はサトシのグラブに吸い込まれる。周囲でさり気なく様子を見ていた部員達も、手を止めて見入っていた。

「いい球だぞー！」

監督が両手をメガフォンがわりにして声を出す。相変わらず、お腹が太鼓のようだ。負けじと、サトシも矢のような返球をした。やがて、お父さんはグラブを返すと、走って戻ってきた。

「もうへバったんか？」と、監督にからかわれている。お父さんが「煩いなっ！」と言い返したから、ヒヤヒヤした。

「目に埃《ほこり》が入ったんだ！」

監督に向かって捨てゼリフを吐くと、そのままグラウンドの外に出てきた。目をしょぼしょぼさせている。

「お父さん、監督と知り合いなの？」

お父さんは、そのままトイレに走って行く。コンタクトレンズを直しに行くのだろう。ようやく戻ってきたと思ったら、サトシに目をやった。

「いい子じゃないか。来春、間に合うといいな」

「勝手に調べたの？　サトシの事」

詮索好きにも程がある。

「何を怒っているんだ。娘が付き合ってる相手だ。気になるじゃないか」

「馬鹿っ！　彼氏じゃないったら。それに、野球部は男女交際禁止なのよ。監督に余計な事を言ったら承知しないからね！　怒られるのはサトシなんだから！」

「監督だって知ってるんじゃないか？　口で煩く言ってるだけで、黙認してるさ。何でもかんでも厳しくすればいいってもんじゃない。息抜きも必要だ」


「びっくりしたわ。いきなり、お前の親父《おやじ》って」

さすがのサトシも呆《あき》れたようだ。

「せやけど、空手で鍛えてるだけあって、えぐい球、投げるわー」

「えー、本業は工務店の社長だよ」

道場と同じく、代々、続いている家業だ。

「お父さん、何か言ってた？」

「ん？　まぁ、色々。焦るなとか」

溜《た》め息《いき》が出た。

「いつもの事なの。お父さんってもんの凄《すご》い詮索好きで、和央ちゃんにも怒られてるのに治らない。気にしないでね」

自転車を押すサトシと並んで坂を下る。辺りに人がいないのを確かめると、サトシは声を落とした。

「で、インターハイには出るんやな？」

この間、喧嘩《けんか》の原因になったのに、サトシは話を蒸し返した。

「取材も受けたんやから、もう逃げられへんで」

「怖いの。本当に私なんかでいいのかなって。嫌でも注目されるし……」

強くなるんだ。

そう決意したものの、道は険しかった。怖いもの知らずだった二年前と比べて、私自身も臆病《おくびょう》になっている。

「昔の事、まだ気にしてるんか。外野の言う事なんか放っとけ」

「でも……」

――また、誰かに嫌がらせされるかもしれないんだよ。

心なしか最近、部員達の視線が冷たかった。顔や態度に出さないものの、彼女達の目に浮かんだ激しい感情が私を痛めつける。

〈お前、ムカつく〉
〈うざい〉

〈消えろ、死ね〉

何処《どこ》からかそんな声が聞こえた気がして、はっとする。

「メンバーから漏れた部員の中には、私より有力な選手だっていたの」

「因縁でもつけられたんか？」

私は首を振った。

「でも、多分、何か言われてる。雰囲気で分かる」

「具体的になんかされた訳ちゃうんやし、気にしたってしゃーないやんけー。そういうのん被害妄想てゆうねん」

「だったら、サトシはベンチ入りした部員達に何の感情もないの？　悔しいでしょ？　平気じゃないでしょ？」

「それとこれとは別じゃ！　今、問題になってるのはお前の事やろがっ！」

サトシは「ふうっ」と溜め息を漏らした。

「なあ、俺なんか、家族に裏切られたんやで」

あまりにあっさりとした言い方だったから、危うく聞き逃すところだった。

「え、家族って？」

「一コ上の姉ちゃん」

「お姉さん？」

サトシに姉がいるのは、初めて知った。

「あの頃、家は俺を中心に回っとったからなあ」

中学生の頃の話を、サトシは始めた。

「週に三日は野球の練習があったし、休みの日は試合や。親は、朝の早くに俺を送らんとあかんし、家に帰れるのも夕方。姉ちゃんは野球にも弟にも興味なかったから、家で一人で留守番や。いつ見ても、つまらんそうな顔してたな」

サトシは歩くスピードを緩めた。ちょうど、トンネルにさしかかる。明るい時間でも一人で歩くのが気持ち悪い場所だ。

「俺、ほんまは大阪の高校に推薦入学する予定やってん。しょっちゅう、甲子園に行ってる学校や。ちょうど、家から通える場所やったし」

そこにはスポーツ科があり、野球だけでなく各種競技の有望選手が集まると言う。

「せやけど、そこに行くて決めた途端、姉ちゃんが手首を切ったんや」

はっと胸を突かれ、思わず自分の手首を隠していた。

「傷は浅かったし、今から考えたら、ほんまに死ぬ気はなかったんやろ。せやけど、大騒ぎになったし、俺もびっくりした」

「それ、理由を聞いてもいい？」

「聞いてもつまらんで」

「手首を切るぐらい思いつめてたのよ。つまらないで片付けないで！」

私の勢いに気圧《けお》されたのか、サトシは言い返してこない。

──お姉さんが手首を切ったのが、何故《なぜ》、裏切りなんだろう? サトシが私に対して怒っているのは、私も同じような事をした過去があったから?

サトシが黙り込んだせいで、余計に色んな考えがぐるぐると頭の中を回っていた。

別に死にたかった訳じゃない。

どうしていいか分からなかっただけ。

ちょうど今、歩いているトンネルと同じ。あの時、私は出口の見えない場所を一人で歩いていたのだ。

愚かに思えるかもしれないけど、あの時には、他に解決方法が見つからなかった。自分が酷《ひど》く傷ついている事を、誰かに分かって欲しかった。

初めて手首を切った瞬間、気持ちがすっとした。傷口から溢れた血は、すぐに固まってしまったけれど、体の中でぱんぱんに膨らんでいた何かが、一緒に流れ出たような気がした。

だけど、次第にそんな自分に自己嫌悪を抱き始めた。自傷がおさまった今でも、あの生々しい感情は残っている。そんな過去を背負っている自分に、心底疲れているのだ。

どうしていいのか、解答も見つからないまま──。

トンネルを抜けると、眼下に駅前の風景が見える。目の前が開けた途端、車のクラクションと町の喧騒に囲まれる。

ようやく、サトシが口を開いた。

「姉ちゃん、俺が入学するはずやった学校の、普通科に通ってたんや」

「そう……なんだ」

お姉さんの気持ちが、何となく分かってしまった。

同じ学校に入れば、今度は同級生達がサトシに注目する。自分ではなく、弟を目当てに近づいてくる人間も現れるはずで、それが面白くなかったのだ。

あまりに幼稚で自分中心な動機だが、本人にとっては切実だったのだ。

「でも、野球まで辞める事なかったんじゃない？　他の学校からも誘いは来てたんでしょ？」

「俺も色々あってな。売り言葉に買い言葉。アホな事したわ」

「野球は、もうええわ」と、わざと野球に力を入れていない高校に進学したと言う。

「せやけど、やっぱり忘れられへんかった。中学ん時に世話なったチームの監督に相談したら、摂北学院やったらいけるかもしれへん、監督と知り合いやからって言われて。……せやから、中退して一年遅れで摂北に入りなおしたんや。こっち来たら、家族とも顔を合わせんで済むし」

高野連の規定で、三年生の選抜大会までしか出場できないのだから、余程の決意だったに違いない。失った一年を、サトシがどれほど悔いたかも。

「お姉さんとは、どうなってるの？」

「別にどうも。普段は顔合わせへんし、休みとかで帰った時も普通にしてる。姉ちゃんも忘れてるんちゃう？　前より明るなったし」

「許せるの？」

「しゃあないやん。相手は家族なんやし。そんな事より、今は怪我で遅れた分を早く取り戻したい」

いつもより饒舌《じょうぜつ》なサトシに、ふと違和感を覚える。

「もしかして、お父さんに頼まれたの？」

図星だったようで、サトシは黙り込んでしまった。

唐突にお父さんがグラウンドに現れた事が、心に引っ掛かっていた。いくら娘が心配でも、不自然過ぎる。

「監督も結託してるんでしょう。お父さんと親しげだったし」

「おいっ！」

凄んだ声を出すサトシ。

「親父さんがお前を何とかしたろうって考えてるのに、その態度は何や？」

「やっぱり！」

「何が、やっぱりや！　俺かて自分の家庭の恥を晒《さら》したんや。辛いんは、お前だけちゃう！」

「私、サトシみたいになれない。それに、……和央ちゃん達と同じようにできない！」

子供の頃からずっと注目されてきた。試合会場に行くと、皆が言う。

『へぇ、結城って、あの結城？』

たとえ二年のブランクがあっても、珍しい姓だから気付かれてしまうだろう。出場する以上、無様な試合はできない。

「私、団体戦の一人で、……七人いるうちの一人で、試合に出場できるかどうかも分からない。なのに、わざわざ取材までされたんだよ！　もっと強い子はいるし、負けるかもしれないのに。ううん、その前に発作を起こすかもしれない。大勢の人の前で……」

サトシは突然、立ち止まった。

そしてサドルに跨《また》がった。

いつもなら、「乗れよ」と言われる場面だったが、物凄い顔で私を睨《にら》みつけてきた。

「ほんま、ムカつくわ。もっかい聞くで。空手を続けるんか、辞めるんか。どっちやねん」

「……辞めるかもしれない」

サトシはバッグに手を突っ込むと、白っぽい物を差し出してきた。

それが何か分かった途端、頬《ほお》に血が上る。

捨てたはずの必勝マスコットだった。

——もう、お父さんのお節介！

背中には「SATOSHI」とフェルトを切って縫い付けてあるから、一目で彼の為に作ったものだと分かる。

「これ、背番号『1』で作り直してや」

サトシの顔は怒ったままだ。

「え？　作り直すの」

思わず聞き返していた。

「せやから、エースナンバーや」

「決まったの？」

「アホ。そんなはずないやろ」

「そ、そうだったよね」

現在、サトシはベンチ入りすらしていないのだ。

「せやけど、この秋、俺は絶対にマウンドに立つ」

春のセンバツの選考を兼ねた大会は十月に始まる。サトシは、そこでベンチ入りしようと目論《もくろ》んでいるのだ。一年遅れで入部したサトシに夏はない。一足早く、彼には最後が訪れるのだ。

マスコットが私に向かって投げつけられる。

「ここまでデカいのは恥ずかしいから、ついでに小さめに作り直してや。ショルダーバッグにぶら下げられるように、紐もつけて」

荷台に載せたバッグを指差す。黒地に白で「SETSUHOKU」と染め抜かれたエナメルバッグを。

「俺も死ぬ気で頑張る。せやから、お前も頑張れ」

「な、何が死ぬ気よ。それに、今のが人にものを頼む態度？　絶対にイヤ！」

いつもなら倍にして言い返してくる場面なのに、サトシの顔がすっと冷たくなった。

「ほんなら、お前とも今日で終わりやな。新しい男、見つけや」

サトシは自転車を逆方向にむけると、立ち漕《こ》ぎで坂を登ってゆく。瞬く間に姿が見えなくなった。

残された私は、呆気《あっけ》にとられていた。

——新しい男って……。彼氏のつもりだったの？

置き去りにされた事より、意外な言葉に驚いていた。


家に帰ると、和央ちゃんがいた。

テーブルにはお母さんの大皿料理が置かれ、小皿と箸《はし》が準備されていた。和央ちゃんは嬉しそうに、取り皿に料理を積み上げているところだった。

彼女の数少ない趣味が、食べる事だ。

冷蔵庫のお茶をグラスに注《そそ》ぎ、そのまま二階に持って上がろうとしたら呼び止められた。

「和穂ちゃん、今日、お父さん、学校に行ったでしょ」

サトシの言葉を思い出し、ニヤニヤしながら幸せを噛《か》み締めていたのに、いきなり現実に引き戻された。

「来たわよ。もう、最悪」

事の顛末《てんまつ》を話す。

「えー、野球部のグラウンドにまで入り込んで？　しょうがない爺《じじ》ぃだなぁ」

「いつの間にか、監督と知り合いになってんの。だからね、コーチも注意しないのよ。私がグラウンドに入った時はカンカンに怒ったくせに」

ついでに、サトシの事を話そうかと思ったがやめた。和央ちゃんには何でも話せるけど、サトシとの間柄については内緒にしていた。そして、今は自分の中だけで大事にしていたかった。

「それより、和果ちゃんから聞いたよ。あんた、出場を辞退したいって言ったらしいね」

「あぁ、また、その話？　後にしてよ」

今は話せる気分ではなかった。

「無責任じゃん。せっかく選ばれたのに」

無視してると、和央ちゃんが大声を出した。

「拗《す》ねてんじゃないわよ！　試合に出るつもりないんなら、最初っから入部しなけりゃいい。人騒がせな」

「放っておいて」

「和穂ちゃん。あんた、何か隠してない？」

「別に、何も」

「強がらなくっていいの。前だって、それで失敗したじゃない。意地張ってブログ続けて……、病気にまでなって」

「やめてよ！」

「もっと早くにお父さんや私達に相談してくれてたら、ブログを閉じるように忠告できたのよ」

こういう時の和央ちゃんは容赦ない。

「バッカみたい。一人で意地張ってウジウジして、物事は少しも解決しない。いい？　一人で生きてるつもりにならないの。みんな、心配してるんだから。ね！」

黙りこんでしまった私の前に、すっと差し出されたものがあった。

Ａ４サイズの紙に、サイト画面がそのままコピーされていた。そこには最新の日記が印字されている。

〈拝啓　17歳の私〉

〈どっかの高校野球部が、体罰で試合禁止だって。先輩が後輩を殴ったなんて、誰がチクったんだろう。そんなの、どこでもやってるのにね。でも、ワッホーがお酒飲んだり、男の子とお泊りデートしたってバレたら、みんなも試合に出られなくなるのかなー？　部活大嫌いだけど、人に迷惑かけるのは辛いな。やめちゃおっか。あーあ、毎日、面白くない事ばっかか〉

体が震え、同時に涙が溢れた。倒れそうになるのを、和央ちゃんが抱き止めてくれた。

「それ、私じゃないの。私じゃないのに……」

激しく首を振るうち、息が苦しくなる。和央ちゃんはすぐに私の異変に気付いた。

「落ち着いて。ほら、お医者さんに呼吸の方法を習ったでしょ？」

言われるがまま、息をゆっくりと吐き出して行く。

「大丈夫？」

「うん、何とか」

過呼吸は起こらずに済んだ。

「よし、偉いぞ」

頭を撫《な》でられる。

「何か、心当たりある？」

私は首を振った。

「分からない。分からないの。誰がやったのか。私、私ね、野球部に友達がいるの。女子に人気のある子だから、それを良く思わない子かもしれない」

「ありがちな理由だね。いかにも女の子がやりそうな事。学校とかで何か言われない？このブログの事」

「まだ、広まってないと思う。でも、雑誌が発売されたら……。記事を見た誰かが、私の事を検索したら……」

「このブログのせいだね？　出場を辞退しようって考えたのは」

和央ちゃんは私の顔を覗きこんだ。

「いーい？　和穂ちゃんはお酒が駄目な体質だから、ここに書かれた内容が問題になったとしても、ちゃんと医師の診断書を付ければ対抗できる。だって、なりすましなんて、ネットの世界では、よくある事だもん」

彼女の言葉はいつも以上に力強い。

「警察は動いてくれないと思うけど、弁護士に相談することはできる。みんな、和穂ちゃんの味方だからね。私も、和果ちゃんも、お父さんも」

そして、ぎゅっと抱きしめてくれた。温かい腕とふくよかな胸が心地良かった。

「いざとなれば友達に協力してもらって、和穂ちゃんと彼女にしか分からない事を突き付けてやればいい。なりすましには絶対に答えられないような事をね」

あぁ、そういう方法もあったのだ。

一人で悩まず、誰かに相談すれば良かった。そんな簡単な事すら思いつかないほど、私は不信感を募らせていたのだ。

涙が頬を伝う。

——ありがとう、ありがとう、和央ちゃん。

玄関から鍵を開ける音がした。

お父さんとお母さんがお客さんを連れてきたらしく、何か喋《しゃべ》っている。

和央ちゃんは私に「ここで待ってて」と言うと、リビングを出て行った。暫くして、玄関から和央ちゃんの声が聞こえてきた。

「久し振りね。裕希《ゆうき》」

お客さんの声は聞こえず、お父さんもお母さんも低い声で話していたから、和央ちゃん一人で喋っているように聞こえる。

「で、彼女は罪を認めたのね」

――罪？　何の話？

私は扉の傍へと行き、耳をそばだてた。隙間《すきま》から覗くと、女の人が項垂《うなだ》れているのが見えた。化粧をしておらず、髪はゴムで一つに束ねられていたから見違えたが、蝶のタトゥーに見覚えがあった。

――え？　宇賀神さん？

顔を確かめようとした時、お父さんが扉の前に立ちふさがった。

「あぁ。だが、お前とも話し合った方がいいと思って、連れてきた」

お父さんの言葉に、和央ちゃんは満足げに言った。

「さすがだわ、晴人。ご苦労さん」

三

開会式の準備が整えられた会場は、整然として美しかった。

白と青のマットで組み立てられたコート、得点ボード、記録係のテーブル。全て、一糸乱れぬ形で並んでいた。

私は深呼吸をし、誰もいない会場の空気を吸い込む。今はまだ空気が澄んでいた。

試合会場の空気は、試合が進むにつれて選手達が流す汗と熱気、応援団や関係者の様々な思いが入り混じって淀んでゆく。明るく、華やかな感情ばかりではない。競争の陰で生み出される暗い感情も、そこには混じっている。

「もしかして、和穂ちゃん？」

後ろから声が聞こえた。

すぐには分からなかったけれど、帯に刺繍《ししゅう》された名前を見て気付いた。中学時代、何度か試合で一緒になった子だった。

「わぁ、久し振り」

手をとり合って再会を喜んだ。

「此友じゃないんだ」

私の胸元を見ながら言う。

「うん。色々あってね。みんなとは違う学校に入ったの。一年遅れて」

「そうなんだ……」

不思議そうな顔を見せたが、今、ここで話すような事でもない。

「白川《しらかわ》さんは？　白川由里奈《ゆりな》。仲良かったじゃん」

今度はこちらが口ごもる番だった。ゆりちゃんは今回、この会場に来る事ができなかった。

「あ、負けちゃったんだ」

「うん。でも、応援には来てくれると思う」

「そっか。私も和穂ちゃんには、いつも負けっぱなしだったよね」

懐かしそうに細められた目が、私に向けられる。

「でも、今回は負けないわよ」

「私だって」

お互いの拳《こぶし》を突き合わせた後、私はその場を離れた。

開会式の時間が迫り、段々と人が増えて行く会場を見ながら、私は選手控え室へと向かった。

通路を行き交う人の中には、知った顔は少なかったし、誰も私を気にしている風には見えなかった。

ぽんと、後ろから背中を叩《たた》かれる。

「和央ちゃん。……お母さん」

同じ顔が二つ並んでいた。いや、和央ちゃんの体の横幅は、お母さんの倍近くはあった。

初めて会う人は双子とは気付かない。

「和穂。ここでは『監督』と呼びなさい」

厳しい口調のお母さんに対して、和央ちゃんは「いいんじゃないの？　周りに誰もいないし」と大らかだ。

「そんなだから、和央ちゃんのチームは負けたのよ」

「言ってくれるじゃない。ダイアナだって年を取ったのよー。孫が産まれてから、すっかり好々爺《こうこうや》になって、練習中にニコニコしてたり」

穴吹先生は、もう三十年以上、此友学園を率いている名監督だ。何故かは分からないけど、二人とも監督を「ダイアナ」と呼ぶ。何度聞いても、意味を教えてもらえなかった。

「ダイアナにも一応、面子《メンツ》があるから」と言って。ゆりちゃんに聞いても「さぁ」と笑っているだけだった。

その時、「結城監督ー」と呼ぶ声がした。

「ほら、和果ちゃん、行っといで」

和央ちゃんは、お母さんをひじで小突いた。小走りで呼ばれた方に向かったお母さんは、背広を着たおじさん達に紹介され、挨拶《あいさつ》を交わしていた。

「あーあ、監督って大変」

「和央ちゃん、今年は何もしなくていいの？」

「言ってくれるじゃない」

拳でわき腹を軽く小突かれる。

「ま、白川がアレだったからなー。大事な試合を控えて、彼氏に会いたいからって理由で休む？　しかも、最後の夏だよ？」

ゆりちゃんは予選を控えているにもかかわらず、大学生のカイトにスケジュールを合わせる為、三日間部活を欠席した。完全に開き直っていたのか、見え透いた嘘《うそ》すらつかなかったという。

「一人が和を乱すような事すると、全体の士気が下がるじゃない。だいたい、此友にとって『ゆり』って名前は鬼門なんだ」

そのせいかどうか、此友学園は予選では精彩を欠いていた。

部活よりカイトとの恋愛を優先した事を、ゆりちゃんはいつか後悔するだろうか？

いや、今の彼女には空手よりも大事なものがある。卒業したら、カイトと同じ大学に進学すると言っていた。スポーツ特待生としてではなく、一般学生として受験する予定だ。

勿体《もったい》無いと思ったけれど、本人が決めた事だ。私が口を挟む事ではない。

それに、ゆりちゃんなら「ま、いっか」と、軽やかに受け流して、新しい目標を見つけるだろう。わざわざ宇賀神さんの話を持ち出して、「後悔する事になるよ」とか言いたくない。

そう。

ゆりちゃんと宇賀神さんは違うし、彼女には宇賀神さんのような激しさはない。

私は拳を握り締めた。

あの夜、家に連れてこられた宇賀神さんは、和央ちゃんと二人で話し合っていた。私は二階の自室へと追いやられたから、どんな話し合いがあったのか、詳しくは分からない。一瞬だけ目にした彼女は、いつもの潑剌《はつらつ》さが消え、若作りが痛々しく映った。そこにいたのは、ただの疲れた中年女性だった。

「今日、宇賀神さんは取材に来ないよね？」

「分かんないよぉ。仕事だったら来ない訳にはいかないし、懲りない奴だからね」

怒りに任せて、「あの婆《ばば》ぁ」とののしると、和央ちゃんが笑った。

「あはは、きついわよ。裕希は私と同じ独身女性なんだから、婆ぁは止《や》めてあげて」

笑うと、顎が首にめり込んだ。

和央ちゃんも若い頃の写真を見ると細くて綺麗《きれい》だったのに、ぽっちゃり太った今は何処にでもいる中年女性だった。でも、若さにしがみつく宇賀神さんより、和央ちゃんの方がずっと素敵だ。

私は和央ちゃんの二重顎を見ながら、あの夜の出来事を振り返った。

＊

「いい？　裕希。今度やったら、警察に突き出すからね！」

こっそりと階下へと降り、和央ちゃんと宇賀神さんの話し合いを盗み聞きしていると、和央ちゃんの声が轟いた。

宇賀神さんの不敵な声が聞こえる。

「全く、あんたって、昔っから変わってないわねぇ。その正義ヅラ見てると、吐き気がするわ」

「へぇ、そんな事を言える立場なのかしら？」

「何処へでも出てってやるわよ！　どうせ失《な》くす物なんか、なんにもないんだから」

これから起こる修羅場を想像した私は、ぎゅっと拳を握った。お父さんとお母さんは道場へ向かっていたから、家には和央ちゃんと宇賀神さんの他には、私しかいない。いざとなったら和央ちゃんに加勢するつもりでいた。

だが、その後の会話が聞こえなくなり、扉に耳をくっつけると、すすり泣くような声がかすかに聞こえてきた。泣いているのは一人ではない。

和央ちゃんと宇賀神さんは、二人揃って泣いていた。

「ごめん。ごめんね」

どちらの声かは分からないが、泣きながら謝っている。まるで、喧嘩をした子供が、仲直りしようとしているかのようだった。

聞いてはいけない気がして、私はそっと二階へと戻った。

やがて、階下の動きが慌しくなった。玄関の扉が開き、閉じる音がする。二階でじっとしていると、「和穂ちゃん、降りといでー」と呼ばれた。

宇賀神さんは帰った後だった。

私は和央ちゃんと遅い夕飯をとった。お母さんが作った料理を取り分け、炊飯器からご飯をよそい、味噌汁《みそしる》を温めた。

「私と和果ちゃん、裕希の三人は小学生、中学生大会と団体形で全国制覇したの。結城と裕希で『トリプル・ユウキ』なんて寒いネーミングを付けられてね」

食べながら、和央ちゃんは自分の子供の頃の話を始めた。

特に宇賀神さんは個人形でも優秀な成績を収めていたらしい。

「そんな事、ちっとも知らなかった。何で教えてくれなかったの？」

気まずそうにする和央ちゃん。

「まぁ、色々とあってね。裕希も中学の途中で空手を辞めたし。ちょっと避けてたって言うか。昔の友達とか仲間って、子供の頃の余計な事を知ってたりするじゃん？」

宇賀神さんの後釜《あとがま》には、道場仲間が入れ替わり立ち替わり立ったものの、その頃には最盛期の勢いは見る影もなくなり、勝てなくなっていたらしい。

「過渡期だったと思うんだよね。女性特有の変化とか、メンタル面の諸々《もろもろ》とか。それに、反抗期って言うの？　大人の言う通りしたくなかったり。ねぇ、急に仲間がうざくなったりしない？」

「分かる、分かる」と相づちを打った。

和央ちゃんとは親子ほど年が離れているのに、私の気持ちをよく分かってくれる。だから、私は和央ちゃんには何でも話せる。

それなのに、お父さんに言わせると、「和央はガサツで大雑把」なのだ。

男って本当に分かってないなって思う。口の悪さやガサツな態度も、照れ臭さの裏返しなのに。和央ちゃんがどれほど相手を思いやっているか、私にはよく分かる。

「ねえ。和央ちゃん」

「なあに？」

食べるのに忙しく、生返事だ。

「宇賀神さんは空手を辞めた後、どうなったの？」

「フリーのスポーツライターになったのよ」

脱力した。

「そんなの分かってる。じゃなくて、空手を辞めた直後よ。有望な選手だったし、余程の事情があったんでしょ？」

「やっぱり晴人の子ねー。何でも知りたがる。好奇心旺盛でよろしい」

褒められても、ちっとも嬉しくない。

「じゃあ、裕希が道場を辞めた理由から説明してあげる」

そう言って、お茶を一杯飲んだ。

「裕希って目立つタイプじゃない。あの当時から、言いたい事をはっきり言う子だった。あれが嫌いって子達がいたの。で、中学二年の時だったかな。どうも、道場仲間に苛《いじ》められてたみたいね」

「あの宇賀神さんが？」

「三十年も昔の話だから、ネットもブログもなかったでしょ？　嫌がらせの手紙を書いたり、皆でシカトしたり、人目のないとこで取り囲んで吊《つ》るし上げたり。もっと陰湿な事もされてた。裕希はね、落書きされた写真を自宅周辺に貼られたらしいの。子供っぽいのよ。『バカ』って書いたり、顔に落書きしたり」

写真と聞き、頭に血が上った。

「昔の事だし、子供の人権とか煩く言われない時代じゃん。父はもみ消したのよ。ほら、騒ぎを大きくしたら、道場の評判が悪くなるから。犯人も分からずじまい。裕希のご両親も、『お世話になってるから』って裕希に我慢させようとしたみたい」

怒りで体が震えた。

「なんて、卑怯《ひきょう》な。和央ちゃん、助けてあげなかったの？」

「バーカ。そんな事したら、火に油を注ぐようなもんよ。裕希は昔っから異様にプライドが高くて、人に弱みを見せたり、本音を言う奴じゃなかったから。同情されるなんて、真っ平だったはずよ」

ふと、「本当にそうなんだろうか？」と考えた。

本当は、助けて欲しかったんじゃないかと。

「それに、裕希も本音では、団体形なんか馬鹿らしいって思ってたんじゃない？　個人でも成績を残してたんだもん。『そんなに邪魔だったら出て行ってやるわよ』ってね。他の道場から勧誘されてたみたいだし、こっちはこっちで私達と組んで団体に出たいって子達は大勢いたからさ」

「でも、勝てなくなったんだよね？」

「そう。皆、勘違いしてた。私達の団体形が強かったのは、裕希がいたからなのに、『結城家』のブランドの威光だって考えてた。たまに勘違いした審判が高評価してくれた事はあったけど。とにかく、裕希がいなくなって、私達は勝てなくなってしまった。……凄く悩んだし、焦ったわよ」

「嘘みたいな話。だって、和央ちゃんの高校時代の成績、凄いよ」

インターハイ二連覇。選抜大会優勝一回。

和央ちゃんの輝かしい栄光だ。その後もナショナルチームの一員として活躍したのに対して、宇賀神さんの名は何処を探してもなかった。

「一応、都内の西北高校に進学して、空手道部に入ったんだよ。あまりいい噂は聞かなかった。すぐに中退したしね。暫く、外国に行ってふらふらしたり。その時期にアルバイトで出版業界に入ったのが、スポーツライターになるきっかけだったと思う。私達が部活に励んでる間に、大人に交じって働いてたのよね。これ見よがしに派手な恰好して取材しに来たり。本人が満足してたら別にいーんだけど」

和央ちゃんは新たに料理を盛る。食べて、喋って、本当に忙しい。

「でも、あの時期に、やるべき事をやらなかったって後悔が、ずっと裕希の中にはあったんじゃない？　アスリートとしての前途が開けている子供を見るのが、辛かったんだろうねぇ。もうやり直せない年齢だし。だからって、人の足を引っ張るのもどうかと思うけど」

自宅に連れてこられ、項垂れていた宇賀神さんを思い出す。醜いと思ったけれど、段々と可哀相《かわいそう》に思えてきた。

暫く無言で食事する。

食べ物を噛む音だけが、静かなリビング内に響く。

「高校三年生の時、私がいた空手道部の仲間達の身に突然、災難が振りかかったの」

和央ちゃんは順を追って説明した。

「試合会場の更衣室で盗撮された写真が雑誌に掲載されたり、飲酒喫煙してる写真が全校生徒の家にバラ撒《ま》かれたり。もちろん、直接本人にも送りつけてた。そのせいで動揺して調子を崩した子もいた」

和央ちゃんは、一枚の写真を取り出した。

古びて、変色した白黒写真を。

「当時、あんたのお父さんが撮影した写真よ。さあ、間違い探し。ここに一人、ルール違反してる人がいるの」

私は写真の隅から隅まで見た。

そして、見つけた。メンホーを被《かぶ》ったまま、コートの脇を歩いている人を。普通、会場でメンホーを被ったまま歩く選手はいない。

「この選手がどうしたの？」

「更衣室での盗撮があった時、選手と同じ恰好をして忍び込んだ人間がいたのよ。でも、顔を見られたくなかったんでしょうね」

「何故？」

「これは裕希よ」

「えっ？」

写真をよく見ようとしたが、メンホーに隠されて顔が分からない。

「こっちで不思議そうに見てる子がいるでしょ？　この子が西北高校の選手。裕希は部活時代の道着で変装して会場に紛れ込んだから、彼女は不審に思ったんでしょうね。何故、いるはずのない選手がいるのかって。裕希は選手に化けてうちの部員を盗撮して、写真を雑誌に送りつけた。もちろん、中学時代の仕返しよ」

だが、違和感を覚えた。

宇賀神さんは空手経験者だ。ルールは知っていたはずではないかと。

「彼女がやってたのは形《かた》だけなの。おまけに、父の道場では子供に組手をやらせてなかった。骨格が完成する以前の子供にやらせるのは危険だからって。組手を始めるのは十五歳になってから。今から考えたら嘘みたいだけどね。裕希がうちを辞めた後、何処に行ったかは知らないけど、女子に組手をやらせる道場だって今ほどは多くなかった。だから、裕希は組手のルールを知らないまま、空手を辞めてる可能性はあった」

　そして、こんな滑稽《こっけい》な場面を写されたのだ。

「そりゃあ、何処でも入りたい放題だったでしょ。この写真を見た時、私ね、裕希が本当に可哀相になったの。晴人は一連の盗撮事件について調べようとしてたけど、私は止めた。関わるなって。関係ない人間にほじくり返されたくなかったし」

「でも、お父さんは知ってしまった」

「そう。ああいう性格だからね」

　高校生の時から、お父さんは変わってないのだ。

「調べるの、大変だったと思うよ。今だったらネットで簡単に検索できるけど、当時は雑誌のバックナンバーを調べたり、人に聞いて回るしかなかった」

　わざわざスポーツ図書館に行き、和央ちゃんとお母さん、宇賀神さんが三人で演武している古い写真を見つけてきたと聞き、私は呆れた。

「だけど、やっぱり晴人も裕希を可哀相に思ったみたい。裕希を追及せずに終わった。つまり、お目こぼしをしてあげた訳。それなのに、裕希は今度は和穂ちゃんを狙って、ブログに嫌がらせのコメントを書いたり、写真をネットに流したり、挙句にはなりすましブログを立ち上げたり……」

「私、やっぱり納得できない。いい大人が子供相手に、そういう事するのって」

　ましてや、宇賀神さんは落書きされた写真を貼り出されて恥ずかしい思いをしたのだ。

自分がされて傷ついた事を、何故、人にするのだろうか？ 裕希は過去の自分を克服していない。

「和穂ちゃんも私達の年齢になれば分かるよ。裕希は過去の自分を克服していない。だから、大人じゃない。中学生のまま時間が止まってるの。きっと、和穂ちゃんの写真を晒したり、偽のブログを書き続けた動機なんて、裕希自身にも分かってない。自分の本当の気持ちを偽って、ちっぽけなプライドに拘《こだわ》って生きてきた奴だから」

そう言う和央ちゃんは、少し寂しそうだった。

「何処で離れてしまったんだろう。私達は空手が大好きな、ただの三人の子供に過ぎなかったのに。……大人にならない方が良かった。そう思う時がたまーにあるんだ」

和央ちゃんの呟きは、独り言にも聞こえた。

＊

「そろそろ開会式の時間よ」

和央ちゃんの声で、我に返った。周囲に人が増えていた。

「来年は私、クビかもね。ダイアナも定年だからヤバい」

そう言って、和央ちゃんは手刀で首を真横に切る真似をした。

和央ちゃんがコーチを務める此友学園女子空手道部からは、今年は一人もインターハイに出場しない。和央ちゃんは会場係として、手伝いにかり出されているだけだ。

「ま、色んな年があるわよ。学校は生徒が入れ替わって行くし。だいたい、和果ちゃんが摂北の誘いに乗るから……」

そう言いかけて、口を噤《つぐ》む。お母さんは私が入学したのを機に、以前から誘われていた摂北学院空手道部の監督に就任していた。

――お母さんも一応、心配してくれてるんだよね。

その行為が、娘にとって重圧でしかないのに、気付いていないだけなのだ。

「全く、道場も晴人に任せっぱなしでさー。いくら師範代や指導員がいるといっても、晴人は空手に関して素人じゃん。生徒が減っちゃうよ。だいいち、晴人が可哀相」

指導員が教えている横で、お父さんは入会希望者の相手をしたり、泣いている子供を宥《なだ》めたりする。昼間、工務店の社長として忙しく働いているのに、お母さんの為に手伝っているのだ。

「いいわよね。養子に入ってもらった上に、家の事はぜーんぶ任せられて。私も結婚しようかな」

声をたてて笑った私を、「何よ」と和央ちゃんは睨んだ。

「そんな事より、試合を楽しんどいで」

軽く小突かれる。

「一回戦で当たる文理《ぶんり》女子は強いよ。何せ、優勝候補の山口実夏《やまぐちみか》がいるからね。一流選手の技を見ておいで」

「ね、一つだけ、聞いてもいい？」

「うん？」

「宇賀神さんは和央ちゃんの仲間達の写真を、全校生徒にバラ撒いたんだよね？　私、大事な事に気付いたんだ。写真は何百枚と必要だよね。そんなの写真屋さんに持ち込んだら変に思われない？」

今はデジカメが主流だけど、お父さん達の時代はフィルムカメラしかなかったと聞いた。信じられない話だけど、写真屋さんで現像してもらわないと、自分が撮影した物を見られない時代があったのだ。

「でも、お父さんは写真部だったから、自分で現像できたんだよね」

和央ちゃんは黙っている。

「それに、大量の写真を一枚ずつ封筒に詰めたり、ポストに入れたり。絶対に協力者がいるよね？　ねえ、和央ちゃん。お父さんは宇賀神さんを可哀相に思ったんでしょう？　もしかして、お父さんが……」

「あっは、さすが晴人の娘ね。凄い洞察力」

おでこをちょこんと突っつかれる。

「裕希は高校中退後、雑誌社でバイトしてたんだよ。カメラマンとも親しかったんじゃない？　十七歳の女の子に餌《えさ》をちらつかせられたら、理由も聞かずにホイホイ言いなりになる奴も中にはいたはずよ」

「そっかー」

ほっと胸を撫で下ろす。

和央ちゃんはおかしそうに笑った。

「お父さんは絶対にそんな事しない。ぜーったいに。だから、お母さんは……」

和央ちゃんはそこで押し黙り、何故かニヤリと笑った。こちらに向けた目は、いたずらっぽく光っていた。

「聞きたい？　高校時代のお父さんとお母さんの話」

「うん」

「じゃあ、今度、聞かせてあげる」

「えーっ、今、聞かせてよぉ。もしかして、お母さんと和央ちゃんでお父さんを取り合ったとかなかったの？」

「ば、ばーか。そんな事、あるわけないじゃない」

返事が一瞬遅れたのを、私は見逃さなかった。

「あ、もしかして、図星だった？」

「うるさいわねっ！　開会式が始まるわよ」

和央ちゃんは背中を向け、すたすたと向こうへ行ってしまった。

――悪い事、言ったかなぁ。

「空手が恋人」と言い続けてきた和央ちゃん。

でも、和央ちゃんがずっと独身でいるのは、お父さんの事が好きだったからかもしれない。

——あんなに、可愛《かわい》いのになぁ。

和央ちゃんの丸っこい背中を遠くに見つめながら、私は道着の中に隠し持った必勝マスコットをそっと握った。「作り直してくれ」とサトシからは頼まれていたが、まだ、そのままになっている。

——背番号「1」にしてくれって言ってたよね。恥ずかしいから、もっと小さくしてくれって。倍の大きさにして、ハートマークもつけてやろうか？

受け取った時のサトシの顔を想像したら、笑いが込み上げてきた。

——怒りながらも、きっと喜んでくれるよね。だって、サトシは……。

別れ際にサトシが吐いた捨てゼリフを思い出す。

〈新しい男、見つけや〉

——私、サトシに相応《ふさわ》しい女の子になるんだから。

四

開会式が行われた翌日、朝の九時から競技は始まる。

午前中に行われるのは、男女個人形の一回戦、二回戦だ。

トーナメント方式だから、一回戦で負けた場合には、本当に呆気なく終わってしまう。

二百名近い選手の試合を二時間ほどで消化する必要があるから、感傷に浸る間もなく、次々と試合が繰り広げられて行く。

四つのコートからは、選手達があげる掛け声や道着がこすれる音、床がきしる音が聞こえ、判定の旗が上がる度に観客席から歓声が上がった。

昼食休憩を挟んで、午後からは男女組手の試合が行われる。最初に男女個人の一回戦、次に団体組手だ。

『女子団体組手一回戦に出場する選手は、入場口にお集まりください』

アナウンスが流れ、私達は円陣を組む。

今は心を一つにする時だ。

「さぁ！　みんな、頑張ろうっ！」

主将の掛け声に答えて、雄叫《おたけ》びを上げる。自然と気持ちが高揚した。

摂北学院では、七名の選手を団体組手に登録している。その枠から先鋒、次鋒、中堅、副将、大将の五名を各試合ごとに選び、オーダー票を提出する。

一回戦、私は次鋒に据えられた。

文理女子が、個人組手でも優勝が囁《ささや》かれる山口実夏を次鋒か中堅に置くと読んだからだ。自陣の勝負どころを相手方とずらす事で、星を稼ごうという計算だ。

つまり、私は捨て駒《ごま》である。

——分相応といったところだけど、私を捨て駒に使った事、お母さんに後悔させてやるんだ。

「ほら、あの子」

主将が私の注意を促す。

見ると、入場口に並んだ選手の中、群を抜いて背が高い選手がいる。

山口実夏だった。

こちらに背中を向けているが、ひょろりとした体型で、かすかに横顔が見えている。だらしなく口を半開きにして、あまり強そうには見えない。

「二年生とは思えない落ち着きようでしょ？　コートに立つと、ガラリと人が変わるから」

私が考えている事を読んだように、主将が言う。

もう一度、実夏を見た。

自分の事を噂されているとも気付かず、彼女は長い手を伸ばして背中を掻《か》いている。

いよいよ、選手入場だ。プラカードを持った会場係の先導で、各コートへと向かう。

行進に合わせて、アリーナからは手拍子が鳴らされる。そこに選手の名を呼ぶ黄色い声が混じった。

全競技中でも、団体組手の試合は特に盛り上がるのだ。

試合はポイント制で行われる。決まった技によって有効（一ポイント）、技あり（二ポイント）、一本（三ポイント）がとられ、競技時間の二分間で、時間終了の際に得点の多い競技者が勝者となる。試合半ばであっても、八ポイント差が生じた時点で終了。

突きや打ちよりは中段蹴り、より難易度の高い上段蹴りに高いポイントが与えられるのだ。もちろん、警告や反則を取られた場合は、相手にポイントが付く。

摂北学院と文理女子の試合は、一番最初に行われる。他校の試合を見て、心の準備をする間もない。嫌でも心臓が高鳴って行く。

審判が集まり、正面に向かって礼をする。そして、最後にお互いに礼。

コートを挟んだ向かい側には、メンホーを脇に携えた私の対戦相手が立っている。読み通り、実夏は次鋒だ。

——わぁ、男の子みたい。

限界まで短く刈られた頭は、ハリネズミのように逆立っており、他の選手より、頭一つ大きい。太い眉《まゆ》の下で落ち着いた光を放つ目は静かで、女子の試合に間違って登場した少年のようだった。

向こうも私を見ていたが、その目には何の感情も籠《こ》もってなさそうだ。一回戦など通過点でしかなく、既に頭の中には決勝戦の光景が繰り広げられているのだろうか？

いや、優勝候補と噂されるぐらいだから、そんな浮ついた事は考えていない。

あれが、彼女の平常の姿なのだ。

審判の号令で、先鋒が行く。

摂北学院の三年生に対して、向こうは二年生だ。

「頑張れ！」

「落ち着いて！」

仲間から檄《げき》が飛ぶ。

別のコートでは既に試合が始まっており、応援団の声がアリーナに響き渡っていた。う

っかりしていると、審判の指示を聞き逃す。

お互いに礼をした後、審判が「始めいっ！」と号令をかける。

摂北学院は、カウンターや積極的な攻撃で、瞬く間に三ポイントを稼いだ。試合経験も

豊富な三年生だから、落ち着いていた。

「いいよっ！　相手を見切ってるよ！」

ポイントを重ねるごとに、監督の腕章を付けた腕を高く伸ばすお母さん。

危なげなく、まずは一勝。

そして、次鋒だ。

先鋒が勝った事もあり、私も気持ちが楽になった。

「和穂」

お母さんが私を呼ぶ。

「山口は手強いわよ。出方を見ようと固まってると、刻み突きで差し込まれる。こっちから行くと逆に返される。フットワークで揺さぶりをかけようとしても動じないし、離れると今度は足が飛んでくる。今のあなたの力では崩しようがない。勝てなくてもいいから。

胸を借りるつもりで行きなさい」

——冗談じゃない。絶対に負けないんだから！

コートの定位置へと向かう。

集中力の高まりに伴って歓声が遠のき、戦闘モードに入った。実夏とコートの定位置で向き合った時も、負ける気がしなかった。相変わらず、ぼんやりとした目で私の胸元を見ている。

だが、試合開始の号令がかけられた途端、相手の気配が変わった。

膝の向き、踵の高さ、腰の向き、腕の高さ。

全く隙がなかった。

相手は私より長身で、手足が長い。下手に間合いに飛び込むと秒殺される。当然、自分を守りながら攻撃を仕掛けてくるはずだ。視点が定まっていないような目をしていたが、何処から手脚が飛んできても対応できるように、わざと視線を泳がせているのだ。私が動くと、ゆっくりと実夏の目も動き、それが威嚇となり、怖くて踏み込めない。

睨み合っていると、審判から注意が促された。

「怖がらない。怖がらない。積極的に行こーっ！」

後ろで主将の声がした。

試合が再開されると同時に、私は突きに行った。だが、かわされて上段蹴りを誘い出してしまった。

咄嗟《とっさ》に左腕で受ける。

予想外の展開だったが、腰を利かせて踏ん張ると、体を入れ替えながら、すかさず突きを決めた。

「やめっ！」

わーっと、歓声が上がった。

定位置に戻って、向かい合う。

「赤、有効っ！」

審判の腕が斜め下に伸ばされた。

——やった！

優勝候補から先にポイントを取ったのだ。嫌でも盛り上がる応援団。

「始め」の号令で、試合が再開される。

先にポイントを取られたというのに、相手は冷静だった。焦って攻撃をしかけてこないのは、余裕の表れか？

細かく突きを出しながら攻略する隙を探していると、いきなり顔の右側に風圧を感じた。

「やめっ！　青、一本！」

審判の腕が斜め上に上がる。

蹴りの軌道が見えなかった。大きく回しながら蹴るのではなく、私の体に沿って蹴りが繰り出されたのだ。

三―と、瞬く間に点差を広げられた。

審判に指摘され、ずれたメンホーをつけ直す。その間も、声援が聞こえる。

「まだまだっ！　和穂、諦めないで！」

「じらして崩せ！　自分でチャンスを作る！」

背中に声を受け、私は相手を睨みつける。憎たらしい事に、一本とった実夏の顔に歓喜の表情はない。「勝って当然」というような顔をしている。

――畜生！

悔しくて、燃えるように体が熱い。

時間稼ぎに脛《すねあ》当てを直していると、女の子達の甲高い声に交じって、野太い声が轟いた。

「おいっ！　殺せー！　そいつ、殺してしまえっ！」

――え？

一瞬、場内がシンと静まる。

さすがの実夏も、ぎょっとしたように観客席を振り仰いでいる。

声の主は探さなくても分かる。サトシだ。野球部の練習を抜け出して、応援に来てくれたらしい。

「根性出せや！　根性！　負けたら承知せーへんぞ！」

「ワッホー、イケてるよー。その調子！」

続くのは、ゆりちゃんの声だ。

二人の声に誘われるように、観客席にいた空手道部の一年生達も「結城さん、まだまだイケます！」と叫ぶ。

あまりにエキサイトしたからか、『選手への過度な声援はご遠慮下さい』とアナウンスが流れる。

騒然とした中で、試合は再開された。

試合が進むごとに実夏の前拳は冴《さ》え、反応も速度を増した。気が付くと、五ポイント差がついていた。

残り時間は十秒。

――どう足掻《あが》いても、勝てないよね。

これ以上点差を広げたくなかった。だが、逃避行為は許されないのだ。団体戦の場合、大将戦が終わった時点で引き分けであれば、ポイント数が多い方が勝ちとなる。獲《と》れる相手からは、出来るだけポイント数を稼ぎたいはずだ。

お母さんの声が聞こえた。

「最後まで投げないで！　次の試合に繋《つな》げられるような攻めをしなさい！」

高まる歓声、そこに審判の声が重なる。

「始めっ！」

案の定、実夏が飛び出してくる。

――中段突きに賭《か》けるっ！

上段を突くと見せかけて、素早く腰を落とした。ノーガードの胴が眼前にあった。フェイントに気付いた実夏が脇を締めてガードする直前、相手の懐に飛び込むようにしながら、突きを放った。

——決まった！

これで有効をもぎ取り、一点を返した。

六—二。

見ると、待機選手達がガッツポーズを取っている。そして、お母さんは満面の笑みを浮かべて床を叩き、「よしっ！」と声を上げた。

残り三秒。

「続けて始め！」と号令がかかる。

飛び出すと同時に、試合終了の声が上がった。

——負けちゃった。

だけど、一流選手から二ポイントをもぎ取った気分は、決して悪くはなかった。

定位置へと戻り、メンホーを取る。

お互いに礼。

驚いた事に、実夏が拳サポを外し、向こうから手を差し出してきた。握ると、手が熱かった。

「来年、また会おっ」

実夏は王者の余裕を感じさせるように言うと、くるりと背中を向けた。

五

厳しい残暑の中、時折、吹く風は冷たく、秋は少しずつ近づいているのだと実感できた。

スタンドには応援に駆けつけた人々が、席取りの為に荷物を置いていた。レギュラーが出場しないBチームの試合だからか、追っかけの女の子の数は少ない。

「おう、来たんか」

お父さんが手を挙げると、監督がお腹《なか》を揺すりながら私達の方に近づいてきた。

「どうだ？　調子は」

「このチームは面白いで。今、ピッチャーが調子上げとるからな」

レギュラーと入れ替わってもおかしくないメンバーが揃っていると言う。

「高校時代、お前がいたチームよりは強いだろ？　よく、ここまで育て上げたな。ダイゴ」

「こらっ！　その名前で呼ぶなっ！」

監督は左右を見回した。

「どうせ、何か渾名《あだな》付けられてるよ」

監督が立ち去ると、お父さんはこっそり教えてくれた。

監督の名前は大久保慎吾で、高校時代の渾名はダイゴだったけど、本当は「シンゴ」と呼ばれたがっていた事も。

「お父さんの高校時代、慎吾って名のアイドルがいてな……」

そこで、お父さんはぷっと吹き出した。きっと、監督とは似ても似つかない可愛い顔をしていたのだろう。

私はお父さんと並んで、バックネット裏の最前列に陣取った。

ピッチャーの顔がよく見える位置だ。

「サトシの奴、本当に大丈夫なのか？　ダイゴは調子がいいとか言ってたけど、さっき、練習を見た時は動きが堅かったぞ」

そわそわと、まるで自分の息子のように心配している。

「へーきでしょ。先発だから緊張してるだけ」

和央ちゃんが教えてくれた。

『晴人の唯一の夢が、息子に野球をやらせる事だったの。自分ができなかったからだって』

お父さんは子供の頃に野球をやっていたのに、大学受験の為に高校野球を諦めたのだ。

そして、野球を諦めてまで国立大学に進学し、いい会社に入ったのに、お母さんと結婚する為に退職した。

お母さんのお父さん、つまり私のお祖父《じい》ちゃんが、和央ちゃんかお母さんに婿養子をとって、家業を継がせたがっていたのだ。だから、お父さんは養子に入ったと聞いている。

私が「親から反対されなかった？」と聞くと、「まあね」とだけ返ってきた。お父さんは、あまり多くを語りたがらなかった。

残念ながら生まれた私は女で、お父さんの夢は叶《かな》えられず――。

いや、たとえ男の子が生まれたとしても、お祖父ちゃんは跡継ぎとして空手をやらせたと思う。だから、どちらにしてもお父さんは、子供とキャッチボールする夢を諦めるしかなかったのだ。

「インターハイ、残念だったな」

「え、べっつにー」

いきなり振られたから、焦った。

「てか、もう一ケ月も前の事じゃん。もう吹っ切れた。全然、気にしてないよ」

結局、文理女子に勝つ事はできなかった。負けたけれど、摂北学院にとってプラス材料も多い内容だったし、今、部内は凄くいい雰囲気になっている。

「ねえ、そんな事より、お母さんの高校時代って、どんなだったの？　お父さんはしおらしかったって言うけど、和央ちゃんは根暗な強情者だって言ってたよ」

「和央の奴……」

お父さんは眉をしかめた。

「そうだなぁ、僕達は似た者同士ではあったかな。お母さんは家の名前に縛られて、試合に勝てずに苦しんでいたし、お父さんは親の言いなりになって野球を辞めてしまったから、消化不良な高校生活を送っていた。今から思えば笑い話だけど、あの頃は、親に逆らうなんて考えもしなかったのさ。親は絶対だって思い込んでたからね」

「じゃあ、お母さんは、自分に似てるお父さんが好きだったのね。だから、結婚してあげたの？」

「逆さ。お母さんと一緒にいたかったのはお父さんなんだ」

一瞬、言葉を失った。

「な、何よ、ノロけちゃって」

お父さん子の私としては、複雑な一言だった。

「ノロけてなんかいないぞ。人から頼りにされる事が、お父さんの生きがいなんだ。野球をやってた頃も、チームの為に作戦を考えるのが好きだったし。じゃなきゃ、工務店の社長なんて継がなかったさ」

それきり、お父さんは口を噤《つぐ》んだ。

――お父さんってお節介だけど、それって、頼られたいから？　だとしたら、思いっきり外してると思うけど……。

いつも、お父さんに怒っている和央ちゃんの顔が目に浮かぶ。

でも、根暗で強情なお母さんには、暑苦しいぐらいお節介な人が必要だったのだ。

そして、私にも――。

ベンチ前で選手達が円陣を組んでいた。いよいよ、試合開始だ。晴れ渡った空に、「ファイトー！」とか、「オー！」とか、何を言ってるのか分からない声が響いた。

「お、出てきたぞ」

お父さんが身を乗り出すと、ベンチ前から奇声を発しながら、両チームが駆けてきた。ホームベースを挟んで整列。帽子を取り、お互いに頭を下げる。摂北学院は後攻だ。

マウンドに立つのはサトシ。

「サトシー！　頑張れよー」

お父さんは両手を突き上げながら、声を張り上げる。知らない人が見たら、サトシのお父さんが応援に駆けつけたように見えるだろう。

サトシはロジンバッグに触れた後、帽子のつばに手をやった。帽子のつばに白い粉が付いた。

第一球。

大きく振りかぶって投げる。相手はいきなり空振りした。

すかさずお父さんが叫ぶ。

「ナイスピッチー！」

摂北ベンチの士気が上がる。メガフォンを手にした監督が、何か叫んでいる。

二球目、ボール球に相手は手を出した。ピッチャーゴロをサトシは難なく捌《さば》く。そして、ゆっくりと一塁へと放る。

これで、ワンアウト。

「綺麗《きれい》なフォームだし、フィールディングもいいねぇ。とても膝を痛めてたとは思えない」

感心したように言う。

「だから、膝は治ったの」

「じゃあ、後はメンタルの問題だな」

「大丈夫よ。サトシはメンタル強いし」

「そうか」

お父さんが嬉しそうな顔をした。

「おい、早く自分のものにしてしまえよ。他の女の子に盗《と》られるぞ」

「普通、そういうこと言う？」

「楽しみだなぁ、娘婿とキャッチボールができるなんて」

私は聞こえない振りをした。そして、立ちあがると、マウンド上のサトシに向かって叫んだ。

「殺せー！　そいつ、ブチ殺せー！」

バッターボックスに立った二番打者が、ぎょっとしたようにこちらを振り向いた。

私はピースサインを送った。

サトシが口元をグラブで隠し、何食わぬ顔で顎ピースを決めていたから。

【参考文献】

『第2指定形　空手道形教範』新版　財団法人　全日本空手道連盟　二〇〇九年十二月
『空手道マガジン　ＪＫＦａｎ』二〇一〇年七月号・八月号　二〇一二年一月号・十月号
『諸岡奈央のベストカラテ　形女王の軌跡とテクニック＋ベスト形セレクション』
ＣＨＡＭＰ（ＤＶＤ）二〇一一年
公益財団法人　全日本空手道連盟ＨＰ　http://www.jkf.ne.jp/
公益財団法人　日本高等学校野球連盟ＨＰ　http://www.jhbf.or.jp/
一般財団法人　東京都高等学校野球連盟ＨＰ　http://www.tokyo-hbf.com/
＊この他、多くの文献やウェブサイトの情報を参考にさせて頂きました。

本書は二〇一三年六月に小社より刊行した
『拝啓　17歳の私』を改題いたしました。

Haruki Bunko
ハルキ文庫

は 12-1

ガールズ空手《からて》 セブンティーン

著者 蓮見恭子《はすみきょうこ》

2015年2月18日第一刷発行

発行者 角川春樹

発行所 株式会社角川春樹事務所
〒102-0074 東京都千代田区九段南2-1-30 イタリア文化会館

電話 03(3263)5247(編集)
03(3263)5881(営業)

印刷・製本 中央精版印刷株式会社

フォーマット・デザイン 芦澤泰偉
表紙イラストレーション 門坂 流

ISBN978-4-7584-3870-4 C0193 ©2015 Kyoko Hasumi Printed in Japan
http://www.kadokawaharuki.co.jp/[営業]
fanmail@kadokawaharuki.co.jp[編集] ご意見・ご感想をお寄せください。